BRYNJA

LA PREMIÈRE
LUMIÈRE

BRYNJA
LA PREMIÈRE
LUMIÈRE

PIERRE-OLIVIER LAVOIE

éditions

Éditeur : François Doucet
Direction littéraire : Carine Paradis
Correction d'épreuves : Nancy Coulombe, Katherine Lacombe
Conception de la couverture : Matthieu Fortin
Photo de la couverture : © Thinkstock
Mise en pages : Sébastien Michaud
ISBN papier 978-2-89733-409-3
ISBN PDF numérique 978-2-89733-410-9
ISBN ePub 978-2-89733-411-6
Première impression : 2013
Dépôt légal : 2013
Bibliothèque et Archives nationales du Québec
Bibliothèque Nationale du Canada

Éditions AdA Inc.
1385, boul. Lionel-Boulet
Varennes, Québec, Canada, J3X 1P7
Téléphone : 450-929-0296
Télécopieur : 450-929-0220

www.ada-inc.com
info@ada-inc.com
Diffusion
Canada :   Éditions AdA Inc.
France :   D.G. Diffusion
                   Z.I. des Bogues
                   31750 Escalquens — France
                   Téléphone : 05.61.00.09.99
Suisse :   Transat — 23.42.77.40
Belgique :   D.G. Diffusion — 05.61.00.09.99

Imprimé au Canada

Participation de la SODEC. $\int_{O} D \not\models C$

Nous reconnaissons l'aide financière du gouvernement du Canada par l'entremise du Fonds du livre du Canada (FLC) pour nos activités d'édition.
Gouvernement du Québec — Programme de crédit d'impôt pour l'édition de livres — Gestion SODEC.

Catalogage avant publication de Bibliothèque et Archives nationales du Québec et Bibliothèque et Archives Canada

Lavoie, Pierre-Olivier, 1986-

    Brynja
    Sommaire : t. 1. L'aube de l'infection -- t. 2. La première lumière.
    ISBN 978-2-89733-406-2 (vol. 1)
    ISBN 978-2-89633-409-3 (vol. 2)
    I. Lavoie, Pierre-Olivier, 1986-   . Aube de l'infection. II. Lavoie, Pierre-Olivier, 1986-   . Première lumière. III. Titre.
IV. Titre : L'aube de l'infection. V. Titre : La première lumière.

PS8623.A865B79 2013   C843'.6   C2013-941922-5
PS9623.A865B79 2013

Chapitre 1

Respire

L'inconfort. C'était la désagréable sensation qui s'était infiltrée à travers le néant de son inconscience, serpentant et envenimant les zones de son cerveau. Quelque chose l'irritait de plus en plus, forçant son esprit à reprendre le dessus, jusqu'à ce que la jeune femme sente combien ses paupières refusaient désagréablement de s'ouvrir. Avec des gestes mécaniques et imprécis, Brynja porta sa main droite à son visage et frotta ses yeux de ses doigts maladroits. Une lumière vive s'infiltra alors sous ses cils, brûlant sa rétine.

— *Andskotinn*[1], lâcha-t-elle dans sa langue natale d'une voix irritée et pâteuse.

Remarquant qu'elle était étendue, Brynja se redressa difficilement en position assise en s'aidant de ses bras ankylosés. Ce simple mouvement lui rappela une vilaine douleur à l'abdomen, qui traversa son ventre et le bas de son dos dans un éclair de douleur. Ouvrant finalement les yeux, la jeune femme fut éblouie par des rayons de lumière qui lui balayèrent le visage — ils filtraient

---

1. Merde.

depuis une sorte de store vénitien entrouvert —, ce qui l'obligea à protéger son regard de sa main et à se détourner en grognant avec irritation.

Se positionnant de sorte à ce que son visage reste en dehors de la lumière crue, la jeune femme observa les environs. Elle apprit alors qu'elle se trouvait dans une pièce plongée dans la pénombre, sur un vieux lit humide et défoncé, ses jambes recouvertes par des couvertures mitées. Lorsqu'une odeur de renfermé assez désagréable parvint à ses narines, Brynja repoussa les couvertures et balança maladroitement ses jambes au sol.

Elle eut la surprise de constater que ses jambes étaient nues et qu'elle était en sous-vêtements. On lui avait retiré ses pantalons. Après une étude attentive des lieux, Brynja comprit qu'elle ne se trouvait pas vraiment dans une pièce, mais plutôt dans ce qui ressemblait à une sorte de cabanon. Le plafond était assez bas, soutenu par de nombreuses poutres, et un long filet retenant du matériel quelconque, comme des sacs de plastiques et des valises, y était accroché. C'était l'endroit idéal pour déclencher une crise chez une personne souffrant de claustrophobie. Puisque Brynja était trop concentrée à comprendre ce qui se passait, elle n'en fut pas immédiatement consciente.

Sur une table de chevet à côté du lit se trouvaient de nombreux flacons de médicaments décapsulés. Intriguée — et par peur d'avoir été droguée —, Brynja les récupéra d'une main tremblante. Ces flacons, presque tous vides, contenaient des antidouleurs, des laxatifs et une médication assez forte contre les rhumatismes et les maux de ventre. Il était donc très peu probable qu'on l'ait droguée avec ça. Cependant, elle repéra une seringue vide, détail qui l'alarma grandement. Elle la récupéra d'un geste vif avant de la porter à ses yeux. Elle y lut *pénicilline*. C'était un puissant antibactérien contre les infections. L'avait-on soignée?

Baissant son regard sur sa poitrine, la jeune femme vit qu'elle portait une camisole un peu trop grande, qui n'était pas la sienne. En la relevant, Brynja vit qu'on avait bandé ses blessures abdominales de lanières de tissu. Aucune tache de sang n'était visible, ce qui indiquait qu'on avait probablement changé ses pansements récemment. Elle repéra alors une chaise dans un coin, sur laquelle ses pantalons étaient pliés. Sur le dossier se trouvait son manteau et sous la chaise, sa paire de bottes en cuir.

La jeune femme se leva finalement pour s'habiller en retenant son abdomen, douloureux comme si elle avait été percutée par un camion. Ses mouvements ankylosés et imprécis rendirent cette simple action assez compliquée et douloureuse, forçant Brynja à se rasseoir pour attacher son jeans. Une fois ses pantalons enfilés, elle passa son manteau sur ses épaules et procéda à lacer ses bottes. Évidemment, attacher les lacets en étant penché la fit grimacer de douleur.

Mais que pouvait-il bien s'être passé? Que faisait-elle là? Fronçant les sourcils dans un effort de concentration, la jeune femme tenta de se remémorer ce qu'elle pouvait, tout en balayant la pièce de son regard absent. C'est alors que tout lui revint en tête.

La fuite de Montréal à bord de la camionnette avec Adélaïde, Darren Woods et Séverine. Celle-ci avait trouvé la mort avant qu'ils ne poursuivent leur route à pied sur le pont Jacques-Cartier. Incapable de poursuivre sa route, Brynja s'était alors embarrée dans une voiture et avait tenté de divertir une gargouille qui s'était perchée sur la structure du pont. Adélaïde l'avait ensuite rejointe, avant que toutes deux se retrouvent littéralement coincées dans le véhicule compressé par les assauts incessants de la créature. Puis, la chute vers le fleuve noir et glacé.

— Adélaïde…, murmura la jeune femme en prenant conscience des événements.

Le cœur de Brynja se crispa douloureusement — comme si elle venait de rouvrir vivement une blessure endormie — avant de se mettre à battre la chamade. Peut-être était-ce aussi en raison de la claustrophobie qui reprenait doucement son rôle, mais la jeune femme, prise d'une nausée, fut poussée par un besoin immédiat de sortir de cet endroit. Tout son être lui criait de foutre le camp.

Affolée, Brynja bondit hors du lit et se dirigea vers la porte, dont le cadre laissait filtrer une vive lumière, s'aidant et s'appuyant maladroitement sur le mobilier et les murs du cabanon. Bousculant de son épaule la porte qui refusa de s'ouvrir, la jeune femme nerveuse s'attarda alors à la poignée, qu'elle secoua violemment dans tous les sens avant qu'elle ne finisse par tourner.

La porte s'ouvrit à grande volée et Brynja se rua à l'extérieur du cabanon, franchissant à peine quelques pas avant de fléchir sous une douleur abdominale paralysante. Lâchant un cri de douleur, Brynja s'immobilisa avant de se laisser tomber sur ses genoux, se retenant d'une main au sol, l'autre pressant sur son ventre. Les dents serrées pour combattre l'atroce douleur, la jeune femme tenta de refouler une montée de spasmes gutturaux causés par sa nausée. Malgré quelques haut-le-cœur assez vifs, elle parvint à se retenir, toussant plutôt de manière rauque et profonde.

Au-delà des larmes causées par la nausée et la toux, elle vit une silhouette s'approcher. Brynja se redressa aussitôt, perdant presque l'équilibre, avant de s'adosser au cabanon. Un vieux bonhomme se tenait devant elle, avec une pelle pointée entre les mains qui lui servait d'appui-pied.

— Ça va ? lui demanda-t-il simplement, son regard plissé par le soleil brillant.

À bout de souffle, toujours dérangée par la nausée et les douleurs abdominales, la jeune femme ne répondit pas et détourna son visage du soleil. Appuyée contre la cabane, Brynja ramena son regard plissé par le soleil sur l'homme. Son visage ridé et bronzé laissait entrevoir un âge avancé, dans la soixantaine. Il portait une casquette écrasée sur son front, sous laquelle sortaient en bataille des mèches de cheveux humides. Une imposante barbe grise descendait de son visage rondelet jusqu'à son cou. Tatoué jusqu'aux jointures, le bonhomme avait l'air d'un véritable motard. Il était vêtu d'un vieux t-shirt noir ainsi que d'un pantalon troué. Un revolver pendait le long de sa cuisse, rangé dans son étui.

— Comment va le ventre ? redemanda l'homme sur un ton amical à travers sa grosse barbe grise. J'ai pris la liberté de désinfecter tes plaies et de t'injecter ma dernière dose de pénicilline. C'étaient de bonnes morsures, celles-là, ajouta-t-il en fixant le ventre de Brynja.

La jeune femme se décolla de la cabane, se déplaçant d'un pas lent et fatigué sur sa gauche en gardant une certaine distance avec l'homme qui l'observait sans bouger. En étudiant les alentours, la jeune femme constata qu'elle se trouvait dans un petit boisé où les feuilles mortes jaunies par l'automne reposaient au sol, aux abords d'une route. Une impressionnante moto était stationnée à quelques pas d'eux, ses roues et une multitude d'autres pièces étendues sur une couverture au sol.

Elle pouvait voir le pont s'ériger en hauteur derrière la cabane, au loin, alors elle comprit qu'elle se trouvait près de la berge du fleuve, de l'autre côté de l'île. Sous le pont se trouvait l'île Sainte-Hélène, où trônaient les vestiges d'un ancien parc d'attractions. Brynja comprit avec soulagement qu'elle avait finalement quitté la métropole, dont elle pouvait voir les hautes bâtisses au loin, scintillant sous la douce lueur du soleil. Un vent frais balaya ses cheveux, lui rappelant la neige de la veille.

— Tout un spectacle hier soir, en tout cas ! continua l'homme, qui tentait toujours d'instiguer une conversation. Cette chute en voiture, c'était quelque chose.

— Qui es-tu ? lui demanda plutôt Brynja, un peu perdue et méfiante. Qu'est-ce que je fais ici ?

L'homme retira son pied de sa pelle et s'avança vers Brynja, sa démarche boiteuse indiquant une faiblesse à la jambe. Il ajusta sa casquette et tendit sa main vers la jeune femme. Avec un certain retard et bien peu d'enthousiasme, Brynja lui serra la main. Il avait une bonne poigne.

— Silas, se présenta-t-il en toute simplicité.

— Brynja, répondit la jeune femme sobrement.

Elle s'attendait à ce que l'homme fasse une remarque quelconque sur son nom, mais il n'en fit aucune, changeant plutôt de sujet.

— Tu dois avoir faim, dit-il. J'ai encore quelques boîtes de céréales, si jamais tu veux te remplir l'estomac. Faudrait que je pense à faire un tour en ville, histoire d'aller chercher de quoi manger de plus consistant. Mais pour le moment, les céréales devraient faire l'affaire.

La simple mention de nourriture fit se tordre l'estomac de la jeune femme, qui était affamée. D'un simple signe de tête, elle lui fit comprendre qu'elle voulait bien manger quelque chose.

— Tu peux aller t'installer sur la table de pique-nique, juste là, lui dit l'homme en désignant une vieille table en bois placée aux abords du fleuve. Je reviens avec le déjeuner.

Plantant sa pelle dans le sol, le vieil homme époussèta ses mains et disparut dans sa cabane. Brynja se méfiait toujours de ce dénommé Silas, mais puisqu'elle était affamée, elle s'avança sur le terrain inégal et bosselé du boisé, ses pas froissant les feuilles mortes, jusqu'à la table en bois.

Elle eut plus de mal que prévu à s'installer, cachant sa douleur derrière une légère grimace en s'assoyant de côté, face au fleuve et à la ville de Montréal. L'île et ses bâtiments avaient l'air si calmes, si sereins avec le soleil reluisant sur les vitres des grandes bâtisses.

C'était pourtant le domaine de créatures dangereuses qui reprenaient leurs droits sur le monde dès les dernières lueurs du soleil, au crépuscule. Son regard se posa sur le pont. C'était là qu'Adélaïde et elle avaient chuté, coincées dans le véhicule. Elle se remémora l'eau froide et noire qui s'infiltrait de partout, engouffrant ses membres meurtris dans un froid glacial et paralysant.

Comment avait-elle pu survivre ? Qu'en était-il de la fillette ? Elle devait savoir. Annoncé par sa démarche boiteuse froissant les feuilles mortes, Silas revint de la cabane, tenant une boîte de céréales, deux gobelets, une paire de cuillères et une bouteille d'eau.

— Ce n'est pas comme du lait, annonça-t-il en désignant la bouteille d'eau, mais c'est mieux que rien. On se fait vite au goût, tu verras.

L'homme continua de parler, mais Brynja ne l'écouta pas vraiment. Elle était perdue dans ses pensées, toutes tournées vers Adélaïde. Pourquoi n'étaient-elles pas ensemble ? Où était-elle ? Pourtant, la réponse à la question semblait si évidente. Le simple fait d'y penser fit revenir la nausée chez Brynja, lui coupant aussitôt son appétit naissant. Elle serait incapable d'ingérer quoi que ce soit avant qu'on réponde à ses questions.

— … c'est à ce moment que j'ai récupéré les boîtes et que j'ai pris mes jambes à mon cou, comme on dit ! termina l'homme en s'assoyant à la table.

— C'est toi qui m'as sorti de la voiture ? lui demanda Brynja d'une manière assez directe.

En train de s'installer à la table de pique-nique, Silas s'immobilisa momentanément, en fixant la jeune femme. Il se reprit et se positionna plus confortablement avant d'ouvrir la boîte de céréales.

— Oui, c'est moi, répondit-il en versant les céréales dans son gobelet. Il faut croire que tu as eu de la chance, parce que le système d'alarme de la voiture s'est déclenché lors de l'impact contre l'eau. Il est resté allumé assez longtemps pour que je puisse nager jusqu'à toi.

Brynja observa l'homme d'un air un peu perplexe avant de passer son regard sur sa jambe. Comment un vieux motard boiteux avait-il pu la sauver de l'eau glacée? Elle n'avait jamais imaginé ces types comme étant de grands nageurs, même s'il était complètement stupide d'avoir de tels préjugés.

— Tu crois que je ne sais pas nager à cause de ma jambe? devina Silas en agitant sa cuillère vers la jeune femme. J'étais un bon nageur, dans mon jeune temps. C'était avant mon accident de travail qui m'a rendu moins mobile; mais sous l'eau, je suis comme un poisson. Mais bon, mes prouesses ne sont plus ce quelles étaient...

Les propos du vieil homme semblaient un peu farfelus, considérant sa jambe, mais Silas n'avait pas l'air d'avoir menti. Que ses paroles soient vraies ou non, il n'en restait pas moins que Brynja était toujours en vie. Elle se trouvait bel et bien sur la rive, de l'autre côté de l'île. On l'y avait donc emmenée après l'avoir extirpée du fleuve.

— Je n'étais pas seule dans la voiture, dit Brynja, observant l'homme d'un regard maintenu. Il y avait aussi une enfant. Une fillette de sept ans, bientôt huit. Où est-elle?

Versant de l'eau dans son gobelet de céréales depuis sa bouteille décapsulée, l'homme leva un regard interrogateur vers la jeune femme.

— Je n'ai pas vu d'enfant sous l'eau, dit-il en déposant la bouteille sur la table. Tu étais la seule passagère de la voiture. S'il y avait quelqu'un d'autre, je ne l'ai pas vu, parce qu'il faisait sacrément noir. Mais… je peux te confirmer qu'il n'y avait personne du côté passager.

Les paroles de Silas allégèrent la conscience de Brynja, dénouant un nœud qui compressait ses poumons ; elle lâcha alors un long soupir de soulagement. Certes, personne ne pouvait garantir qu'Adélaïde avait survécu, mais au moins, on ne l'avait pas retrouvée morte. Cet infime espoir était bien assez pour elle.

— Tu n'as vu aucune enfant dans la voiture ? reprit Brynja d'une respiration haletante, sa voix cassée par l'émotion. Personne, absolument personne ?

Mangeant ses céréales en portant son gobelet à sa bouche et en s'aidant de sa cuillère, Silas fit signe que non de la tête, haussant les sourcils.

— Personne, répéta-t-il une fois sa bouchée avalée. Juste toi.

La jeune femme parut alarmée.

— C'est… c'est impossible, marmonna Brynja. Je n'étais pas seule dans cette voiture ! Il y avait une fillette !

L'homme observa la jeune femme d'un regard empathique, restant silencieux pendant quelques secondes. Pendant un court moment, Brynja crut qu'il la prenait pour une folle.

— Tu devrais manger aussi, lui fit-il remarquer en désignant la boîte de céréales. Reprendre des forces ne te ferait pas de mal. Tu ne viens pas d'ici, n'est-ce pas ?

L'accent de la jeune femme l'avait trahie. En guise de réponse, la jeune femme lui accorda un bref regard.

— L'Islande, répondit-elle avec peu d'enthousiasme. Je venais étudier ici.

Apparemment, l'expression de son visage dissuada Silas de poser davantage de questions à son sujet. Même si son appétit avait semblé s'envoler, Brynja se convainquit qu'un peu de nourriture ne lui ferait pas de mal. Elle n'aurait peut-être pas le luxe de manger en toute quiétude avant un bon moment. Machinalement, elle prit la boîte de céréales et s'en versa une petite quantité dans son gobelet. Répugnée à l'idée de mouiller ses céréales avec de l'eau, elle préféra les manger sèches.

— Je viens moi-même de la Caroline du Nord, expliqua le vieil homme. Emménagé dans la province de Québec en 1982, pour y marier ma femme, une native du coin.

N'ayant pas la tête à continuer la conversation avec Silas, Brynja se concentra plutôt sur ses céréales. Les premières bouchées, fades et granuleuses, s'avérèrent difficiles à avaler, voire même douloureuse au niveau de l'œsophage. Sa gorge finit par se décoincer après quelques gorgées d'eau à même la bouteille, sans demander la permission au vieil homme.

— Tu peux la finir, dit-il. J'en ai encore quelques douzaines.

S'efforçant d'ingérer la nourriture qui lui était offerte, la jeune femme avala le contenu sans saveur de son gobelet avant de finir la bouteille d'eau. Elle ne se sentait pas très bien de s'être forcée à ingérer de la nourriture, mais au moins son système pourrait s'alimenter en nutriments.

Tous deux assis à la table en bois, Silas et Brynja observaient la ville de l'autre côté de la rive en silence. Des tonnes de questions se bousculaient dans la tête de la jeune femme ; elle n'arrivait pas à concevoir comment ce vieux bonhomme à la jambe faible l'avait sortie d'une voiture coulant vers les tréfonds du fleuve.

— Comment tu m'as sortie de la voiture ? lui demanda Brynja en étant, encore une fois, un peu trop directe.

Prenant conscience que son ton était assez froid et autoritaire, la jeune femme se reprit aussitôt en reposant sa question plus doucement :

— Qu'est-ce qui s'est passé, Silas ?

— C'était pas joli, répondit-il avant de s'éclaircir la gorge d'un bon toussotement. Pardon, j'ai dû attraper une toux en me baignant dans l'eau glacée. Alors, j'étais chez moi, juste ici en train de m'endormir, et j'ai entendu des coups de feu et des cris. J'étais intrigué par le vacarme lointain, alors je suis sorti à l'extérieur.

L'homme leva son index et pointa le pont à plusieurs reprises.

— Puisque la lune éclairait assez bien la scène, j'ai vu la silhouette de la gargouille sur la structure du pont, raconta-t-il en plissant les yeux à cause du soleil d'avant-midi. Et après… j'ai cru voir quelque chose tomber. Quelque chose de gros. Bon, c'était la voiture, mais à ce moment-là, il faisait bien trop sombre pour que je discerne ce dont il s'agissait. Alors, la voiture a chuté vers le fleuve et au contact de l'eau, son système d'alarme s'est déclenché. Ça n'a même pas pris deux secondes et la voiture avait disparu sous l'eau.

L'homme se leva et, en boitant, s'avança plus prêt de la berge. Intriguée, Brynja se leva doucement en grognant sous les élancements de douleur et rejoignit Silas.

— Je me suis avancé jusqu'ici et j'ai observé la chauve-souris mutante, reprit Silas sur la berge, une fois que Brynja l'eut rejoint. Quelle grosse bestiole dégueulasse ! Nous étions mieux avec nos petites chauves-souris. En tout cas, je me suis lancé à l'eau juste là, dit-il en pointant la plage boueuse. Je vais être honnête, je ne pensais pas me rendre à temps. Mais il faut croire que j'ai nagé plus vite que prévu malgré cette maudite jambe. Sous l'eau, je pouvais voir les phares clignotants encore ; c'est comme ça que je me suis guidé jusqu'à toi.

La jeune femme observa la plage en question. Elle y vit en effet bon nombre de traces de pas, ainsi qu'une plus grande traînée, comme si on y avait tiré quelqu'un. Retirant son manteau de cuir dans une grimace de douleur, elle remarqua que ce dernier était en effet recouvert de boue. L'homme disait donc vrai ; il l'avait véritablement sauvée de cet enfer glacial et aquatique.

— J'étais complètement coincée, lui dit Brynja avec une expression d'incompréhension au visage. J'étais incapable de faire quoi que ce soit… Je tenais Adélaïde contre moi et… j'attendais notre mort.

Silas observa la jeune femme avec empathie, désolé pendant quelques secondes, puis il hocha la tête pour signifier qu'il comprenait.

— Te sortir de là n'a pas été très difficile, répondit-il. Sous l'eau, je crois que tu t'es aidée. Tu vois, quand je suis arrivé près de toi, tu étais à moitié sortie du véhicule, par la fenêtre du conducteur et...

Avant que l'homme puisse finir sa phrase, un flash revint à la mémoire de Brynja, s'affichant aussitôt sous ses yeux. Elle se rappela s'être débattue contre le froid et les ténèbres dans la prison de ferraille. Elle s'était débattue comme une véritable endiablée, refusant de se livrer à la mort comme elle l'avait cru.

Elle se souvint d'avoir vu la silhouette d'Adélaïde remonter, ses petits pieds et ses bras battant l'eau vers la surface. Cependant, la jeune femme avait été incapable de la rejoindre. Quelque chose l'avait retenue. Quelque chose avait retenu son pied. Brynja ne se souvenait plus du tout du reste.

— Mon pied était coincé, dit Brynja à la place de Silas, son regard absent perdu dans ses pensées. C'était mon pied, pas vrai?

Le vieil homme paru un peu surpris et confirma d'un hochement de tête.

— Ton pied était coincé dans la ceinture du siège conducteur, ajouta-t-il en ajustant sa casquette. Je l'ai décoincé et je t'ai ramenée à la surface pour ensuite te traîner jusqu'à sur la berge. J'ai tout de suite commencé la réanimation cardio-respiratoire et pas plus de quelques secondes plus tard, tu recrachais l'eau. Tu ne t'es pas vraiment réveillée, par contre, m'obligeant à te traîner du mieux que je le pouvais jusqu'à ma cabane. C'est une fois à l'intérieur que j'ai constaté à quel point tu étais blessée. J'ai pris la liberté de panser tes blessures. Faut faire attention, hein. Je ne suis pas médecin, alors j'ai fait de mon mieux. J'ai aussi tenté de faire sécher tes vêtements.

Voilà donc pourquoi Brynja s'était réveillée avec l'impression qu'un camion lui avait roulé dessus ; c'était le massage cardio-respiratoire. Maintenant qu'elle le savait, il lui semblait bien que sa respiration était quelque peu douloureuse. L'idée que Silas avait bandé ses plaies et retiré ses vêtements aurait pu la dégoûter et l'enflammer, mais Brynja ne détecta aucune forme de perversion chez le vieil homme. Elle était plutôt reconnaissante.

— Merci, dit-elle simplement. Sans toi, je serais morte.

— Pas de quoi, répondit-il en hochant la tête.

Le vieillard retourna à la table, où il s'assit à nouveau. Brynja resta là à observer la ville et le pont d'un air contrarié, son visage fouetté par quelques mèches de cheveux balayées par le vent. Ses pensées allaient toutes vers Adélaïde. Où pouvait-elle bien être ? Comment était-elle parvenue à sortir de la voiture ?

Incapable de résoudre le mystère, Brynja ferma les yeux. Peut-être parviendrait-elle à se souvenir de l'un des derniers moments sous l'eau en compagnie de la fillette ? La jeune femme fronça les sourcils dans un effort de concentration sur ce qui s'était passé, mais en vain. Elle ne voyait que de vagues images du temps passé sous l'eau, à tenter de se débattre comme une diablesse, et la silhouette d'Adélaïde s'éloignant, ses petites jambes battant l'eau rapidement.

Frustrée et désemparée, Brynja rouvrit les yeux, chassant d'un geste vif les mèches qui chatouillaient son visage au gré du vent. Certes, elle était bel et bien en vie, mais sans Adélaïde, elle avait l'impression que quelque chose de vital manquait cruellement à son existence.

Qu'elle s'était réveillée dans un cauchemar injuste qui n'avait pour but que de la tourmenter.

Mais pourquoi se sentait-elle ainsi ? Pourquoi ? Depuis toujours, elle avait été une véritable solitaire, avec seulement quelques amis sans réellement s'attacher à aucun d'entre eux. Elle n'avait jamais vraiment eu d'attachement pour quiconque, même sa propre famille en Islande qu'elle avait si aisément quittée pour venir étudier de l'autre côté de l'océan. Elle avait abandonnée sa colocataire aux mains d'hommes dangereux et d'infectés, sauvant plutôt sa propre peau avec très peu de remords. Et maintenant, elle était absolument incapable de se faire à l'idée d'être séparée de la fillette.

Comment sa vie entière avait-elle pu être changée en moins de 24 heures ? C'était insensé. La jeune femme secoua la tête, tentant de se convaincre que rien n'avait réellement changé. Elle était toujours en vie et on lui avait rendu sa liberté en tant que solitaire. Seulement, ce fait ne lui donnait aucune satisfaction, créant plutôt un certain mal de vivre. Elle avait erré durant si longtemps à travers la métropole de Montréal qu'elle en avait perdu toute notion de temps. Elle avait été plongée dans les limbes pendant si longtemps, seule dans un cauchemar sans fin, qu'elle y avait presque pris goût. Elle avait presque trouvé une sorte de satisfaction tordue à l'idée de se battre pour chacune des secondes de sa vie sans contact avec personne. C'est là que Brynja comprit combien sa santé mentale avait sombré dans une sorte de démence étrange qui l'avait poussée à s'éloigner des autres survivants et, du même fait, à repousser sa propre humanité.

C'est ce qu'Adélaïde lui avait rendu. Son humanité. Elle avait redonné à son cœur une raison de battre. Au désarroi, perdue et physiquement souffrante, Brynja n'avait jamais ressenti un aussi grand besoin de vivre. Mais pour ce faire, elle allait devoir retrouver la fillette. Elle allait devoir conduire cette dernière auprès de ses parents, même si cette tâche semblait complètement irréaliste.

Dans un tel monde, détruit, dangereux et devenu un véritable enfer pour l'être humain, l'espoir n'existait simplement plus. Il fallait s'en créer un, s'accrocher à quelque chose. Brynja avait arpenté les rues de Montréal en survivant au jour le jour sans aucune autre raison que ce que lui indiquait son instinct naturel. Maintenant, elle voulait survivre pour une chose. Pour une seule personne : Adélaïde.

Cela l'effrayait. Brynja savait combien sa notion de la vie avait été tronquée et pas nécessairement pour le mieux. Elle était maintenant devenue vulnérable et affaiblie. Si jamais Adélaïde venait à disparaître, Brynja savait qu'elle n'aurait plus de raison de continuer. Il n'y aurait plus rien pour elle dans ce monde. Pas même cet autobus, qui était supposé venir les sauver…

C'est alors qu'un détail lui revint en tête, illuminant son regard absent.

— L'autobus, murmura-t-elle, revenant au moment présent avant de se retourner vers le vieil homme. Silas ?

Brynja retourna à la table où Silas était installé, et vit que le vieil homme l'observait d'un air interloqué.

— Aurais-tu vu un autobus passer dans le coin, hier soir ? demanda-t-elle avec urgence. Sur le pont Jacques-Cartier ?

— Le bus de la patrouille gouvernementale ? répondit l'homme. Ouais, ils sont venus hier soir, peu de temps après ta chute dans le fleuve. Impossible de le manquer, cet autobus, avec ses phares qui illuminent à des kilomètres à la ronde. Le bus, il s'est avancé sur le pont et a fait marche arrière peu après. Je l'ai entendu s'éloigner alors que je te traînais dans la cabane.

Le regard de Brynja s'affola tandis que l'information se rendait à son cerveau. Adélaïde aurait très bien pu monter à bord de ce bus, une fois la berge regagnée. Qui n'aurait pas embarqué une fillette trempée durant une nuit enneigée ? Peut-être que Darren Woods l'avait prise sous son aile, s'assurant qu'elle monte dans l'autobus. C'était ce qu'elle voulait, pour retrouver ses parents.

Au fond, peut-être était-ce mieux ainsi ? Peut-être, mais même en se forçant, Brynja était incapable de calmer ses inquiétudes. La jeune femme se rapprocha de la rive, espérant découvrir de petites traces, mais à travers les brindilles et les parois escarpées, elle n'y voyait rien. Si la fillette avait survécu et ne s'était pas approchée de la cabane, c'était parce qu'elle avait retrouvée son chemin jusqu'au point d'embarquement des autobus. Plus désemparée encore, la jeune femme retourna vers la cabane.

— Cette fillette… Adélaïde, je crois ? questionna l'homme. Elle est liée à toi ? Je veux dire…

— Non, le coupa immédiatement Brynja, comprenant où le vieillard voulait en venir. Non, elle n'est pas ma fille ni ma sœur. C'est seulement… seulement une enfant que j'ai rencontrée dans les rues de Montréal.

L'homme hocha la tête à plusieurs reprises.

— Pauvre enfant, soupira-t-il en détournant le regard vers l'horizon, plissant des yeux sous le soleil. Vivre d'elle-même dans cet enfer. Nous ne sommes vraiment pas chanceux. Nous sommes les rescapés de cette infection qui a décimé nos familles, nos amis et même la nature. Si nous avions trouvés la mort comme eux, les choses auraient été plus simples. Quoique venant de la personne qui t'a empêchée de mourir, c'est assez ironique, pas vrai ? Il faut blâmer notre bonne conscience et notre instinct de survie.

L'homme prit une courte pause, affichant un sourire cynique en secouant la tête.

— Et toi, pourquoi vis-tu, Brynja ? Pourquoi continues-tu cette… cette vie de jour en jour ?

La question, aussi directe était-elle, résonna au fond de la jeune femme. Elle avait souvent tenté de trouver un sens à la vie après cette apocalypse — à sa vie en particulier — sans jamais en trouver. Elle avait erré, tel un robot programmé, survivant à des nuits terrifiantes avant d'aller se tapir dans son trou, généralement assoiffée, gelée et affamée.

C'est Adélaïde qui, croisant son chemin alors qu'elle commençait à mettre en doute sa propre existence, s'était creusé un chemin à travers son armure et lui avait donné une raison d'inspirer l'air dans ses poumons et de tenir bon. Cependant, il valait mieux pour Brynja de garder cette raison pour elle. La jeune femme sentait qu'elle s'était déjà bien assez confiée au vieux Silas.

L'homme comprit que la jeune femme préférait demeurer silencieuse; son expression endurcie et refroidie lui avait probablement suggéré d'éviter d'insister sur le sujet.

— En tout cas, dit Silas, j'espère que l'enfant que tu cherches n'est pas montée à bord de cet autobus.

Le cœur de Brynja manqua un battement.

— Pourquoi? lui demanda-t-elle d'un air assez froid et direct. De quoi parles-tu?

Silas grimaça tout en grattant nerveusement sa joue, avant de passer sa langue sur sa lèvre inférieure. Décidément, aborder le sujet ne l'amusait guère. Il tenta de regarder Brynja, mais détourna le regard assez rapidement. Peut-être à cause du soleil qui éblouissait sa vue, ou bien parce que la jeune femme dégageait maintenant quelque chose d'hostile et d'intimidant.

— On dit que les types de la patrouille gouvernementale ne sont pas très commodes, expliqua-t-il en prenant bien soin d'éviter de croiser le regard de la jeune femme. Tu vois, ils viennent prendre des gens, des survivants comme toi et moi, et les amènent à un centre médical afin de leur porter secours. Ils ont pour but de nous protéger, de nous soigner, de nous loger et de nous nourrir. C'est ce qu'on dit.

L'homme fit une pause, ramenant cette fois son regard sur la jeune femme, qu'il soutint avec une certaine force.

— Le problème, continua-t-il d'un ton plus sombre, c'est que nous ne revoyons plus ces gens. Alors, il y en a certains, comme moi, qui préfèrent éviter de les croiser. Tu vois, Brynja, même quand le monde tourne à la merde totale, il y a encore des hommes pour en enculer d'autres. Saleté de nature humaine à la con! Et je suis prêt à te parier que ce sont des armes biologiques ou bactériologiques qui ont rendu le monde ainsi!

Visiblement, Silas était un homme d'opinion. Le simple fait d'aborder le sujet l'avait irrité, accélérant sa respiration et faisant naître des sueurs sur son front, qu'il dut essuyer. Brynja n'était pas totalement en désaccord avec le vieil homme, mais le sujet ne lui importait pas vraiment. Ce qui importait, c'était la provenance de l'autobus.

— Sais-tu où va cet autobus, exactement? demanda-t-elle alors.

— À la faculté de médecine de l'Université Laval, répondit l'homme d'un air plus calme. C'est quelque part à Québec; ne te trompe pas à croire que c'est à Laval, c'est bien à Québec. Je ne saurais te dire exactement où, par contre, car je ne suis vraiment pas familier avec cet endroit.

C'est à ce moment qu'un détail anodin, mais assez étrange, vint se faufiler dans les méninges de la jeune femme. Pourquoi cette unité gouvernementale traversait-elle tous ces kilomètres pour venir chercher les gens dans la métropole de Montréal? N'avaient-ils pas d'autres personnes bien plus proches à aider?

— C'est bizarre qu'ils viennent jusqu'ici, fit remarquer Brynja. L'essence ne doit pas être monnaie courante.

— C'est parce qu'ils n'ont plus de cobayes sur qui tester leurs expériences aux alentours, probablement! relança l'homme.

Brynja demeura silencieuse, tournant le dos à l'homme pour observer le pont. Reconnaissante que Silas lui ait sauvé la vie, la jeune femme savait toutefois qu'elle ne resterait pas ici encore bien longtemps. Même si l'idée de poursuivre l'autobus de survivants était folle, Brynja n'arrivait pas à s'en défaire.

C'était ce qu'elle allait faire, après avoir vérifié la berge et ses environs pour s'assurer qu'Adélaïde ne se trouvait pas dans les parages. À cet instant, debout face au fleuve, la jeune femme se rendit compte à quel point elle n'avait plus de temps à perdre. Même si elle était blessée et fatiguée, elle ne pouvait pas s'accorder le luxe du repos avant la tombée de la nuit. Elle devait tenter le tout pour le tout.

Sans faire part de son plan au vieil homme, la jeune femme fit volte-face et s'éloigna pour rejoindre la route la plus proche.

— Je peux savoir ce que tu comptes faire ? envoya Silas, faisant stopper Brynja au bout d'une dizaine de pas. Où vas-tu comme ça ? Tu es blessée.

Brynja n'avait peut-être aucun compte à rendre à cet homme, mais il lui avait quand même sauvé la vie. Certes, elle pourrait simplement l'ignorer et continuer sa route, mais comment pouvait-elle affirmer qu'Adélaïde lui avait rendu son humanité si elle n'en faisait même pas preuve ? Parler et se respecter, c'était ce qui les rendait humains. Même si elle détestait les hommes qui s'étaient, pour la plupart, laissés corrompre par leurs vices, Silas n'avait démontré aucun signe laissant croire qu'il était l'un d'eux.

Il était peut-être un vieux motard affaibli et probablement malade, mais son fond était bon et il l'avait secourue. Elle lui devait quelque chose. Brynja se retourna et regarda l'homme, qui l'observait d'un air inquiet.

— Je dois retrouver Adélaïde, expliqua-t-elle après quelques minutes, les mains sur les hanches. Je compte retourner jusqu'au pont et tenter de dénicher un quelconque indice afin de voir si elle est vraiment montée dans ce bus.

— Je ne veux pas paraître dur, débuta Silas sur un ton posé, mais je doute que tu ne revoies cette fillette si elle s'est faite embarquer par la patrouille gouvernementale. À moins que tu décides de les rejoindre et d'embarquer dans leur autobus à la prochaine virée.

Brynja resta silencieuse, fixant l'horizon, préférant ne pas répliquer.

— Si j'avais le choix de monter dans ce bus pour servir de cobayes à ceux qui nous ont mis dans cet enfer, continua l'homme, je préférerais m'éclater la cervelle ici, dans le confort de ma cabane. Nous n'avons plus rien d'autre, Brynja. Notre monde est mort. Tout ce que nous pouvons faire, c'est d'étirer notre vie le plus longtemps possible et tenter de trouver un quelconque sens à notre existence avant que nous mourrions de famine, du froid, de la soif ou encore dévorés par les monstres de la nuit.

Brynja comprenait bien la façon de voir les choses de Silas; elle ne s'attendait pas vraiment à ce qu'il comprenne son désir de rejoindre Adélaïde. C'était un sentiment qui lui prenait aux trippes, qui gouvernait tout son être. Était-ce une sorte d'instinct maternel? Était-ce parce qu'elle avait, à travers la mort et l'apocalypse, trouvé une raison de vivre? Était-ce parce qu'elle était si perdue et si seule que l'absence d'Adélaïde lui semblait inconcevable? Peut-être était-ce aussi toutes ces réponses.

— Le mal ne t'a pas encore emportée, continua Silas. Tu devrais profiter du temps qu'il te reste avant… avant que cette merde ne finisse par t'infecter à ton tour.

Brynja pivota, à la fois curieuse et intriguée.

— Tu crois que nous allons rester ainsi encore bien longtemps? reprit Silas. Foutaise. Nous allons finir par devenir comme ceux qui se cachent du soleil et cherchent à manger les leurs. Des zombies, comme dans les films d'horreur et les histoires d'épouvantes. Je ne sais pas comment ils se sont transformés; l'eau contaminée, la nourriture, un gaz quelconque… Mais tout ce que je sais, c'est que nous y passerons tous.

La jeune femme ne savait pas trop comment prendre les paroles du vieux Silas. Allait-elle finir par se transformer à son tour? Peut-être. Pourtant, même si elle avait perdu la notion du temps depuis bien trop longtemps, Brynja était persuadée de n'avoir démontré aucun signe pouvant laisser croire à une transformation. Elle n'écartait pas la possibilité, mais elle n'était pas prête à croire qu'elle deviendrait l'un de ces zombies d'ici peu.

— Je ne suis pas de cet avis, lui fit savoir la jeune femme. S'il s'agissait d'une infection de type virale, nous y aurions déjà passé. Nous avons tous consommé de l'eau, respiré l'air et mangé ce que nous pouvions trouver. Je me suis fait mordre et blesser à plusieurs reprises, et rien. Nous sommes encore là.

— J'avais un neveu, lui répondit Silas en soutenant son regard. Un petit bonhomme plein de vie. Il avait une dizaine d'années, 10 ou 11 ans. Il ne s'était pas transformé avant quatre semaines. Nous croyions tous qu'il allait bien, qu'il allait s'en sortir... Mais non. Sa mère s'est laissée mourir de chagrin et son père, pauvre type, il n'a pas survécu à une rencontre avec ces morts-vivants.

Brynja croyait plutôt que certains individus n'étaient pas affectés, comme elle, tandis que d'autres l'étaient et traverseraient plusieurs étapes pour leur transformation. Ce qu'elle ne savait pas, par contre, c'était la période de temps requise avant la mutation. De toute manière, la jeune femme ne voulait pas engager le sujet avec l'homme, parce qu'elle devait profiter de la journée pour partir aux trousses d'Adélaïde.

— Merci de m'avoir sauvé la vie, lui dit Brynja au bout d'un moment.

Sur ce, elle fit volte-face, prête à partir en direction du pont, espérant découvrir si Adélaïde était réellement montée dans le bus.

— Attends, lui lança le vieillard. Je ne veux pas te retenir, mais attends un peu.

La jeune femme s'était immobilisée, observant l'homme par-dessus son épaule. Silas s'approcha lentement, sa jambe paraissant assez douloureuse. Le vieil homme pointa la cabane du doigt.

— J'ai un vieux vélo qui ne m'est plus utile, lui dit-il. Prends-le.

Brynja s'approcha de la vieille bicyclette qui était accotée sur la cabane et en fit l'inspection. C'était un très vieux vélo, certes, mais il ferait l'affaire. Il paraissait avoir traversé de nombreuses années et, d'après les nombreux morceaux de ruban adhésif le décorant, avoir été rafistolé et réparé à quelques reprises.

— Inutile de t'expliquer que je ne suis plus vraiment capable de pédaler, continua Silas. Si tu veux partir vers Québec, prends-le avec toi. Il est vieux, mais il est en bon état. Ça écourtera ton voyage et te gardera en vie plus longtemps. Et puis, j'ai ma moto, qui devrait être en état de marche une fois réparée.

— T'es certain ? demanda-t-elle.

L'homme lui fit signe que oui.

— Je vais aller jeter un œil au pont, dit-elle en s'emparant du vélo. Je reviendrai ensuite.

CHAPITRE 2
La décision

Laissant le vieux Silas à sa cabane sur la berge, Brynja marcha à côté de la vieille bicyclette jusqu'à ce qu'elle atteigne la route ; elle sentait le regard du vieil homme sur sa nuque. Une fois rendue, elle enfourcha la bicyclette et constata que cela lui causait plus de douleurs abdominales qu'elle ne l'avait prévu. Le pied sur la pédale, elle se propulsa doucement le long de la route, tentant de trouver un rythme qui n'endolorirait pas trop son ventre meurtri de blessures.

Le vent frais du mois de novembre fouetta son visage, faisant naître un désagréable picotement au niveau de ses joues et pommettes. Cela lui rappela que ses joues avaient été tailladées par les éclats de verre de la voiture lors du précédent combat, la veille, contre la gargouille alors qu'elle était prisonnière du véhicule. Cette blessure lui rappela douloureusement qu'Adélaïde était quelque part, sans elle.

Les yeux plissés sous le soleil luisant du début de l'avant-midi, Brynja commença à retracer son chemin jusqu'au pont, observant autour d'elle un monde mort et

abandonné, comme si on avait marqué une pause à la planète Terre. De nombreux véhicules délaissés jonchaient les routes, certains ayant été abandonnés au beau milieu de la rue, d'autres simplement renversés. Brynja était presque rendue habituée à ce genre de scène.

Elle pédalait aux abords du boisé, d'où le soleil perçait à travers la multitude de branches des arbres morts ; les forts rayons finirent par irriter sa vision et elle dut se protéger du soleil d'une main. Le simple fait de pédaler était relativement douloureux pour la jeune femme, mais elle préférait de loin ce mode de transport à la marche.

La jeune femme arriva à une intersection et, désirant explorer les environs, ralentit dans un crissement aigu des freins du vélo jusqu'à immobilisation complète. Le bruit strident fit grimacer Brynja, qui fronça les sourcils en regardant le vélo d'un œil accusateur. C'était assez fort pour être un risque considérable lors de ses escapades nocturnes. Une chance qu'elle voyageait de jour.

Arrêtée au centre de l'intersection, un pied sur une pédale et l'autre au sol, la jeune femme étudia les alentours avec sa main en visière. Les quartiers résidentiels de la ville de Longueuil s'étendaient dans une direction, et dans l'autre, Brynja pouvait voir les autoroutes montant jusqu'au pont. Elle repéra, au coin de l'intersection, une petite station-service abandonnée.

L'idée d'aller fouiller la station-service pour trouver des provisions traversa l'esprit de la jeune femme, qui se rendit alors compte qu'elle n'était plus armée. Elle avait laissé son sac à dos, qui contenait toutes ses possessions en plus de son pied-de-biche, sur le pont, juste devant la voiture dans laquelle elle s'était enfermée, la nuit dernière. Il s'y trouvait peut-être encore, s'il n'avait pas chuté du pont avec le véhicule.

Consciente qu'il était fortement déconseillé de s'aventurer dans les bois abritant possiblement des infectés sans moyen de défense, Brynja décida ne pas s'y aventurer. Elle reviendrait y jeter un œil si elle retrouvait son pied-de-biche. Tournant la pédale sous son pied, la jeune femme repartit en direction du pont.

Même si elle avait vécu d'innombrables journées similaires à celle-ci, Brynja ne s'était toujours pas habituée au calme dépaysant des heures claires. En passant à côté des voitures abandonnées, dont certaines portières étaient ouvertes, la jeune femme avait l'impression que la dernière journée vécue par l'être humain avait été mise sur « pause » et qu'on avait remplacé ses acteurs par des monstres et des morts-vivants. Se promener au beau milieu des autoroutes et des chemins autrefois utilisés par les voitures resterait toujours profondément bizarre pour Brynja.

Jetant un œil à travers la vitre d'une voiture, la jeune femme y vit un banc pour bébé. Óskar lui revint aussitôt en tête — le fils de sa sœur Karen —, ce petit bambin blondinet aux yeux marron si adorable. Le cœur de Brynja s'alourdit à ce souvenir. Même s'il était très peu probable qu'un enfant d'à peine deux ans ait pu survivre une telle apocalypse, la jeune femme priait intérieurement pour qu'il soit sain et sauf. Ils étaient tous si loin d'elle, maintenant ; sa mère, son père, sa sœur, son petit frère et son neveu. Elle les avait laissés sur un coup de tête, après une vilaine engueulade au sujet de ses fréquentations que ses parents trouvaient douteuses. Elle avait préféré s'inscrire à l'étranger et quitter son village et son pays natals. Tout ça à cause de son caractère. Et s'ils étaient toujours en vie, ils devaient tous la croire morte.

C'est avec le moral encore plus bas que Brynja amorça sa montée du pont, changeant les vitesses de sa bicyclette pour faciliter l'ascension. Au fur et à mesure qu'elle progressait, le vent sifflant dans ses oreilles, la jeune femme gardait un œil scrutateur sur son environnement dans l'espoir de trouver un quelconque détail sur la disparition d'Adélaïde. Levant les yeux sur la structure du pont, Brynja repéra l'endroit où la gargouille s'était perchée. Évidemment, la bête n'y était plus ; elle s'était probablement envolée dans une cachette à l'abri du soleil.

Un détail particulier sur la chaussée du pont, près de la scène de la veille, attira l'attention de la jeune femme, qui immobilisa sa bicyclette dans un crissement strident des freins. Elle descendit du vélo, préférant marcher pour être plus près du potentiel indice qu'elle avait aperçu sur l'asphalte. Plusieurs traces de pneus marquaient la chaussée, certaines vieillies par le temps et les intempéries, mais il y en avait une paire qui ressortait du lot, fraîchement laissées au sol. D'après la largeur des traces de caoutchouc collé à la chaussée, de gros pneus avaient brusquement freiné sur le pont, probablement pour s'immobiliser.

La jeune femme se pencha du mieux qu'elle pût, incapable de s'accroupir à cause de son ventre, et analysa le sol. Elle remarqua une seconde paire de traces par-dessus la première ; il semblerait que le véhicule avait brusquement fait marche arrière. Était-ce les traces de l'autobus ou Brynja tentait-elle seulement de se convaincre que la fillette était toujours en vie ? Même si le doute était présent, Brynja préférait croire la version du bus. Silas lui avait même confirmé sa présence. Mais qu'est-ce qui lui confirmait qu'Adélaïde était montée à bord ? Rien. Il lui faudrait simplement suivre son instinct.

Un peu confuse face à ses découvertes, Brynja s'approcha du trou béant percé dans le grillage du pont, à une vingtaine de mètres. Grâce au ciel, la jeune femme repéra son sac à dos échoué au sol, l'extrémité de son pied-de-biche pointant à l'extérieur.

Effrayée par les hauteurs, Brynja récupéra son sac à dos et recula brusquement, n'ayant aucune envie de flâner très longtemps près du trou. Le vent soufflait dans ses oreilles tandis qu'elle se reculait avec son sac, le cœur battant la chamade. Une chute de ce pont lui avait bien suffi pour l'inquiéter de telles hauteurs. Ouvrant son sac, elle vérifia le contenu : son pied-de-biche, des analgésiques, les friandises dérobées dans la machine distributrice avec Adélaïde et sa lampe de poche.

S'emparant des friandises, la jeune femme balança son sac à dos sur ses épaules. Elle déchira le sachet de bonbons et, en grignotant son contenu, son cœur s'alourdit soudainement par la culpabilité de ne pas le partager avec Adélaïde. Brynja fut alors incapable de détacher son regard des dégâts causés par la gargouille. Comment une bête avait-elle pu pousser une voiture à travers la clôture anti-suicide entourant le pont ? C'était incroyable. Observer la scène sous un tout autre angle et en plein jour était assez particulier, puisqu'elle pouvait maintenant voir le moindre détail, y compris les taches de son propre sang au sol qui s'éloignaient jusqu'au milieu du pont. Elle avait un peu l'impression d'être sur la scène d'un crime ; de son propre crime.

C'est alors qu'une sordide idée se fraya un chemin à travers son esprit. Qu'était-il advenu du cadavre du chasseur ? S'était-il… relevé ? Avait-il survécu à la balle à bout portant tirée par Adélaïde ? Il n'y avait qu'une seule façon de le savoir. À la fois curieuse et incertaine de vouloir vraiment connaître la vérité, la jeune femme continua son chemin sur le pont, s'avançant entre les voitures abandonnées entassées les unes contre les autres.

Brynja ne savait pas trop à quoi s'attendre, et son cœur accéléra dans sa poitrine. Elle rangea le sachet de friandises dans la poche de son manteau et tira son pied-de-biche de son sac, juste au cas. Lorsqu'elle dépassa une berline renversée, la scène se dévoila sous ses yeux.

Malgré une désagréable odeur de chair brûlée flottant dans l'air, qui la força d'ailleurs à masquer le bas de son visage de sa main, Brynja s'approcha du corps pour mieux l'observer. Son esprit médical et analyste ne pouvait s'empêcher de tenter une observation. Une main sur son ventre blessé, la jeune femme s'accroupit près du corps.

Le corps du chasseur, maintenant méconnaissable, gisait toujours dans la même position. La créature, qui s'était révélée fortement défigurée lors de sa rencontre avec Brynja, ne présentait maintenant presque plus de traits physiologiques. Sa peau était gonflée, rougie et tellement recouverte de cloques d'eau qu'on aurait dit que l'homme avait été victime d'une violente attaque de guêpes. En fait, c'était l'œuvre des rayons du soleil.

Brynja avait déjà vu des cadavres d'infectés qui avaient été calcinés par le soleil, mais jamais ainsi. Le simple fait d'observer la créature lui donnait la chair de poule, faisant picoter ses terminaisons nerveuses ; elle pouvait imaginer la terrible douleur que ces brûlures lui auraient causée. Par chance, le monstre était décédé avant l'aube. L'état du corps du chasseur rappela à Brynja combien les rayons UV étaient une réelle et dangereuse nuisance pour les infectés du mal étrange. La protection du jour était bien là le seul avantage des êtres humains normaux.

Les rayons UV n'étaient pas directement mortels pour les infectés, mais ils brûlaient cependant leur chair. Fallait-il en déduire que les humains infectés ressentaient la douleur, même si leur comportement prouvait le contraire ? Pourtant, même si ces créatures fuyaient le soleil, les infectés que Brynja avaient affrontés n'avaient jamais manifesté le moindre signe de douleur, et ce même s'ils étaient grièvement blessés. En contrepartie, les bêtes infectées telles les gargouilles étaient fortement incommodées par la lumière, ce qui laissait supposer qu'elles possédaient de vives terminaisons nerveuses.

En se relevant, la jeune femme porta son regard vers la ville, qu'elle voyait à travers la haute structure métallique du pont. Comment avait-elle pu survivre cachée dans les décombres de cette ville damnée pendant si longtemps? Comment avait-elle pu se convaincre que cette vie solitaire et dénuée de contacts humains en valait la peine?

Pleinement consciente du changement intérieur qu'elle vivait, Brynja se sentait peut-être beaucoup plus vivante et humaine, mais aussi beaucoup plus vulnérable. Elle avait la désagréable impression d'avoir perdu l'instinct froid et presque animal qui lui avait permis de survivre aussi longtemps. En se liant avec Adélaïde — et du fait même en redonnant une certaine humanité à son être —, Brynja sentait que ses forces l'avaient abandonnée. Comme si le sol sous ses pieds s'était transformé en un lac gelé et que le moindre de ses pas risquait d'être son dernier. Comme si elle était atteinte d'une maladie en phase terminale et qu'elle se faisait à l'idée que, tôt ou tard, elle perdrait son combat.

Le cœur lourd, le ventre douloureux et l'esprit affaibli, Brynja récupéra la bicyclette, s'y installa avec une grimace de douleur et repartit en laissant derrière elle le pont Jacques-Cartier.

Revenue au carrefour, Brynja pédala en direction de la petite station-service dans l'espoir d'y dénicher de la nourriture ou quelque chose qui pourrait lui être utile. Elle laissa sa bicyclette au beau milieu du carrefour, puis observa la station en question. Les vitres étaient pour la plupart brisées, signe que l'endroit avait déjà été pillé. Derrière les pompes à essence, deux voitures semblaient avoir été abandonnées l'une derrière l'autre en plein ravitaillement.

Son pied-de-biche à la main, Brynja s'approcha des deux voitures stationnées. La première voiture semblait avoir été délaissée rapidement, puisque la portière du conducteur était grande ouverte. Passant lentement sa tête dans le véhicule, Brynja y découvrit un véritable bordel d'ordures, de couvertures usées et de bouteilles vides. En plus d'y voyager, quelqu'un avait visiblement vécu à l'intérieur. Bien évidemment, les clés de la voiture n'étaient plus dans le contact.

S'attardant à la deuxième voiture, Brynja remarqua qu'une silhouette était installée au siège conducteur. Une femme à la chevelure sale et broussailleuse recouverte de sang séché, la tête appuyée sur le volant. Avec précaution, Brynja tendit sa main vers la poignée de la portière et tenta de l'ouvrir ; elle était déverrouillée. D'un geste vif, la jeune femme ouvrit la portière du véhicule d'un seul trait en brandissant son pied-de-biche bien haut.

Le corps de la femme glissa du siège jusqu'à être retenu par la ceinture de sécurité, ses bras pendant vers le sol. Brynja l'observa pendant quelques secondes, prête à passer à l'attaque, jusqu'à ce qu'elle constate que la femme était bel et bien morte et qu'il ne s'agissait pas d'un infecté. Après avoir pris une bonne inspiration, la jeune femme posa sa main sur l'épaule du cadavre et le repoussa contre le siège du véhicule.

La tête de la femme chavira alors vers l'arrière, dévoilant une plaie béante au niveau du front. L'orifice noirci au centre de la plaie ne mentait pas ; Brynja comprit qu'on l'avait tirée à bout portant et, à en juger par l'état du corps, assez récemment. En d'autres circonstances, la jeune femme aurait probablement cédé à la nausée qui lui montait dans la gorge. Dégoûtée par l'odeur de la mort, Brynja tourna la tête et se décida à ne respirer que par la bouche.

Sans se soucier de la moralité, la jeune femme fouilla les poches du cadavre, à la recherche de quelque chose d'utile comme les clés de la voiture ou encore des médicaments. Au lieu de cela, Brynja trouva plutôt une photo, où figuraient deux jeunes enfants, ainsi qu'un portefeuille qu'elle se dissuada d'ouvrir, le replaçant plutôt là où elle l'avait trouvé. Alors qu'elle s'apprêtait à s'éloigner de la voiture, son regard tomba sur une douille, près des pédales du véhicule.

Intriguée, la jeune femme la saisit et l'inspecta. Luisant au soleil, la douille semblait être de petit calibre, probablement d'un pistolet. Pourtant, après avoir cherché du regard dans tous les recoins de la voiture, Brynja ne trouva pas l'arme. S'était-elle suicidée pour qu'on lui dérobe ensuite son pistolet ? Ou peut-être avait-elle simplement été assassinée à bout portant ? C'était inquiétant.

Après avoir contourné les deux voitures, Brynja remarqua qu'une demi-douzaine de bidons étaient alignés au sol, près de la pompe à essence dont le pistolet gisait au sol, pendant au bout de son tuyau. Quelqu'un avait voulu s'approprier les derniers litres d'essence de la station-service, sans toutefois terminer le travail. Que s'était-il passé ? La jeune femme s'approcha des bidons et les souleva les uns après les autres dans l'espoir d'en dénicher un qui était rempli. Le peu d'espoir de Brynja s'envola aussitôt qu'elle souleva le dernier bidon, aussi vide que les autres. Elle le laissa tomber au sol dans un bruit creux, pinçant ensuite l'arête de son nez afin de mieux digérer sa déception.

Dans tous les cas, la situation laissait présager que l'une des deux voitures était toujours en état de marche, puisqu'elle semblait avoir été récemment utilisée. Cependant, Brynja était bien loin de s'en ravir, puisqu'elle n'avait pas les clés des véhicules et qu'elle n'y connaissait absolument rien en mécanique. C'est alors qu'une idée lui vint en tête. Et si le vieux Silas, qui lui avait semblé travailler sur la mécanique de sa moto, pouvait l'aider ? Elle lui en parlerait à son retour.

Quand même décidée à jeter un œil à l'intérieur du petit bâtiment, la jeune femme s'approcha de la porte de ce dernier. Tout le long du bâtiment, il y avait des morceaux de verre brisé au sol, éparpillés dans tous les sens et qui craquelèrent sous les pas de Brynja. La porte de la station-service refusa catégoriquement de s'ouvrir, même après plusieurs essais. L'endroit était apparemment verrouillé depuis l'intérieur. Revenant sur ses pas, la jeune femme décida de passer par l'une des fenêtres brisées.

Avec sa botte et le revers de la manche de son manteau, elle brisa les quelques morceaux de vitre gênants et dangereux à la base du cadre de la fenêtre avant de s'y glisser, prenant bien soin de ne pas se couper. Le pied-de-biche en main et restant immobile un instant, la jeune femme porta une attention particulière à son ouïe, tandis que sa vision s'ajustait au peu de luminosité de l'endroit.

Une fois sa vue habituée, lui permettant de discerner les formes dans le noir, Brynja étudia son environnement. À son grand soulagement, il ne semblait pas y avoir d'infectés. Les morceaux de verre collés sous ses bottes craquaient à chacun de ses pas ; la jeune femme remarqua que la plupart des étagères avaient été saccagées et leur contenu, dérobé, sauf pour quelques articles dissimulés sous des étagères renversées.

Elle y trouva d'ailleurs une conserve de thon et un vieux sac de croustille — tous deux étaient assurément expirés depuis trop longtemps — ainsi que quelques paquets de gomme. N'ayant pas le luxe de bouder les aliments périmés, Brynja fourra le tout dans son sac, avant de s'attarder au comptoir. Tirant sa lampe de poche de son sac à dos, elle éclaira le tout de son faisceau lumineux.

La lumière se réverbéra sur la pochette de plastique qui trônait sur le comptoir, abritant de nombreux billets de loterie qui n'avaient pas été vendus. Ceux-ci, désormais sans intérêt, avaient pourtant été la seule façon pour bien des gens de croire à une possibilité de richesse. Elle-même avait essayé, durant ses plus jeunes années de l'âge adulte en Islande, mais sans succès.

Derrière le comptoir, elle repéra trois cartons de cigarettes traînant au sol à côté de plusieurs bouteilles de bière vides. Brynja n'était pas vraiment une fumeuse — malgré qu'elle ait déjà succombé à cette pratique dans le passé —, mais elle savait que cela ferait une parfaite monnaie d'échange dans l'éventualité où elle rencontrerait des survivants voulant troquer.

Accroupie, la lampe de poche entre les dents, la jeune femme glissait les cartons de cigarettes dans son sac lorsqu'elle repéra une paire de jambes à quelques mètres à sa droite. Alarmée, Brynja se redressa précipitamment, lâchant son sac avant d'agripper son pied-de-biche et d'empoigner sa lampe de poche qu'elle pointa vers la silhouette. Le faisceau lumineux illumina alors un voile de particules flottant dans l'air, en stase, depuis une petite pièce réservée aux employés dont la porte était grande ouverte.

Par automatisme, elle remonta sa camisole sur son nez et sa bouche, masquant son visage afin d'éviter de respirer ces particules étranges. Au fond de la pièce, un infecté mort était adossé au mur, son crâne fendu en deux dévoilant une membrane violacée perforée. Le mur était recouvert d'une giclée de liquide dont l'origine était la tête de l'infecté. La partie du mur atteinte par le liquide semblait avoir moisi et s'être recouverte d'une sorte de mousse. Aux pieds du cadavre, une arme de poing gisait sous le nuage de spores.

— Merde, murmura-t-elle à travers sa camisole et sa main, tandis qu'elle reculait subitement, manquant trébucher sur son propre sac à dos.

Brynja récupéra ses affaires et se hissa hâtivement par-dessus le comptoir au lieu de le contourner, par peur d'entrer en contact avec les spores émanées par le cadavre. Malgré ses blessures, Brynja se rua en direction des fenêtres et bondit hors de la station-service. Elle s'éloigna en courant avant de s'arrêter devant sa bicyclette, qu'elle enfourcha aussitôt avant de reprendre la route vers la cabane de Silas.

En pédalant avec rapidité, le front en sueur sous la douce chaleur du soleil, une multitude de questions traversèrent le cerveau de Brynja. C'était la deuxième fois qu'elle voyait cet étrange phénomène : une tête d'infecté éclatant et libérant une sorte de gaz contenant des spores visibles à l'œil nu. Qu'est-ce que c'était ? Une chose était certaine, ce phénomène devait être dangereux. Était-ce par le biais de ces spores que les humains et les animaux devenaient infectés ? Et plus important encore, avait-elle réellement réussi à se protéger des gaz émanés par la tête du cadavre ?

Peu importe, Brynja était confuse face à sa découverte de la station-service. Jamais elle n'avait vu ce phénomène de spores avant que le monde ne change. La jeune femme avait perdu la notion du temps depuis longtemps — elle n'était pas capable de dire précisément depuis quand l'infection de la ville et de l'humanité durait —, mais elle savait qu'un long laps de temps s'était écoulé depuis l'apparition des premiers infectés ; jamais depuis elle n'avait eu connaissance de la moindre trace de ces spores.

Brynja accéléra son rythme de pédalage, mais il fallut moins de deux minutes pour qu'elle soit forcée de ralentir, son ventre criant de douleur. Épuisée, en sueur et suffocant de chaleur, la jeune femme arrêta son vélo dans un grincement aigu des freins. Déposant son sac au sol, sans quitter la fourche de sa bicyclette, Brynja retira son manteau de cuir, qu'elle noua autour de sa taille, avant de remettre son sac sur ses épaules et de reprendre la route.

En roulant vers la cabane de Silas dans la douce fraîcheur du vent, Brynja observa ses bras et remarqua à quel point ils avaient été écorchés et meurtris de coupures. La chute en voiture l'avait laissée bien mal en point. Comment allait-elle pouvoir pédaler jusqu'à Québec dans de telles conditions?

Elle souffrait assurément d'une légère fièvre et elle était blessée, donc trop épuisée pour parcourir une telle distance. Pourtant, Brynja ne comptait pas faire autrement. À moins, bien sûr, que Silas puisse l'aider à faire démarrer l'une des voitures, lui permettant ainsi de partir vers Québec plus aisément. Pas très optimiste de nature, Brynja préféra garder ses attentes assez basses.

Bientôt, elle vit l'habitation de Silas se détacher des boisés longeant la berge du fleuve. Soulagée, la jeune femme quitta la route et se laissa descendre doucement à travers les arbres jusqu'à la cabane. En entendant les brindilles de bois craquer sous les pneus du vélo, Silas se redressa d'à côté de sa moto et lui envoya un signe de main. Brynja descendit de la bicyclette et alla accoter cette dernière contre le mur de la cabane en bois.

— Tu as trouvé ce que tu cherchais? lui lança-t-il en essuyant ses mains graisseuses avec un torchon tout en s'avançant vers elle.

— Je ne sais pas, répondit la jeune femme, plus essoufflée qu'elle ne voulait l'admettre. J'ai… j'ai cependant retrouvé mon sac et je crois que j'ai trouvé des traces de pneus indiquant qu'en effet, le bus est passé dans le coin. Mais quant à Adélaïde…

Brynja reprit son souffle, déglutissant difficilement tout en secouant la tête.

— Je n'ai rien trouvé qui puisse confirmer qu'elle soit montée ou non à bord du bus, conclut-elle.

Essoufflée et exténuée, Brynja porta sa main à son front plus chaud que tiède, confirmant qu'elle souffrait en effet d'un début de fièvre. Voyant que la jeune femme était au bout du rouleau, Silas l'observa d'un air soucieux.

— Et tu comptes pédaler jusqu'à Québec dans cet état, jeune fille ? Tu dois te reposer.

Têtue, Brynja secoua la tête en guise de réponse. Chose qu'elle regretta aussitôt, puisque sa tête se mit à tourner. Silas lui tendit la main et lui prit doucement l'avant-bras en voyant que l'équilibre de la jeune femme était précaire.

— Assieds-toi, au moins, lui dit-il en la dirigeant vers la table à pique-nique.

Elle détestait être touchée, et encore plus dirigée, mais Brynja n'avait pas la force de se débattre. Elle se laissa donc mener jusqu'à la table, où elle s'assit, se débarrassant de ce fait de son manteau et de son sac à dos. Le vieux motard s'installa à côté d'elle, son regard plissé faisant ressortir les rides de son visage bronzé.

— Tu as déjà perdu la moitié de ta journée, Brynja, lui dit-il. Te lancer vers Québec alors que le soleil vient de passer son zénith serait une bien mauvaise idée. Certes, les grandes routes sont moins dangereuses que les grandes métropoles, mais c'est ta fatigue qui, malheureusement, viendra à bout de toi.

C'était bien parce qu'elle avait besoin de Silas que Brynja décida de faire valoir son point de vue. En un autre cas, elle n'aurait eu qu'à se lever, prendre ses affaires et foutre le camp. La jeune femme savait qu'elle allait devoir être convaincante, surtout si elle voulait que Silas accepte de lui céder de l'essence, advenant le cas où il en possédait.

— Silas… Silas, écoute-moi, dit Brynja les yeux fermés et les sourcils froncés, tentant de faire passer ses étourdissements. Si tu dis qu'Adélaïde va être conduite dans un centre d'où elle ne pourra plus sortir, tu comprends que je dois faire vite. Je n'ai pas le luxe du temps, ajouta-t-elle en rouvrant les yeux pour l'observer. Je dois partir.

— Je comprends ce que tu me dis, répondit le vieillard, mais je doute que tu sois même capable de survivre à un tel voyage. Il faut être raisonnable.

— J'ai trouvé deux voitures garées aux pompes à essence de la station-service, non loin d'ici, expliqua Brynja en pointant dans une direction. Elles paraissaient être en état de marche. J'ai remarqué que tu travailles à réparer ta moto, alors j'ai pensé que tu pourrais peut-être m'aider à en faire démarrer une sans les clés ?

Le vieil homme détourna le regard, grattant sa pommette tout en paraissant un peu perplexe face à la demande. Brynja n'avait jamais été très habile pour communiquer avec les autres, puisqu'elle avait passé le plus clair de son temps avec elle-même. Il n'était donc pas étonnant que sa demande ne soit pas reçue avec aise.

— Même si je parvenais à en faire démarrer une, expliqua le vieil homme, elles sont probablement presque vidées d'essence. Ça, c'est bien SI j'y arrive. Et puis, je doute que tu ailles bien loin...

— Ce serait bien assez pour me rapprocher de mon but, continua Brynja d'un ton plus froid.

Le vieux motard prit une profonde inspiration, donnant l'impression qu'il ne savait pas quoi répondre, puis il se leva. Il semblait maintenant évident pour la jeune femme que Silas ne lui viendrait pas en aide.

— Voilà ce que je t'offre, dit-il avec peu d'enthousiasme. Tu me laisses réparer ma Harley, et je te conduis le plus près de ton but que possible selon ce que les routes me permettent.

Surprise et méfiante, la jeune femme fronça des sourcils. Elle s'attendait à ce qu'il tente de la dissuader, ou quelque chose du genre. Pourquoi s'offrait-il ainsi ?

— Pourquoi ferais-tu ça ? lui demanda-t-elle d'un ton plutôt direct.

— Pourquoi ? répéta le motard. Pourquoi pas ? Pour quelle raison crois-tu que je répare ma Harley ? Pour en profiter, voilà pourquoi ! Avec l'hiver qui s'en vient, je doute que je puisse en profiter encore bien longtemps. Et avec mon état de santé... je ne sais même pas si je vais me rendre au prochain printemps. Alors tant qu'à profiter des grandes routes, je vais t'emmener le plus près possible de ta destination. Profites-en avant que je change d'avis. À mon âge, c'est fréquent.

Brynja aurait préféré partir seule ; elle savait néanmoins qu'elle n'aurait pas beaucoup d'autres opportunités et qu'il serait mieux pour elle de saisir celle-ci. Et puis, Silas semblait être quelqu'un en qui elle pouvait avoir confiance ; il lui avait tout de même sauvé la vie.

— Que tu décides que c'est un bon plan pour toi ou non, continua Silas en balançant son torchon sur son épaule, moi, je pars demain à l'aube. Tu feras comme tu veux.

À travers un curieux mélange de sentiments passant par la confusion, la déception et le soulagement, Brynja détourna le regard vers l'horizon, sans trop être capable de mettre le doigt sur ce qu'elle ressentait réellement. Elle ne répondit rien au vieil homme, mais elle savait pourtant qu'il avait compris, à travers son mutisme, qu'elle l'accompagnerait.

Brynja ferma les yeux et s'enfonça dans ses pensées, tentant de récupérer un peu d'énergie. Elle était déçue. Elle aurait voulu partir dès maintenant. Cependant, Brynja savait aussi qu'elle était bien trop affaiblie pour partir à bicyclette. Au fond, Silas avait raison. Tout ce qui lui restait à faire, c'était de tuer le temps jusqu'au lendemain matin.

Lorsqu'elle rouvrit les yeux, Brynja vit que Silas était retourné à sa moto, l'enduisant de produits nettoyants avant de l'essuyer avec attention. Sa moto, une Harley Davidson d'un noir mât assez intimidante, semblait venir d'un autre monde, un monde parallèle dans lequel l'avènement ne s'était jamais produit. En parfait contraste avec les environs, elle était propre et immaculée sous le soleil de l'après-midi.

Épuisée, la jeune femme sombrait lentement vers le sommeil lorsqu'une bouffée de vent vint lui siffler au visage, la réveillant aussitôt en sursaut. Le vent était plus frais, malgré le soleil étincelant, alors Brynja se releva et enfila douloureusement son manteau. Repérant un imposant arbre non loin de là, elle décida d'aller s'y asseoir. Elle s'adossa doucement à l'arbre, serrant les dents de douleur, et y appuya sa tête. Fermant les yeux, apaisée par la chaleur du soleil et le vent frisquet de novembre, la jeune femme bascula dans la quiétude, laissant son esprit partir à la dérive.

Soudain dérangée par le bruit d'un pas boiteux, la jeune femme se réveilla sous le choc et rouvrit grand les yeux, tous ses sens à vif. La luminosité du ciel avait changé, tirant maintenant sur une teinte orangée puisque le soleil s'apprêtait à disparaître derrière la ligne d'horizon. Silas apparut dans son champ de vision, une pelle dans une main et un fusil de chasse pendant d'une ganse à son épaule. Il avait l'air épuisé, ses sourcils et sa barbe mouillés par l'effort.

— On ferait mieux de rentrer, dit-il d'une voix essoufflée. Les créatures vont bientôt sortir.

Désorientée par son réveil brutal, Brynja lui répondit d'un hochement de tête. Elle attrapa son sac à dos et se redressa, ignorant la main offerte par Silas.

— Qu'est-ce que tu fais avec cette pelle ? lui demanda la jeune femme d'une voix enrouée.

— J'ai enterré deux infectés que j'ai abattus hier soir, dit-il, juste de l'autre côté de la route. Ça évite d'attirer les autres charognards dans les parages. Allez, viens.

Sous le soleil couchant, Brynja emboîta le pas à Silas jusqu'à la cabane, remarquant en chemin que sa moto avait été déplacée. Elle se trouvait maintenant de l'autre côté de la cabane, recouverte d'une toile protectrice, de sorte qu'on ne pouvait pas l'apercevoir depuis la route. Silas ouvrit la porte de la cabane et y entra en premier, suivi de Brynja.

Ne sachant pas trop où s'installer, la jeune femme préféra rester debout, tandis que le vieil homme ver- rouillait la porte derrière eux, les plongeant dans une pénombre quasi totale. S'excusant pour que Brynja se tasse de son chemin, Silas se dirigea vers la table de chevet. Soudain, l'endroit s'éclaira sous la lueur d'une lanterne.

— Il faudra penser à la fermer, dit-il en se dirigeant vers la fenêtre.

Juste sous la fenêtre, Silas récupéra un large pan- neau de tôle parfaitement taillé aux dimensions de celle-ci, qu'il enfonça sur son cadre. Prenant conscience qu'elle était enfermée dans une petite cabane, Brynja sentit son rythme cardiaque s'accélérer. Sa claustro- phobie se manifestait.

— Tu peux t'asseoir, proposa-t-il à Brynja, qui se tenait près de la porte, figée comme une statue.

— Non, ça va, répondit-elle avec un certain manque de tact.

— La nuit risque d'être longue, dit Silas après une pause. Tu ferais mieux de t'asseoir et de prendre tes aises.

Ouvrant la bouche pour aspirer plus d'air dans ses poumons, la jeune femme ferma les yeux, tentant de maîtriser ses peurs. C'était inutile. Ses tempes étaient déjà devenues moites et à peine avait-elle rouvert les yeux qu'elle se sentit étourdie, les murs de la cabane lui donnant l'impression qu'ils se rapprochaient d'elle.

Sans dire quoi que ce soit, la jeune femme se retourna et chercha maladroitement la poignée de la porte. Celle-ci était verrouillée, forçant la jeune femme à chercher le verrou à l'aveuglette, avant de l'ouvrir en grand. Se ruant dehors, Brynja s'éloigna à grands pas avant de ralentir près de la table extérieure, où elle trouva appui pour reprendre sa respiration et se calmer.

— Qu'est-ce qui se passe ? lui demanda Silas depuis le cabanon.

— Claustrophobie, répondit sèchement Brynja à travers ses dents serrées.

— Essaie de te calmer et lorsque tu te sentiras prête, reviens à l'intérieur et tu...

— Non, l'interrompit aussitôt la jeune femme d'un air catégorique et sec. Je ne reviens pas à l'intérieur.

Ne sachant visiblement pas quoi faire ni comment réagir, Silas observa Brynja d'un air perdu, se tenant sur le seuil de la porte. Brynja s'assit sur le banc, observant la métropole au loin sous un ciel rougi.

— Tu comptes... *rester dehors pour la nuit* ? lui demanda-t-il, incertain.

— Crois-moi, j'ai vécu pire, lui répondit-elle plus sèchement qu'elle ne l'aurait voulu. Retourne dans ta cabane, vieil homme. Nous partons tôt demain, n'est-ce pas ? Tu auras besoin de repos.

Brynja accorda un regard au vieil homme, et même à travers la pénombre, elle put lire sur son visage un certain désarroi. Voyant bien qu'il était inutile d'ajouter quoi que ce soit, le vieux motard fit volte-face et retourna dans sa cabane, pour en sortir presque aussitôt, tenant son fusil de chasse d'une main ainsi qu'une couverture pliée de l'autre. Il s'avança vers Brynja et lui tendit l'arme d'un regard sévère.

— Elle contient six cartouches, dit-il. Je n'ai pas d'autres munitions, alors je te prie de faire attention.

Ne pouvant refuser une telle offre, la jeune femme récupéra l'arme, qui s'avéra un peu plus lourde que prévu.

— Tu as déjà tiré avec ce genre d'arme? demanda Silas, qui jeta un regard nerveux aux alentours.

En fait, Brynja en avait utilisé une la veille, lors du réel cauchemar qu'Adélaïde et elle avaient vécu dans la cordonnerie.

— Je saurai me débrouiller, répondit-elle.

Le vieux motard finit par hocher la tête, avant de lui tendre l'épaisse couverture et de retourner vers sa cabane. Il s'immobilisa dans le cadre de porte et adressa, par-dessus son épaule, un regard à la jeune femme.

— J'ai glissé une tuque et une paire de gants dans la couverture. Si jamais j'entends quelque chose, je viendrai, ajouta-t-il avant de refermer la porte derrière lui.

Brynja entendit les verrous de la porte de la cabane être enclenchés, indiquant qu'elle était maintenant laissée à elle-même. Elle resta ainsi, accotée sur la table pendant quelques secondes, à respirer profondément l'air froid du mois de novembre. La jeune femme finit par se hisser et s'asseoir sur la table, les coudes sur les genoux et le fusil sur les cuisses, observant la ville au loin.

Calmée par l'air frais, Brynja contempla le déclin du soleil jusqu'à ce qu'il ne reste plus qu'une mince ligne rouge soulignant l'horizon. Au loin retentit l'écho du rugissement inoubliable d'une gargouille. D'ailleurs, elle vit même la silhouette de l'une de ces bêtes voltiger autour de la structure du pont, avant de s'y poser. Était-ce la même bête qui avait poussé leur voiture dans les eaux sombres du fleuve?

Brynja se trouvait maintenant totalement vulnérable, au beau milieu d'une nuit sombre et froide, mais cela ne la dérangeait pas vraiment. Comme elle l'avait dit à Silas, elle avait vécu de pires nuits. Les mèches de ses cheveux voltigeaient au gré du vent tandis qu'elle inspirait de bonnes bouffées d'air froid. Brynja ferma les yeux, se laissant bercer par le bruit du fleuve et du vent qui faisait danser les feuilles mortes de l'automne.

Un nouveau sentiment, dérangeant et apaisant tout à la fois, s'installa dans son for intérieur. Quelques larmes tièdes coulèrent doucement sur ses joues froides, qu'elle essuya du bout des doigts. Elle savait qu'une grande vulnérabilité reprenait le dessus de son être, et cette vulnérabilité, c'était son humanité. Afin de survivre, d'accepter et de traverser les horreurs de la réalité, Brynja avait dû s'en départir complètement. Et maintenant, cette humanité qu'elle avait dû chasser de son être était revenue, réanimée par la fillette qu'elle avait récemment rencontrée. N'ayant pas été élevée dans une religion en particulier, la jeune femme se mit à prier pour la sécurité et le bien-être de la fillette, sans savoir à qui s'adresser.

CHAPITRE 3

Changement

La nuit était tombée, son voile ténébreux transportant quelques flocons de neige qui allaient probablement fondre avant le lendemain. Brynja s'était déplacée au pied de l'arbre depuis près d'une heure, et elle s'était emmitouflée dans la couverture en position assise avec sa tuque enfoncée sur sa tête jusqu'aux oreilles. Puisque les mitaines que lui avaient offertes Silas étaient trouées au bout des doigts, la jeune femme avait été contrainte de réchauffer ses doigts gelés en les enfonçant dans les poches de son manteau. Même si la température frôlait le 0° Celsius, la jeune femme préférait passer la nuit à la belle étoile plutôt que d'être confinée dans la cabane de Silas.

Malgré que la jeune femme ait appris à ne plus accorder d'importance à des préoccupations telles que l'hygiène et la propreté, elle était quand même soulagée de constater que sa couverture ne sentait absolument rien, pas même le moisi ou la sueur. Incapable de trouver le sommeil par une température pareille, Brynja profita quand même de la nuit pour relaxer. Mis à part quelques

rugissements qui retentissaient depuis la ville lointaine, la nuit fut calme.

En l'absence de signes d'infectés dans les parages, Brynja resta aux aguets, tous ses sens à l'affût, tournant régulièrement son attention vers le moindre bruit de feuilles mortes fouettées par le vent. Étrangement, les pensées de la jeune femme ne s'étaient pas dirigées vers Adélaïde. Brynja avait plutôt laissé son esprit divaguer, se remémorant certains souvenirs d'enfance, ses groupes de musique favoris ainsi que les films qu'elle avait aimés.

Elle avait vu d'innombrables films de zombies et joué à beaucoup de jeux vidéo portant sur ce sujet. Comment un avènement si similaire avait-il pu se produire ? C'était un peu comme croire aux vampires et aux petits hommes verts. Dans les histoires de zombies, on parlait toujours de désastre biochimique ou encore de malédiction. Était-ce actuellement le cas ? Comment l'homme avait-il pu inventer de si nombreuses fictions au sujet d'une infection virale qui allait finir par réellement se produire ? Ce hasard était difficile à croire. D'innombrables personnes avaient d'ailleurs dû se poser la même question et en venir à la même conclusion. Au moins, ces histoires de fiction avaient permis à certains de mieux se préparer, quoique personne n'ait envisagé que ce mal se répandrait aussi sur les animaux, engendrant de véritables créatures tout droit sorties d'histoires d'épouvantes.

Le monde s'était recouvert d'un voile infernal, d'une véritable pandémie qui avait ravagé les hommes. La Terre entière était-elle recouverte de ce mal ? Brynja ne le savait pas. Tout laissait à croire que c'était le cas, puisqu'elle n'avait jamais vu ni entendu le moindre avion ou hélicoptère venir à leur rescousse. Personne n'était venu. Aucun pays n'était intervenu. Certes, quelques zones de la ville avaient été aidées par des unités militaires, mais celles-ci avaient aussitôt déguerpi en abandonnant leurs opérations d'évacuation, constatant qu'ils ne pouvaient rien faire d'autre que de sauver leur propre peau.

Depuis quand, exactement, vivait-elle dans cet enfer? La jeune femme était incapable de répondre à cette question, même en sachant qu'ils devaient être quelque part en octobre ou novembre. Elle avait développé une certaine horloge interne, elle était capable d'évaluer l'heure en fonction de la position du soleil et de la luminosité, mais elle avait perdu le fil des jours et des semaines. Une chose était certaine : l'avènement s'était produit il y avait moins d'un an, puisqu'il s'était déclenché durant l'hiver dernier.

Que s'était-il véritablement passé? Les médias s'étaient empressés de masquer l'affaire derrière une histoire de virus ou d'épidémie avant qu'il soit question de gaz ou encore d'arme bactériologique. En réalité, personne ne le savait. Il ne fallut pas très longtemps avant que les piliers de l'humanité — le gouvernement, les médias et les télécommunications — ne s'effondrent. Tout était tombé à zéro. Les barreaux de la cage de la société moderne qui avaient retenu les hommes et les femmes avaient cédé, causant une véritable anarchie. En cas de crise, de panique, l'être humain n'était qu'un bon à rien, pire qu'un animal.

Depuis, Brynja avait vu bien des horreurs et, aussi ironique que cela pouvait être, les monstres et les infectés n'en étaient pas vraiment la cause. La cause de ces horreurs, c'était l'être humain, surtout l'homme. Elle avait vu les pires atrocités qu'un être humain pouvait commettre envers un autre représentant de son espèce et elle-même avait presque été victime de viol. Fort heureusement, son pied-de-biche s'était trouvé à proximité, lui permettant de repousser et de blesser mortellement son agresseur. Ne voulant pas se rappeler des détails, Brynja avait laissé son esprit s'embrouiller. Ce n'était pas la première fois qu'elle avait tué quelqu'un, mais c'était la première fois qu'elle l'avait fait sans remords.

Même si le souvenir de cet événement lui était toujours douloureux, il avait été crucial à sa survie. C'était ce moment qui lui avait permis de créer la carapace qui avait protégé son for intérieur bien plus vulnérable. C'était ce qui lui avait donné la capacité de se déconnecter des atrocités du monde et des hommes, et de mettre l'accent sur son instinct de survie. C'était ce qui l'avait rendue froide et meurtrière, distante et solitaire.

Dans un monde aussi sombre et hostile, il fallait apprendre à se détacher des choses. Non pas seulement pour survivre, mais pour vivre. Brynja avait appris qu'il fallait être en mesure d'accepter de laisser aller les choses, de renier et d'étouffer toutes formes de sentiments pouvant entraver la survie. C'est ainsi qu'elle avait pu rester en vie, seule avec elle-même, prise dans les limbes qui lui avaient semblées durer une véritable éternité.

Et puis, la fillette nommée Adélaïde était arrivée et, en une vingtaine d'heures, avait renversé ses règles intérieures, la reconnectant avec son humanité. Brynja se sentait à nouveau vulnérable et humaine, mais elle savait qu'elle allait devoir revêtir son armure lorsque la situation se présenterait. Elle espérait seulement pouvoir retrouver cette force le moment venu.

Brynja observa le ciel partiellement recouvert de nuages et parsemé d'une nuée d'étoiles rayonnantes durant des heures. Ne sachant pas si elle s'était endormie ou non, la jeune femme sursauta en voyant que le ciel avait commencé à s'éclaircir, dévoilant un horizon orangé. Les premiers rayons de soleil commenceraient bientôt à faire leur apparition, indiquant la fin de la nuit.

La jeune femme se leva et s'étira doucement, la gorge sèche et une désagréable sensation de faim au ventre. Ses blessures abdominales la faisaient toujours souffrir, mais un coup d'œil sous sa camisole lui confirma que ses bandages n'étaient pas rougis ni même salis. C'était bon signe ; l'injection de pénicilline semblait avoir fait son travail. Ramassant ses affaires et le fusil de chasse, la jeune femme alla s'asseoir sur la table à pique-nique, les pieds sur le siège, pour observer le lever du soleil.

Affamée, elle ouvrit son sac à dos et fouilla son contenu. Elle y retrouva le sac de croustilles, les quelques paquets de gomme et la conserve de thon. C'est alors qu'elle se remémora la scène qu'elle avait vue à la station-service, particulièrement le cadavre qui produisait d'étranges spores. La jeune femme se rendit compte qu'elle n'avait pas abordé le sujet avec Silas. Peut-être avait-il déjà vu ce genre de phénomène ? Brynja ne croyait pas que les spores aient réussi à pénétrer les emballages hermétiquement clos du thon et des croustilles, alors elle se servit.

Elle tira la languette de la conserve de thon, dont le couvercle se retira avec facilité, dévoilant son contenu baignant dans l'eau. Portant le tout à son nez afin d'évaluer si c'était comestible, Brynja ne détecta qu'une odeur tout à fait normale de thon. Sans trop se poser de questions, et son ventre se contractant douloureusement sous la faim, Brynja porta la conserve à sa bouche et engloutit son contenu, s'aidant de ses doigts et buvant même le liquide.

Loin d'être rassasiée, la jeune femme ouvrit ensuite son sac de croustilles, qu'elle mangea plus lentement, profitant de la superbe vue s'illuminant peu à peu. Croquant les dernières croustilles du sac, qu'elle froissa ensuite, Brynja tourna son attention vers le bruit de porte grinçant derrière elle. Silas sortit de sa cabane, portant un sac en bandoulière. L'homme referma ensuite la porte, qu'il verrouilla derrière lui.

— Nous avons eu une nuit calme, lança-t-il en se dirigeant vers sa moto. Tu as bien dormi ?

Ne sachant pas si elle avait trouvé le sommeil ou non, la jeune femme ne sut quoi répondre. Silas, maintenant vêtu d'un manteau entrouvert, retira la toile recouvrant sa moto avant de la froisser et de la coincer sous une bûche.

— En tout cas, moi je n'ai pas vraiment fermé l'œil, continua l'homme en s'installant sur sa moto. Mais au moins…

À l'aide de son poids, Silas fit basculer la moto de son support et la fit rouler jusqu'à la table où Brynja était assise.

— Au moins j'avais un bon livre à lire, dit-il. J'aurais dû faire ça plus tôt, me mettre à lire. C'est fou comme les bouquins peuvent nous décrocher de notre quotidien de merde, hein ? ajouta-t-il avec un petit sourire.

Tandis que le vieil homme réinstallait sa moto sur son support, Brynja descendit de la table et rendit la couverture que Silas lui avait prêtée la veille à son propriétaire.

— Merci pour la couverture et le reste, lui dit-elle en lui tendant la couverture pliée.

— Garde-la, dit-il. En moto par un temps pareil, tu auras bien besoin de quelque chose pour te tenir au chaud. Surtout avec l'hiver qui risque de se pointer le bout du nez dans peu de temps.

Brynja hocha la tête en guise de remerciement et fourra la couverture dans son sac à dos.

— Tu as faim ? J'ai encore des céréales et de l'eau, lui offrit l'homme.

Même si elle venait tout juste de manger, Brynja n'était pas rassasiée. Elle aurait pu se sentir mal à l'aise d'accepter de manger à nouveau, mais elle savait que les opportunités de se faire offrir de la nourriture risquaient de se faire rare, dans un futur proche. Elle accepta donc l'offre de son hôte.

Le vieil homme sortit une boîte de céréale de son sac à dos, deux gobelets, une paire de cuillères et une bouteille d'eau. Tout comme la veille, il mélangea le tout dans un gobelet. Étant assez pressée de partir aux trousses d'Adélaïde, Brynja fit de même, mélangeant sa part d'eau avec ses céréales, qu'elle engloutit à même le gobelet. Rassasiée, la jeune femme rendit au vieil homme le gobelet et la cuillère qu'elle n'avait pas utilisée.

Une fois le tout rangé dans son sac à dos, Silas rangea ce dernier dans une des sacoches de sa moto. Nouant un foulard autour de sa nuque et posant une impressionnante paire de lunettes de style aviateur sur son large nez, Silas s'installa sur sa moto.

— Garde le fusil sur toi, à portée de main, ordonnat-il en faisant basculer le support de sa moto. On ne sait jamais sur quoi, ou qui, on peut tomber.

La jeune femme hocha la tête et ajusta sa tuque et ses mitaines. Malgré qu'elle soit déjà encombrée de son propre sac à dos, la jeune femme passa la ganse du fusil sur son épaule et s'installa juste derrière Silas. Décidemment, ce voyage allait être inconfortable, se dit Brynja en tentant d'adopter une position endurable.

— Si tu veux me parler, tu tapes mon épaule, c'est bon ? lui dit-il en enfilant sa propre paire de gants.

— C'est compris, répondit Brynja. Partons.

— Au fait, dit Silas en remontant son foulard sur le bas de son visage, non, je n'ai pas de casques. Foutus casques, hé, hé.

Sur ce, le vieux motard démarra son engin ; le son du moteur vrombit avec puissance, faisant vibrer le siège de la moto. La bécane s'avança doucement à travers les feuilles mortes, avant de gravir la petite pente qui menait à la route. Une fois les deux roues sur l'asphalte, Silas fit gronder le moteur de sa moto, qui prit de plus en plus de vitesse. Ils auraient pu aller nettement plus vite, mais Brynja se doutait bien que Silas préférait être prudent, puisque la chaussée pouvait avoir gelé durant la nuit.

Des barrages routiers infranchissables les forçaient souvent à faire des détours, comme cette trentaine de voitures abandonnées qui bloquaient littéralement la route ou encore ces camions-citernes complètement renversés. Silas dirigea donc sa moto vers les rues d'un petit quartier.

— Je connais un chemin, de l'autre côté! cria l'homme en pointant au loin. On doit simplement contourner ces pâtés de maisons.

— OK! répondit la jeune femme à travers le bruit du vent.

N'ayant jamais fait de moto auparavant, Brynja découvrit le côté pratique à se balader ainsi, malgré la morsure du vent et l'inconfort général causé par le fait qu'elle ne voulait pas se retenir sur le conducteur. Évidemment, elle aurait préféré découvrir ce genre d'activité dans de meilleures circonstances, mais c'était tout de même assez particulier.

En circulant dans les rues complètement désertes, ils purent observer que de nombreuses maisons de banlieue avaient été dévalisées, leurs fenêtres brisées et leurs garages saccagés. D'autres, comme la grande maison blanche qu'ils venaient tout juste de dépasser, avaient été barricadées, leurs fenêtres et leurs portes placardées de planches de bois et de tôle. Les maisons du quartier avaient été rafistolées et protégées avec tout ce que les gens avaient pu trouver. Certaines maisons étaient même recouvertes de graffitis assez menaçants, dont une en particulier qui était fortement barricadée et

sur laquelle Brynja put lire, peint en peinture rouge :
«Ne vous approchez pas du terrain sinon nous ouvrons
le feu. À vos risques!»

Cette demeure était-elle toujours habitée? Brynja
eut sa réponse en voyant la porte de la maison s'ouvrir,
un homme apparaissant sur le porche en compagnie
d'un petit garçon, tous deux armés. Ils avaient sans
doute entendu le vacarme infernal de la moto. Un instant plus tard, la moto de Silas avait déjà tourné le coin
de la rue.

Ils continuèrent ainsi pendant un bon moment, zig-
zaguant à travers les rues du quartier fantôme. À sa
façon de conduire, Silas montrait clairement qu'il savait
où il allait en empruntant les différentes rues sans la
moindre hésitation. Parfois forcés de monter et de
conduire sur le trottoir pour contourner un camion
de livraison renversé, Silas et Brynja passèrent devant
une maison dont le porche était jonché d'une demi-
douzaine de cadavres d'infectés calcinés par les rayons du
soleil. Ils avaient sans doute tenté de s'introduire dans
la demeure récemment. Silas avait ralenti afin d'observer la demeure victime de l'invasion. Avec sa porte
ouverte, il était facile de croire que les occupants
devaient avoir pris la fuite, à moins que les infectés
n'aient trouvé le moyen d'entrer.

L'idée d'aller jeter un coup d'œil dans cette maison
traversa l'esprit de Brynja, mais sa conscience l'étouffa
aussitôt, lui rappelant qu'elle avait un objectif plus
important. Après tout, mieux valait pour sa propre
sécurité de ne pas s'approcher de ces demeures.

Brynja et Silas continuèrent leur route sous le soleil levant du matin, voyant défiler de nombreuses carcasses jonchant les routes et les trottoirs, certaines d'infectés brûlés et d'autres d'humains assassinés. Même si la vue de ces cadavres n'aurait généralement pas déstabilisé Brynja, son estomac se noua devant la vision d'un enfant sectionné en deux, le haut et le bas de son corps uniquement reliés par plusieurs mètres d'intestins gisant sur du sang séché.

À peine quelques rues plus loin, le vieux motard fut forcé de ralentir, car la route était obstruée par une intimidante barrière. Le moteur de l'engin toussota avec puissance tandis que le duo s'immobilisait, stupéfait devant ce qui bloquait la rue.

— Merde, lâcha Silas. Qu'est-ce que c'est que cette connerie?

Le chemin était obstrué par une barrière construite à l'aide d'une trentaine de paniers d'épicerie, tous poussés les uns dans les autres, ficelés de barbelés et de plaques de tôle vissées sur des planches de bois. De chaque côté, plusieurs voitures dénuées de pneus étaient sciemment renversées.

— Qu'est-ce qui se passe? demanda Brynja, incertaine. Peut-on la contourner?

— Ce n'était pas là, voilà à peine deux semaines, grogna le vieux motard. Bordel. Les autoroutes sont juste de l'autre côté!

Derrière le toit d'une maison et à travers les branches nues de nombreux arbres morts, Brynja entrevit la structure d'une voie qui menait effectivement aux autoroutes.

Ils étaient si près du but. Nerveuse, la jeune femme se mit à observer autour d'elle, en particulier les terrains et les maisons abandonnées. Lorsqu'elle remarqua une silhouette du coin de l'œil, apparemment sortie de l'une des maisons, ils furent interpellés.

— Vous! ordonna alors une voix forte. Éteignez le moteur de la moto!

Silas se retourna, irrité, pour apercevoir leur interlocuteur. Brynja fit de même et vit que trois personnes se trouvaient au beau milieu de la rue, à une vingtaine de mètres d'eux. Deux adolescents, chaudement vêtus et armés de bâtons, se tenaient de chaque côté d'un type plus vieux, armé d'une carabine militaire qu'il pointait sur eux.

— Coupez le contact, j'ai dit! répéta l'homme.

Après quelques secondes d'hésitation, Silas coupa finalement le contact de sa moto.

— Descendez! cria l'homme.

Étant coincée sur la moto, dos à ses attaquants, Brynja n'eut pas à se faire prier pour descendre de l'engin. Ne voulant pas laisser paraître ses faiblesses physiques, elle débarqua et fit face aux trois individus. Silas fit basculer sa moto sur son support et descendit à son tour, sa démarche boiteuse et sa jambe faible facilement identifiables. Côte à côte, Brynja et Silas observèrent leurs opposants.

— Toi, la fille, ordonna l'homme en agitant lentement sa carabine vers elle. Dépose ton fusil par terre! Ne perds pas de temps, sinon je tire!

À peine étaient-ils partis qu'ils se retrouvaient déjà dans une situation précaire. À cette distance, la jeune femme savait qu'elle ne réussirait probablement pas à lever son fusil de chasse et à viser mortellement son adversaire avant de se faire canarder. Mieux valait pour elle de jouer le jeu.

Brynja fit donc passer l'arme par-dessus sa tête, puis la déposa ensuite au sol. Le simple fait de se pencher lui tiraillа douloureusement l'abdomen, rendant son mouvement moins fluide et la faisant grimacer de douleur.

Le type maniant la carabine paraissait dans la cinquantaine, et malgré la distance d'une vingtaine de mètres, on pouvait voir son nez pointu surmonter une imposante moustache. Les deux adolescents, frères ou simplement complices, s'approchèrent d'eux en les contournant de chaque côté. L'un arborait un visage émacié et sévère, tandis que l'autre portait une tuque sous laquelle sortaient de longues mèches blondes. D'après leur regard froid et leur comportement méthodique, Brynja comprit qu'elle et le vieux motard étaient tombés sur des individus expérimentés. Ce n'était probablement pas la première fois qu'ils coinçaient des gens de cette manière.

Le vieux motard fixait droit devant lui, son regard masqué par ses lunettes fumées, tandis que l'autre s'approchait de Brynja. Foudroyant la jeune femme du regard, l'adolescent récupéra le fusil de chasse d'une main rapide avant de reculer. C'est alors qu'un détail revint à la mémoire de la jeune femme : comment se faisait-il que les adolescents n'aient pas remarqué le revolver que Silas portait à la cuisse ? Le possédait-il toujours ? Comme si l'adolescent au visage émacié avait lu dans ses pensées, il s'écria, en pointant Silas d'un doigt agité :

— Hé ! Le vieux porte un étui à la cuisse ! Il est armé !

Avant même que l'homme maniant la carabine n'ait capté l'information, Silas dégaina son revolver et le pointa aussitôt vers l'homme armé. Tel un véritable cowboy du Far West, il l'abattit de deux balles, l'une l'atteignant à la poitrine et l'autre, à l'épaule. L'homme chuta au sol sous les exclamations de stupéfaction de ses deux jeunes acolytes. L'un des jeunes accourut à son aide, se jetant à genoux à ses côtés.

Le blond qui avait dérobé le fusil de chasse de Brynja prit conscience de ce qui venait de se produire avec un certain retard. Avant qu'il n'ait le temps de se retourner et de faire feu sur le vieillard, ce dernier avait déjà pointé son revolver fumant vers lui.

— Lâche l'arme, mon gars ! lui ordonna Silas d'une voix sévère et autoritaire. Et toi, envoya-t-il à l'autre jeune, envoie la carabine dans ma direction, sinon je lui éclate la tête !

À la vue de l'impressionnant revolver argenté et reluisant au soleil, l'adolescent à la chevelure blonde figea, pétrifié par la peur, incapable de lever le fusil de chasse contre son adversaire. Voyant bien que le vieillard risquait d'abattre son camarade, l'autre adolescent s'avança vers la carabine et la botta vers Silas. La carabine glissa sur un ou deux mètres avant de s'immobiliser. Silas s'approcha tranquillement de la carabine, la récupéra en se penchant difficilement et passa sa sangle sur son épaule.

— Qu'est-ce que t'attends !? s'écria alors l'homme blessé en s'adressant à l'adolescent blond, sa tête relevée et affichant une grimace de douleur alors qu'il gisait toujours au sol. Tire !

Tenant son revolver d'une seule main, Silas arma le chien de l'arme dans un déclic sonore, intimidant ainsi davantage le jeune qui avait dérobé l'arme de Brynja.

— Baisse ton arme et fichez le camp, lui dit-elle d'un ton froid, en le fixant d'un regard menaçant.

Le jeune ignora son conseil, faisant passer son regard entre elle et Silas, qui semblait aussi froid qu'une statue.

— Bordel, tu veux bien tirer !? s'emporta le blessé en crachant du sang.

Ignorant les ordres malgré les injures rageuses de son mentor, le jeune homme abaissa le fusil et recula, l'air nerveux. Brynja récupéra alors rapidement l'arme et la pointa vers l'adolescent, même s'il ne représentait plus un danger immédiat.

— Espèce de petit con ! continua l'homme, qui baignait dans son sang, en toussotant à travers des bruits gutturaux. Tu nous as encore empêchés de quitter ce trou perdu ! Tu vas bien finir par crever et…

Un coup de feu l'atteignit en pleine tête et la fit exploser comme une pastèque contre la chaussée. Le coup de feu avait fait sursauter Brynja, qui faillit presser la détente de son fusil sous le fléchissement de ses épaules.

Le jeune homme qui s'était porté au secours de l'homme recula si vivement qu'il trébucha, couvrant sa bouche à cause une nausée montante. Le jeune homme tenta de se relever, mais incapable de se retenir, il se plia en deux et vida le contenu de son estomac sur le trottoir. Son complice, que Brynja maintenait en joue avec son fusil de chasse, semblait avoir le moral brisé en mille miettes lorsqu'il porta ses mains à sa tête, l'air en plein désarroi.

— Oh merde, oh merde, gémit-il d'une voix nerveuse.

Suite à l'exécution, Silas avait poussé le barillet hors du revolver pour jeter un œil à son contenu. Il extirpa une poignée de balles de la pochette de son manteau et se mit à les insérer dans le barillet.

— Qu'est-ce que vous foutiez ? demanda Silas aux deux adolescents en restant concentré sur sa tâche.

Aucun d'eux ne lui répondit ; les deux jeunes étaient beaucoup trop secoués. Voyant bien qu'il était désormais inutile de tenir l'adolescent en joue, Brynja baissa son arme, contemplant la scène.

— Vous vouliez me faire descendre de ma moto, continua Silas en retirant ses lunettes pour les observer de son regard plissé. Eh bien, c'est fait. Alors, qu'est-ce que vous nous vouliez ?

— Votre moto, répondit le jeune d'une voix faible, alors qu'il était toujours penché au-dessus du résultat de sa nausée. Nous voulions la moto…

— Ah, et pourquoi ? continua le vieux motard. J'ai entendu votre ami dire que vous vouliez partir d'ici, c'est ça ? Et comment vous comptiez monter à trois sur la moto, au juste ?

Encore une fois, les deux adolescents demeurèrent silencieux, s'échangeant cependant un long regard malsain. Le plus jeune des deux — celui qui se tenait près de Brynja — semblait plus naïf que l'autre, qui avait l'air de bien mauvaise humeur.

— Il ne nous aurait jamais emmenés avec lui, lâcha-t-il. Tu le sais bien. Nous étions un fardeau pour lui, rien de plus. Je suis prêt à te parier qu'il... qu'il nous aurait laissés derrière, sans le moindre remords.

— Ah, arrête, répondit son complice, qui venait de se remettre maladroitement sur pied, le visage émacié et fatigué. Tu ne sais rien de ça. Toi et tes maudites spéculations...

À nouveau debout, l'adolescent observa les inconnus tour à tour d'un air froid, puis son complice. Dans les yeux de l'adolescent, la jeune femme remarqua une ombre particulièrement sombre.

— Ce n'est pas la première fois que vous piégez des gens ainsi, n'est-ce pas ? leur demanda Silas.

Les deux jeunes échangèrent un regard lourd, comme pour inciter l'autre à répondre à leur place.

— Non, répondit finalement le blond, qui soutint le regard de son ami pendant quelques secondes avant de le détourner vers son interlocuteur. Non, ce n'est pas la première fois. D'habitude, les gens coopèrent plus facilement. Nous n'avons jamais tué qui que ce soit...

— Vous les pillez de leurs biens et les renvoyez les mains vides ; c'est pratiquement la même chose, renvoya Silas.

Brynja, qui jugeait avoir été assez patiente et clémente avec ses attaquants, s'approcha du blond en le foudroyant du regard.

— C'est vous qui avez bloqué cette voie? demanda-t-elle sèchement en désignant la barricade du doigt.

Le jeune homme sembla trop intimidé par le fusil de chasse pointé sur son nez pour répondre à la question. C'est son ami, l'adolescent au visage émacié, qui répondit à sa place.

— Non, elle vient tout juste d'être bloquée par des habitants du coin, fit-il savoir. C'est comme ça qu'on survit, tous ensemble.

Brynja remarqua alors la présence de deux silhouettes, au coin de la rue, à une vingtaine de mètres derrière eux. Elle les reconnut comme l'homme et le petit garçon qu'elle avait vus plus tôt, sur le porche d'une maison. Tous deux étaient armés, mais ils ne donnaient pas l'impression de vouloir s'approcher davantage. Peut-être avaient-ils été attirés par les coups de feu? À peine s'étaient-ils pointés le bout du nez qu'ils repartaient déjà d'où ils venaient.

— Tout à l'heure, intervint Silas avançant vers le jeune blond, l'autre type a mentionné que tu avais foutu en l'air votre seule chance de vous en aller d'ici. Pourquoi vouloir vous en aller si vous survivez en coinçant de pauvres gens dans votre toile d'araignée?

— Parce que plus de la moitié d'entre nous sont morts, répondit le jeune d'une voix tremblante. Les zombies ont contourné nos pièges et nos barricades, il y a quelques jours à peine…

— Quatre jours! l'interrompit l'autre. Quatre jours, ok!? Et ça, c'est parce que tu n'étais pas à ton poste pour monter la garde comme prévu! ajouta-t-il en le pointant d'un doigt ferme.

— Arrête avec ça, merde! lui renvoya l'adolescent d'une voix émotive. Je *sais* ce que j'ai fait. Je le sais. Pas besoin de me le remettre en pleine face toutes les 30 secondes!

— Fermez-la! intervint Silas d'une voix de stentor. Je n'en ai rien à foutre de vos conneries! Venez-en aux faits! Vos camarades sont morts, et après? Vous voulez partir ailleurs?

Tous deux intimidés par l'intervention du vieux motard, les deux adolescents cessèrent de se quereller.

— Nous ne sommes plus que sept, dit le jeune au visage émacié. Cette banlieue n'est plus sécuritaire pour nous. Vous avez dû voir les corps qui gisaient sur votre route… ce n'était pas comme ça, avant.

— Depuis quand êtes-vous ici? leur demanda Brynja par simple curiosité.

— Depuis le début de l'apocalypse, répondit le blondinet. Depuis l'hiver dernier. Nous étions… environ une trentaine? répondit-il en cherchant du regard la confirmation de son camarade.

— Quarante-deux, répondit l'autre. Tous regroupés dans deux maisons.

Les deux jeunes et leur mentor avaient mené une attaque contre eux, mais Brynja savait bien qu'ils n'avaient qu'essayé de sauver leur propre peau par tous les moyens nécessaires, exactement comment elle le faisait depuis le début. Cependant, elle ne pouvait pas prendre ces adolescents en pitié et ils n'avaient certainement pas de place pour eux sur la moto. Pour rejoindre Adélaïde, elle ne se sentirait pas mal de les laisser derrière. Et puis, s'ils étaient parvenus à survivre jusque-là, tout comme elle, ils étaient certainement capable de continuer, même sans leur mentor.

— Nous voulions partir vers le nord, révéla le blond. À la radio, on a dit que certaines zones y seraient même sécuritaires.

— Et c'est à ce moment que vous vous êtes dit qu'avec une moto, vos problèmes seraient résolus, intervint Silas.

— Ce n'est pas comme si nous avions l'embarras du choix, répondit l'adolescent plus hostile. Toutes les voitures en état de marche ont déjà été prises par d'autres survivants. Nous sommes coincés ici.

— Pas de chance, les gars, lui répondit Silas sans la moindre empathie. Alors, par quel chemin comptiez-vous passer, puisque celui-ci est bloqué ? Répondez ; vous nous avez fait perdre assez de temps.

Les deux jeunes s'échangèrent un regard en marmonnant des paroles inaudibles. À en juger par la réaction du colérique qui secouait la tête avec désapprobation, ils n'en étaient pas venus au même consensus.

— On peut déplacer la barricade, révéla alors le blond, désolé, sans quitter son acolyte du regard. C'est pourquoi on l'a construit avec des paniers d'épicerie…

— Alors mettez-vous à l'ouvrage, répliqua Silas en retournant vers sa moto d'un pas claudicant. Ne me faites pas gaspiller mes dernières balles pour vos peaux.

Visiblement refroidi par l'obéissance du blond, l'autre adolescent le rejoignit en lui lançant un regard mauvais. La mine basse, ils s'entraidèrent à déplacer l'immense barrière qui bloquait entièrement la rue. La tâche aurait été moins ardue à quatre, mais Brynja et

Silas gardèrent leurs distances, préférant plutôt assurer la protection de la moto, juste au cas où quelqu'un d'autre tenterait de les prendre à revers. Le vieillard était installé sur sa moto, fumant une cigarette qu'il avait sortie d'une poche de son manteau. Brynja s'assura que les deux adolescents accomplissaient leur tâche tout en gardant l'œil ouvert sur les environs, son fusil de chasse entre les mains.

Lorsqu'un espace suffisamment grand fut créé entre une voiture renversée et la barricade de paniers d'épiceries, Brynja retourna à la moto et s'installa derrière Silas. Une fois l'engin démarré, Silas le fit avancer et passa doucement à travers la barrière, avant de s'immobiliser. Posant un pied à terre, il enleva la carabine de sur son épaule et la tendit au jeune blond.

Sans dire quoi que ce soit, l'adolescent saisit l'arme d'une main hésitante, alternant un regard incrédule entre Silas et Brynja. Peut-être avaient-ils tenté de les piller de leurs biens, mais il semblait que le vieux motard les prenait quand même en pitié… Ou peut-être n'était-il simplement pas prêt à vivre avec le remords d'avoir abattu le mentor des deux adolescents en leur prenant leur seule arme valable?

Ne leur accordant pas même un second regard, Silas fit vrombir le moteur de sa moto, qui accéléra graduellement tout en empruntant la voie qui montait vers l'autoroute. En observant les panneaux de signalisation ainsi que les lignes du code de la route, Brynja constata que cette entrée vers l'autoroute était, en fait, une sortie en voie inverse. Au diable le code de la route.

CHAPITRE 4

L'arrêt

S ilas et Brynja roulèrent pendant une demi-heure à haute vitesse, sans s'arrêter, sur les autoroutes trans-canadiennes en direction de Québec. Par chance, les autoroutes s'étaient avérées sans danger — jusqu'à maintenant du moins —, désertes et exemptes de toutes formes de problème. Ankylosée, ses yeux plissés sous les forts rayons du soleil, le bout de ses doigts gelé et ses cheveux fouettant l'air, la jeune femme avait quand même trouvé le moyen de se déconnecter de la réalité et de reposer son esprit. Rouler ainsi permettait à Brynja de trouver une certaine quiétude, et ce, même si elle laissait derrière les deux adolescents. Leur sort ne laissait pas la jeune femme indifférente, mais elle avait choisi de bloquer toute émotion à leur sujet, chose qui s'avéra plus difficile qu'elle ne le croyait.

Brynja profita du grand air et de sa randonnée, parce qu'elle savait que ce calme ne durerait pas bien long-temps et qu'au coucher du soleil, le monde basculerait à nouveau dans une dimension infernale. Autant profiter des petites choses de la vie. En observant les grands

espaces, les longues forêts de conifères et les terres agricoles, Brynja sombra dans son for intérieur et son sombre passé. Comment avait-elle pu rester coincée dans la métropole pendant aussi longtemps ?

Pourquoi n'avait-elle pas pris la fuite comme la plupart des gens, lors de l'avènement ? Elle avait préféré se terrer dans son appartement, avec sa colocataire, jusqu'à ce que ces stupides garçons ameutent une horde d'infectés à leur porte. Elle avait alors choisi de sauver sa propre peau, mais pourquoi n'avait-elle pas quitté l'île ?

En fait, elle y avait pensé. Souvent, même. Mais malheureusement, elle n'avait eu pratiquement aucun choix sur les événements entourant sa survie. Elle avait souvent été poussée à rester cachée pendant des jours, à rôder autour des épiceries, des restaurants, des magasins à grande surface en espérant tomber sur d'autres survivants. Évidemment, son vœu avait fini par se réaliser, sauf qu'elle était tombée sur des types douteux et que l'un d'eux avait voulu se satisfaire à ses dépens. Elle était parvenue à tuer son agresseur avant l'acte, l'attaquant avec son propre pied-de-biche qui deviendrait son ultime moyen de défense dans les mois à venir.

Cet événement l'avait profondément blessée, érigeant une vive méfiance envers tout autre homme qui croiserait son chemin. Rester en solitaire était un choix, tout comme se déconnecter de plus en plus de son humanité, jusqu'à y trouver une certaine forme d'accomplissement personnel. Perdue dans les limbes, elle n'avait eu que pour but de trouver de quoi manger durant le jour et d'espérer pour le mieux durant la nuit.

Chaque fois qu'elle s'était donnée comme objectif de quitter l'île, quelque chose avait mis des bâtons dans les roues de son plan, comme la première fois où elle avait été mordue par un infecté. Ayant en tête les films, les livres et les jeux vidéo portant sur les zombies, Brynja s'était convaincue qu'elle allait, elle aussi, être infectée.

Elle s'était donc réfugiée dans une salle de maintenance, barricadée avec quelques maigres vivres, son pied-de-biche et un éclat de vitre qu'elle avait ramassé afin de s'enlever la vie. Elle avait décidé d'en finir, ne voulant pas devenir un mangeur de chair humaine, trop effrayée à l'idée qu'elle conserverait peut-être une quelconque forme de conscience après sa transformation.

Évidemment, trancher ses propres veines s'était avéré bien plus difficile que prévu, et elle n'en avait pas été capable. Elle avait préféré tuer le temps et attendre les premiers signes de l'infection, alors elle s'était tapie dans son trou en maudissant son sort. Ce n'est que deux jours plus tard, affamée et assoiffée, qu'elle avait décidé de sortir de sa cachette afin de trouver de quoi se nourrir. Fatiguée, étourdie et souffrant de nausée, la jeune femme avait redouté le moment où elle finirait par se transformer, malgré le fait que l'état de la morsure qu'elle portait au poignet ne semblait pas empirer.

Après la découverte d'un camion de livraison bourré de pots d'olives et de conserves, Brynja avait compris que les effets qu'elle avait ressentis et associés à la transformation étaient en fait causés par une carence alimentaire. Quelques jours plus tard, après avoir eu la chance de se nourrir convenablement et de trouver un endroit où se reposer, elle avait remarqué que sa blessure s'était mise à cicatriser. Brynja avait donc compris que les zombies ne transmettaient pas leur infection.

L'éternelle question restait toutefois bien présente dans l'esprit de la jeune femme : comment se faisait-il qu'autant d'individus s'étaient transformés ? Initialement, Brynja et quelques autres avaient cru en une attaque bactériologique lancée par un pays du continent eurasien. Cependant, il ne leur avait pas fallu bien longtemps pour déduire que le reste du monde était probablement tombé sous le même fléau.

Avant la chute des médias, des réseaux sociaux et des télécommunications, Brynja et les quelques survivants qu'elle avait rencontrés avaient échangé à propos de ce qu'ils avaient entendu, à savoir que d'autres pays, partout autour du globe, avaient été frappés par la même pandémie. De toute évidence, ce n'était pas l'œuvre d'un pays ou d'un dictateur fou. Quel avantage tirerait-on à détruire et infecter ainsi les différentes civilisations humaines ? Rien. C'était illogique. C'était forcément quelque chose d'autre, mais quoi ? Incapable de répondre, Brynja avait délaissé ce genre de questions.

La jeune femme était devenu un véritable produit du monde actuel ; une survivante pure et dure qui s'était adaptée à cette nouvelle vie. Elle avait appris à manger tout ce qui était comestible, à se départir de toute forme de possessions et à vivre en nomade. Tuer les vivants comme les infectés était même rapidement devenu quelque chose de commun, voire normal. C'était ainsi que toute forme de vie survivait, en fait. Maintenant qu'elle s'était reconnectée avec une certaine humanité, ranimée par Adélaïde, elle allait devoir prendre de grandes précautions afin de ne pas être bernée par cette vulnérabilité. C'était une chance que l'épisode des deux adolescents ne se soit pas étiré…

Brynja fut extirpée de ses pensées lorsqu'elle remarqua que la moto de Silas décélérait. Tout à coup, l'un des tuyaux d'échappement de la moto émit une explosion, suivie d'une autre presque aussitôt. Le moteur fit alors un bruit de décompression, et le bolide perdit de plus en plus de vitesse. Le vieux motard freina alors l'engin, le rangeant sur l'accotement avant de l'immobiliser.

— Qu'est-ce qui se passe ? demanda Brynja, les sourcils froncés.

— J'ai un doute, répondit-il. Descends.

La jeune femme se laissa glisser du siège et s'écarta un peu afin de laisser la place à Silas. Brynja profita de cette pause pour se concentrer sur sa respiration afin de calmer ses maux de ventre. Le vieillard se pencha près de sa moto et s'assit difficilement par terre, sa jambe faible tendue devant lui.

— Alors ? demanda Brynja, qui observait les alentours.

Ils étaient bel et bien perdus au beau milieu de nulle part, sur une autoroute entourée par une forêt de grands conifères. Il n'y avait plus de voitures abandonnées, ni devant ni derrière.

— C'est le fichu carburateur, grommela le motard en retirant ses lunettes fumées avant de passer sa tête sous sa bécane. Il faut que je le démonte et que je le nettoie. Ça ne devrait pas être très long, j'ai tout ce dont j'ai besoin dans l'une des sacoches de la moto. Tu veux bien l'ouvrir et me passer le coffre à outil qui s'y trouve ?

Tentant de ravaler son mécontentement, la jeune femme s'approcha de la sacoche désignée par Silas et l'ouvrit, puis en sortit une petite trousse en cuir recouverte de taches d'huile. Elle la passa au vieillard, qui se mit aussitôt au travail.

— De combien de temps penses-tu avoir besoin ? lui demanda la jeune femme.

— Une heure, environ, répondit Silas en dévissant des boulons.

Mordillant sa lèvre inférieure, la jeune femme s'écarta à nouveau. Heureusement pour eux, ils semblaient être les seuls êtres vivants à des kilomètres à la ronde. Quoique… l'immense forêt transpercée par les autoroutes transcanadiennes abritait probablement une certaine forme de danger. Si les chauves-souris avaient été transformées en gargouilles… alors à quoi ressemblaient maintenant les ours et les chevreuils ? Peu importe, il faisait jour. Et en général, il n'y avait rien à craindre, en plein jour.

Ne sachant pas quoi faire de sa peau, Brynja décida de partir à la recherche de nourriture aux abords de la forêt. Peut-être y trouverait-elle des petits fruits encore comestibles ou quelque chose du genre.

— Je vais aller jeter un œil à la forêt, dit-elle. Voir si je ne peux pas nous dénicher de quoi manger.

— Tu as déjà chassé quelque chose ? lui demanda le vieillard sans détourner son attention de sa moto.

— Des hommes, répondit la jeune femme avec un certain sérieux.

Silas prit sa réponse pour une blague, puisqu'il éclata de rire. Il retira finalement sa tête de sous sa moto et dégaina son revolver de sa poche, puis le tendit à Brynja par la crosse.

— Tiens, c'est d'un calibre plus petit que ton fusil de chasse. Essaie de nous trouver un écureuil ou un petit animal du genre.

La jeune femme prit l'arme à feu et fit glisser le barillet hors de l'arme. Il était plein. Elle le referma d'un coup sec et glissa l'arme dans sa ceinture. Elle doutait cependant de tomber sur un animal, puisque ceux-ci avaient, à sa connaissance, tous été transformés ou encore décimés par la pandémie. Elle n'avait plus vu d'animaux depuis de nombreux mois, pas même un rat.

— Tu as six coups, expliqua Silas, qui avait ramené son attention sur sa moto. Si tu trouves quelque chose, vise la tête. Ne dépense pas plus de deux balles. En échange, rends-moi le fusil de chasse. Dépose-le à côté de moi. On ne sait jamais qui peut nous tomber dessus.

Brynja fit passer la ganse du fusil de chasse par-dessus son épaule et déposa doucement l'arme près de l'homme. Décidée, malgré ses craintes de tomber sur d'horribles créatures résistant miraculeusement à la lumière du jour, Brynja s'écarta de l'autoroute.

— Sois prudente, et ne prends pas trop de temps, envoya Silas d'une voix forte.

Laissant derrière elle l'autoroute, la jeune femme s'approcha doucement de la lisère de la forêt, avançant d'un pas instable sur le terrain inégal et recouvert de longs brins d'herbes jaunis par le soleil. À la limite des arbres, elle jeta un dernier coup d'œil en arrière ; Silas était toujours sous sa moto. Brynja ramena son regard sur la forêt de grands conifères nappée d'ombre.

Avançant le plus discrètement possible, avec une certaine inquiétude face aux dangers de la forêt, la jeune femme piétina malgré elle un bon nombre de brindilles qui craquèrent sèchement sous son poids. Brynja s'enfonça sous le couvert des arbres, tous ses sens à l'affût, ne comptant pas s'y aventurer trop profondément. Scrutant minutieusement les environs, la jeune femme espérait trouver un buisson portant encore quelques fruits à ses branches.

Malheureusement, les quelques denrées qu'elle parvint à dénicher, lesquelles pendaient encore au bout des frêles branches de leurs arbustes, étaient toutes pourries. Brynja ne boudait généralement pas la nourriture périmée, mais elle ne voulait certainement pas se rendre malade au beau milieu de nulle part. Résignée, la jeune femme s'immobilisa près d'un arbre et, pour calmer la douleur à son ventre, s'assit à sa base, son revolver sur sa cuisse.

L'inconfort se faisait de plus en plus présent, lui rappelant grandement ses limites. Ouvrant son manteau et soulevant sa camisole, Brynja fut soulagée de voir que ses plaies ne s'étaient pas rouvertes — à en juger par la blancheur de ses pansements. Dans les circonstances, comment était-elle supposée leur dénicher de quoi manger ? Voulant profiter encore un peu de la quiétude de la nature, la jeune femme se laissa tenter par quelques minutes de repos. Puisque aucune forme de danger ne s'était manifestée…

Le temps fila, laissant la jeune femme dans une sorte de léthargie qui avait alourdi ses paupières. Brynja essayait bien de ne pas se laisser emporter par sa fatigue, demeurant relativement éveillée, mais elle finit vite par perdre la notion du temps. Depuis quand était-elle adossée à cet arbre? Dix minutes? Vingt minutes? Peut-être quarante? C'est alors qu'un bruit survint, brisant le lourd silence de la forêt. Maîtrisant son sursaut, la jeune femme ouvrit les yeux et observa les alentours.

Elle repéra, bondissant à une dizaine de mètres d'elle, un lièvre charnu qui reniflait l'air, étudiant son environnement d'un air nerveux. La jeune femme observa l'animal pendant quelques secondes, surprise, incapable de cligner des yeux. Comment diable cet animal avait-il pu survivre? Comment se faisait-il qu'il n'ait pas été transformé en une créature épouvantable, comme celles vivant à Montréal? Elle n'avait pas vu d'animaux depuis si longtemps, pas même un oiseau, qu'elle pensait qu'ils étaient tous morts suite à l'étrange pandémie.

Son instinct lui criait de prendre le revolver et de viser l'animal, mais Brynja choisit de laisser l'arme sur sa cuisse, préférant observer le lièvre grignoter ce qu'il venait de trouver. L'animal n'était pas si différent d'elle, après tout, car lui aussi survivait du mieux qu'il le pouvait, usant de furtivité pour rester en vie. L'hiver se présenterait bientôt, réduisant fortement ses chances de trouver de la nourriture régulièrement. La jeune femme contempla l'animal pendant une longue minute avant qu'il finisse par tourner sa tête vers elle.

Ils s'observèrent mutuellement, immobiles, pendant plusieurs secondes. Depuis combien de temps n'avait-il pas croisé un être humain ? Était-ce la première fois ? Savait-il qu'il se trouvait en face d'un prédateur qui était censé le chasser et le ramener comme repas ? Probablement pas. Ne semblant pas apeuré, l'animal resta au même endroit pendant une autre minute, vaquant à ses occupations.

Le simple fait de voir un animal, en vie et en santé, vivre comme autrefois était à la fois renversant et apaisant. Cela illustrait la simple et fragile beauté de la vie sauvage. Le lièvre, grignotant sa trouvaille en toute quiétude, lui rappela douloureusement combien le monde d'autrefois était beau. C'est avec un pincement au cœur que Brynja le regarda s'éloigner en bondissant doucement, guidé par son odorat, sachant bien que ce lièvre était probablement le dernier qu'elle verrait.

Elle n'avait rien trouvée, alors Brynja s'en retourna vers la moto, avant que son conducteur n'ait l'idée de l'abandonner au beau milieu de nulle part. Cette pensée la frappa alors de plein fouet et fit naître l'inquiétude en elle ; et si Silas l'avait abandonnée ? Et s'il avait décidé à revenir sur ses pas, pour une raison inconnue ? C'est d'un pas plus rapide qu'elle rebroussa chemin, en ligne droite jusqu'à la lisière de la forêt.

Discernant l'autoroute à travers les arbres et leurs branches dégarnies, ses pas froissant le lit de feuilles mortes et humides, la jeune femme sortit de la forêt. Elle aperçut l'homme, agenouillé auprès de sa moto, sur laquelle il semblait toujours travailler. Il remarqua la jeune femme alors qu'elle traversait le terrain inégal menant à l'autoroute et lui envoya la main.

— Alors, tu as trouvé quelque chose ? demanda-t-il une fois qu'elle eut franchit la distance restante jusqu'à l'autoroute. Je n'ai pas entendu de coup de feu.

— Rien, répondit-elle en mettant le pied sur l'asphalte. Pas de baies ; elles étaient toutes pourries.

— Dommage.

Silas retourna à sa moto, et Brynja remarqua qu'il avait déplié une couverture au sol, sur laquelle se trouvaient de nombreuses pièces graisseuse et qui luisaient au soleil. N'y connaissant absolument rien en mécanique, la jeune femme ne pouvait même pas dire si les choses avaient progressées ou non.

— Où en es-tu ? lui demanda-t-elle directement.

— J'achève, grommela le vieil homme sans se détourner de sa tâche. Je croyais l'avoir remontée mieux que ça, ma Harley. Elle est pleine de mauvaises surprises, celle-là… Mais bon, ajouta-t-il en se redressant, les imperfections, ce sont ce qui fait la beauté des choses.

— Je vois, dit-elle en lui tendant l'arme de poing qu'elle avait rangée dans sa ceinture. Tiens, ton revolver.

— Tu peux le déposer au sol, juste là, lui répondit Silas. Tu pourras reprendre le fusil en échange.

Déposant son sac à dos au sol, Brynja s'assit sur l'asphalte, ne sachant pas quoi faire de sa peau. À en juger par la position élevée du soleil, c'était la fin de la matinée, ce qui leur laissait encore plusieurs heures avant la tombée du jour. Elle estimait donc pouvoir se rendre à l'université mentionnée par Silas avant la nuit, si bien sûr il parvenait à réparer sa moto.

— J'ai vu un lièvre, lui dit-elle.

— Belles petites bêtes, répondit le motard en essuyant son front reluisant de sueur. Tu l'as manqué ? Ils sont rapides, ces petits diables.

— Je ne l'ai pas tiré, répondit Brynja, le regard perdu au loin. En fait, je n'ai même pas essayé. Je m'étais assise et j'ai relaxé, sans voir le temps passer. À un moment, il est apparu et s'est aventuré près de moi, comme si de rien n'était. Et je l'ai laissé faire.

La jeune femme prit une pause, mesurant l'importance de ses propres paroles, tandis que le vieil homme avait cessé ses réparations pour l'observer.

— Je ne pouvais pas le tuer, ajouta-t-elle en lâchant un rire bref qui se transforma en un sourire vide. Je n'ai même pas hésité, c'était... c'était impossible pour moi de l'abattre. Je ne savais même pas que ces bêtes existaient encore.

Elle fixa Silas, comme si elle cherchait un quelconque signe d'approbation de sa part.

— Je n'ai pas vu d'oiseaux depuis... depuis des mois, ajouta-t-elle d'un ton plus froid, son sourire effacé de ses lèvres. Je ne savais même pas qu'il y avait toujours des animaux... normaux. Pas seulement des monstres tout droit sortis des films d'horreurs, tu comprends ?

L'homme ne répondit pas, mais fronça les sourcils ; peut-être était-ce en signe de désapprobation, ou encore parce qu'il ne savait pas quoi répondre. Face à cette réaction, Brynja se sentit aussitôt stupide de lui en avoir parlé aussi maladroitement, surtout qu'elle ne parlait généralement à personne. Quelle idiote de s'être ouverte ainsi, se dit-elle en détournant le regard, honteuse de ses propres paroles.

— Il n'y a plus beaucoup d'animaux, ça c'est sûr, dit alors Silas en se redressant, grimaçant de douleur alors qu'il ajustait sa jambe faible dans une position plus confortable. Mais… mais je pense que tu as bien fait de le laisser vivre. Je ne peux pas dire que j'aurais fait la même chose, car je n'ai pas mangé de viande fraîche depuis des mois, mais je peux comprendre ta réaction.

Brynja avait baissé son regard sur ses doigts, jouant nerveusement avec ceux-ci. Elle voulut demander à l'homme de continuer à s'occuper de ses réparations plutôt que de lui parler, mais en jetant un œil vers lui, elle comprit qu'il n'avait pas fini.

— Une chose est certaine, ajouta-t-il d'une voix plus rauque qu'à la normale, ce qui le força à toussoter avant de reprendre. S'il est toujours en vie, c'est parce que ce petit diable sait comment survivre. Avec les prédateurs monstrueux qui rôdent la nuit, nous les êtres sains n'avons plus beaucoup de chances, hommes comme animaux.

Puisque Brynja ne répliquait pas et ne donnait pas plus l'impression de vouloir continuer la conversation, Silas retourna à sa réparation.

— Tu regrettes que nous ayons laissés ces jeunes comme ça? demanda-il après quelques secondes de silence, tandis qu'il s'attardait à reviser une pièce.

— Pas vraiment. Malheureusement, c'est la loi du plus fort et ils devront se débrouiller.

— C'est drôle, venant de quelqu'un qui allait mourir noyé, rétorqua Silas en lui accordant un regard. Tu n'es pas du genre à côtoyer les gens, pas vrai?

La jeune femme ne répondait pas, alors Silas hocha la tête, comme s'il prenait le silence de Brynja pour un acquiescement.

— Nous allons rouler encore une centaine de kilomètres et je vais te laisser, dit-il en essuyant à nouveau son front maculé de sueur. Je t'emmènerais bien plus près, mais je risque de manquer de carburant pour le chemin du retour. Tu devras marcher le reste.

— Je sais.

Au bout d'un moment de silence, quelque chose revint à la mémoire de Brynja, captivant aussitôt toute son attention. Elle était généralement peu encline à démarrer les sujets de conversations avec les gens, mais le vieux motard lui inspirait maintenant une certaine confiance, du moins assez pour qu'elle lui confie ce sujet.

— Ce matin, en revenant du pont, débuta Brynja d'une façon un peu maladroite, j'ai décidé d'aller jeter un œil au dépanneur de la station-service.

— Je doute que tu y aies trouvé quoi que ce soit, dit Silas en serrant fermement un boulon. J'ai vidé la place il y a deux semaines. Ah merde, tu veux bien me passer la clé à molette?

Brynja y avait tout de même déniché de quoi manger, mais elle choisit de ne pas l'en informer.

— J'y ai vu quelque chose de troublant, dit-elle en récupérant l'outil demandé qu'elle tendit ensuite à l'homme.

— Ah? répondit l'homme en vissant correctement le boulon avec la clé à molette.

— Le corps d'un infecté, dans une pièce. Entouré d'un voile de spores flottant dans l'air et visibles à l'œil nu. Sa tête… sa tête était fendue en deux, continua-t-elle en mimant une sphère qui se fend avec ses doigts. Son cerveau était recouvert d'une sorte de membrane violacée qui avait éclaté sous la pression. Du moins, c'est ce que j'ai pu confirmer avec ce qui se trouvait sur le mur, juste derrière.

Même s'il semblait l'écouter avec attention, le vieillard ne leva même pas un œil sur elle, restant concentré sur ses réparations.

— Une gerbe de liquide maculait le mur, continua-t-elle en passant sa main sur une paroi invisible. Il était recouvert d'une sorte de… mousse ou de champignons. C'était assez dégueulasse. Je me suis dépêchée à couvrir mon visage et j'ai fiché le camp.

— C'est tout?

Un peu déconcertée par la réplique de l'homme, Brynja cligna des yeux, la bouche entrouverte, ne sachant pas trop quoi dire.

— Tu n'as jamais vu ces créatures mourir de manière naturelle? lui demanda Silas en masquant un petit sourire.

— *De manière naturelle*? répéta la jeune femme de façon irritée.

Elle n'avait jamais assisté à la fin d'un infecté, mis à part celui dont la tête avait éclaté lors de sa fuite de Montréal à bord de la camionnette en compagnie de Darren et des autres. Elle avait erré dans les rues, les souterrains et les bâtiments abandonnés de la grande métropole pendant des mois, sans jamais être témoin de ce genre de phénomène. Elle n'avait jamais entendu parler non plus d'infectés dont la tête avait éclaté en libérant des spores.

Voyant bien que son explication avait froissé Brynja, Silas cessa ses réparations pour lui accorder son attention.

— Lorsque les zombies atteignent leur date d'expiration, c'est ainsi qu'ils crèvent. Ils se trouvent généralement un recoin et s'installe avant que la pression dans leur tête ne fasse éclater leur cervelle.

— Date d'expiration? répéta une Brynja confuse. Ils meurent d'eux-mêmes?

— Heureusement, répondit Silas, qui retourna à sa moto. Tout ce que l'on sait, c'est qu'ils finissent par crever au bout d'un an. Plus ou moins. Ne m'as-tu pas dit que tu venais de la ville? Tu ne les avais jamais vus mourir ainsi?

«Un an?» se répéta Brynja mentalement, en affichant un visage frustré et confus. C'était impossible. Comment ces créatures pouvaient prendre une année entière avant de mourir alors qu'à sa connaissance, il ne s'était même pas encore écoulé une année depuis l'avènement? C'était insensé. Après tout ce temps passé dans la métropole chaotique, ce n'est que lors de sa fuite de la ville qu'elle découvrait ce phénomène. Pourquoi n'avait-elle jamais vu de telles choses auparavant? Était-ce parce que les gargouilles et autres créatures s'étaient chargées naturellement de dévorer les infectés plus *âgés*?

— Depuis quand les hommes se transforment-ils en infectés ? demanda Brynja en fixant le vide, la tête bourdonnant de questions.

Silas lâcha un petit rire avant de secouer la tête, sans quitter des yeux ses réparations. La tête baissée sous sa moto, il lui répondit :

— Le monde a viré aux enfers il y a environ un an, Brynja. Mais les infectés ? Les zombies ? Des cas d'infection ont été répertoriés dans le début des années 1990. Évidemment, personne ne parlait à l'époque de zombies ou encore d'infectés. On isolait les cas, on mentait aux familles en blâmant une maladie au hasard et surtout, on s'assurait que les médias se ferment la gueule.

Les révélations de Silas frappèrent la jeune femme de plein fouet. Jamais de sa vie elle n'avait entendu parler de ces cas d'infection avant la dernière année. Se sentant à la fois idiote et bernée, Brynja avait bien du mal à croire cette vérité. Comment se faisait-il qu'elle n'ait jamais, *jamais* entendu de telles choses auparavant ? Était-elle trop jeune et naïve pour l'avoir deviné ? Perplexe, elle ne sut quoi ajouter.

Brynja avait la mauvaise impression d'avoir été prisonnière d'une bulle pendant trop longtemps et qu'elle venait tout juste de prendre conscience de combien sa connaissance du monde actuel était maigre. Dans tous les cas, si les paroles du vieil homme étaient vraies, cela voulait dire que les humains avaient peut-être une chance de survivre, puisque les infectés finiraient par mourir d'eux-mêmes. Il restait seulement à savoir à quel point les spores relâchées par les monstres décédés étaient dangereuses.

— Que faisais-tu au centre-ville de Montréal, Brynja? Tu traversais la ville?

— J'y vivais, répondit-elle en toute simplicité.

Silas détourna la tête de sa moto, lui envoyant un regard contrarié.

— Tu parles d'un endroit où vivre! Ce devait être un véritable cauchemar, avec les monstres qui s'y cachent. C'est à se demander comment les survivants comme toi ont survécu.

— Tu serais surpris, lui dit-elle.

En réalité, la population de Montréal avait été décimée, n'atteignant maintenant pas plus d'une centaine d'individus; ils avaient tous été dévorés par les infectés ou par les créatures qui rôdaient la nuit. Cela avait rendu la vie plus facile pour Brynja, lui permettant de trouver de la nourriture plus aisément.

Après avoir réinstallé l'entièreté des pièces qu'il avait enlevées plus tôt, le vieux motard se releva en s'appuyant sur sa moto.

— Bon, je crois que ça devrait aller, déclara-t-il en retirant sa tuque, dévoilant un front lustré de sueur et des cheveux gris humides et en bataille.

Avec la respiration difficile, l'homme se mit à ramasser ses outils et à les ranger dans le coffre ouvert. Ayant pitié de l'homme à la santé défaillante, Brynja se résigna à lui donner un coup de main, accélérant le processus. Une fois le coffre à outils rempli, elle le rangea dans la sacoche désignée par Silas, qui s'était appuyé sur le banc de sa moto. Donnant l'impression d'avoir peine à respirer convenablement, l'homme commença à tousser fortement, jusqu'à ce qu'il crache par terre. À en juger par la couleur de sa salive, elle contenait du sang.

— Ça va aller, dit-il en remarquant que Brynja l'observait d'un regard analyste. Deux petites secondes.

L'homme se remit à tousser, grimaçant légèrement sous la douleur avant de paraître soulagé, le visage et les yeux rougis par l'effort.

— Tu souffres d'un cancer au niveau des poumons, déclara Brynja avec son manque de tact habituel.

— Et toi, tu ferais un piètre médecin, ricana Silas. Alors, comment tu sais ça ?

Malgré le fait qu'elle avait étudié en médecine, Brynja n'avait jamais eu l'intention de devenir médecin généraliste. Elle détestait le contact humain. Elle se voyait plutôt confinée à un bureau, seule le plus possible, travaillant comme médecin légiste ou en laboratoire. Elle ne tint pas compte du commentaire de l'homme, choisissant plutôt d'écouter sa curiosité médicale.

— Tu as de la difficulté à respirer. J'ai pu observer que tu souffres de toux chronique qui peut se terminer en crachant du sang et j'ai remarqué que ta voix est sujette à devenir rauque. En plus, si j'en juge par la cigarette que tu as fumée plus tôt, tu dois être un fumeur régulier.

Silas émit un petit rire amusé, enfonça sa tuque sur sa tête et s'installa sur sa moto, aidant sa jambe faible à passer par-dessus le banc. Une fois bien assis, il mit ses lunettes fumées et démarra son engin dans un bruit réconfortant. Il fit un sourire satisfait à la jeune femme en enfilant ses gants.

— Allez, monte, lui dit-il.

Brynja récupéra son sac à dos et ajusta adéquatement la ganse de son fusil de chasse par-dessus son épaule, puis elle s'installa derrière le conducteur. Ce dernier fit accélérer sa moto doucement, avant de prendre rapidement de la vitesse. La jeune femme s'avoua surprise face aux talents de mécanicien de Silas, puisqu'à l'évidence l'engin fonctionnait correctement.

Ils roulèrent pendant près d'une demi-heure pendant laquelle Brynja se perdit encore dans ses pensées, absorbée par la quiétude du paysage fantôme. Soudain, un détail du décor attira son attention, la tirant de sa léthargie. Au-dessus de l'épaule du motard, au loin, elle aperçut un viaduc surplombant la route et sous lequel une haute clôture avait été érigée. Tandis qu'ils s'approchaient, Brynja remarqua que des masses étaient pendues depuis le garde-fou du viaduc. Masquant le soleil en portant sa main à son front, la jeune femme prit conscience de ce qu'elle venait de voir. Des cadavres, pendus par le cou. Alarmée, Brynja se mit à taper sur l'épaule du chauffeur.

— Arrête!! lui cria-t-elle vivement à travers le bruit du moteur. Arrête-toi immédiatement! Nous devons trouver une autre route!

Un peu surpris, Silas lui décocha quelques regards par-dessus son épaule avant de freiner et d'immobiliser sèchement sa moto.

— Tu ne vois pas!? lui cria Brynja en pointant vivement vers le viaduc, qui se trouvait à une centaine de mètres d'eux. Nous devons faire demi-tour!

— Ce n'est qu'une clôture, répondit-il, perplexe. On peut la contourner; je suis passé ici quelques fois, alors pourquoi tu t'affoles?

Sentant jusqu'au plus profond de son être que les choses allaient mal tourner, Brynja bascula hors du siège passager de la moto, prête à prendre ses jambes à son cou.

— Parce qu'il y a des putains de cadavres pendus sous le putain de viaduc! cria-t-elle en pointant le pont avec énergie.

Visiblement étonné par les déclarations de la jeune femme, Silas abaissa ses lunettes fumées et plissa les yeux, fixant l'horizon avec difficulté, faisant comprendre à Brynja qu'il avait une bien mauvaise vue.

— Bordel de merde! lâcha Silas. Je croyais qu'il s'agissait seulement d'une clôture! Monte, nous fichons le camp! Allez, allez!

Avant même que la jeune femme puisse faire un pas vers la moto, une voix retentit dans le grincement caco-phonique d'un mégaphone.

— Descendez de la moto ou vous serez abattus sur le champ! ordonna la voix.

Il fallut quelques secondes à Brynja pour découvrir la provenance de la voix, tout en haut du viaduc. Elle remarqua plusieurs silhouettes, sorties de nulle part et qui les observaient.

— N'essayez pas de vous enfuir, leur dit la voix. Nous sommes armés. En voici la preuve.

Un coup de feu vibra alors dans l'air et une balle fit éclater un bout d'asphalte, à un mètre à peine de Brynja, qui sursauta en portant ses mains à ses oreilles.

— Ne bouge pas! lui ordonna Silas à voix basse. Ne bouge surtout pas! Ces connards, ils savent viser. Combien sont-ils? *Combien*!?

— Sept, répondit Brynja qui, même après avoir balayé le haut du viaduc du regard, demeurait incertaine. Je crois qu'ils sont sept.

— Coupez le contact de la moto et descendez, leur ordonna la voix amplifiée par le mégaphone. Ne perdez pas de temps et obéissez.

— Quelle journée de merde, grommela Silas, contraint de coopérer, en coupant le contact de son engin.

En effet, se dit la jeune femme, cette journée s'annonçait bien mal. Sauf que cette fois, elle avait un mauvais pressentiment. Ils étaient vraiment pris au dépourvu et, jusqu'à preuve du contraire, ils risquaient de passer un bien mauvais quart d'heure.

Le vieux motard fit passer sa jambe faible par-dessus son siège et se mit difficilement debout, ankylosé par la route parcourue. S'il avait tenté de masquer sa faiblesse auprès du premier groupe qui avait tenté de les piller, cette fois, c'était vraiment raté.

— Déposez vos armes et vos sacs. Le fusil de chasse et le revolver.

Décidemment, se dit Brynja en échangeant un regard inquiet avec Silas, s'ils pouvaient distinguer leurs possessions à cette distance, ils possédaient probablement une carabine à lentille ou encore une paire de jumelles. Cependant, à en juger par la balle qu'ils avaient tirée à ses pieds, il y avait aussi une chance que leurs opposants soient équipés d'une ou de plusieurs armes à longue portée.

— Ne me faites pas répéter, dit la voix avec nonchalance

Son cœur palpitait rapidement, mais la jeune femme obéit, passant la ganse de son fusil par-dessus son épaule avant de déposer l'arme et ses possessions au sol. Silas l'imita, dégainant son revolver qu'il déposa par terre en se penchant avec difficulté.

— Couchez-vous au sol, les mains sur la tête. Allez.

Ne voulant pas défier leurs opposants, Brynja et Silas s'exécutèrent, se mettant à genoux avant de se coucher. Sans croiser le regard de son compagnon, la jeune femme posa ses mains derrière sa tête.

— Ne bougez pas, sinon vous serez abattus.

Ils restèrent au sol pendant un bon moment, dans un silence entrecoupé par le souffle du vent. Inconfortable, le visage collé contre l'asphalte granuleux, Brynja tourna lentement sa tête du côté de Silas; son regard n'affichait pas la crainte, mais surtout l'ennui et la frustration. Brynja était nerveuse et avait du mal à calmer ses palpitations cardiaques. Puis, ils entendirent une série de pas se diriger vers eux, les faisant froncer les sourcils avec appréhension.

Le martèlement inégal des pas sur l'asphalte indiqua à Brynja que plus d'un individu, peut-être deux ou encore trois, arrivaient. La jeune femme devenait de plus en plus nerveuse au fur et à mesure qu'ils se rapprochaient, parce qu'elle était incapable de voir les arrivants. Elle aurait pu relever la tête, mais les cadavres pendus sous le viaduc la convainquirent d'être docile. De toute façon, elle aurait sa réponse dans les secondes à venir.

Tel qu'elle l'avait prévu, quelqu'un enfonça douloureusement le canon froid d'une arme sur sa tempe tandis qu'une autre personne récupérait leurs affaires. Une solide paire de mains l'agrippa ensuite par le cou et les cheveux et la força violemment à se lever. Trop orgueilleuse pour leur donner la satisfaction de la voir réagir à la douleur, Brynja ravala le grognement qu'elle aurait, en temps normal, laissé échappé. Elle se trouvait maintenant face à trois types armés, qui l'observaient tous avec un grand sourire. Fidèle à elle-même, la jeune femme leur rendit un regard froid et une expression sans émotion.

Celui qui l'avait relevée, et qui gardait toujours une solide poigne sur sa nuque, était un Noir avec une chevelure laineuse et vêtu d'une blouse en jeans. Un autre, plus petit que Brynja, avait le crâne rasé et recouvert de tatouages, sans doute pour se donner un air de dur à cuire. Il souriait largement, dévoilant une dentition complètement noircie et cariée. Le troisième, qui venait de forcer Silas à se relever, était plus vieux, portant une barbe grise ainsi qu'une casquette enfoncée jusqu'aux sourcils.

Aussi étrange que cela pouvait paraître, les individus de ce trio, d'apparences assez différentes, ne donnaient pas l'impression d'appartenir au même groupe. Quoique l'expression dit bien que l'habit ne fait pas le moine…

— Regardez la belle pêche ! s'exclama le plus petit en dévorant la jeune femme du regard et en passant sa langue sur ses dents. Ça fait un max de temps que j'ai touché une salope ! Oh ouais, ça va être excellent !

— Ta gueule, petit con, lui dit le type à la barbe grise d'un air nonchalant. Tu fais ce que je te dis, sinon tu serviras de nourriture aux morts-vivants.

À ce commentaire, le sourire du type au crâne rasé s'évapora, remplacé aussitôt par un regard malveillant.

Brynja reconnut la voix du plus vieux. C'était la voix du mégaphone, celle qui leur avait donné des ordres. Le vieux s'avança doucement vers Brynja et Silas, qui se tenaient côte à côte, les pouces dans les poches de son pantalon. Il donnait l'impression dégueulasse à Brynja qu'il était en train d'observer son bétail d'un air satisfait. Une carabine était fixée à son dos, et il avait glissé le revolver de Silas dans sa ceinture.

— Quel bon vent vous amène ? leur demanda-t-il d'un faux air jovial.

Chapitre 5
La pendaison

Retenus en otage au beau milieu d'une autoroute transcanadienne, Brynja et Silas restaient droits et muets devant la question de l'homme qui les menaçait. Leur silence était une erreur, mais ils ne pouvaient pas le savoir. Le chef de la bande s'immobilisa devant le motard, l'observant d'un air mauvais.

— Je vous ai posée une question, à toi et ton amie, lui cracha-t-il au visage. Qu'est-ce que vous foutez dans le coin?

Mieux valait pour eux leur offrir une réponse; défier les trois pillards ne semblait pas être le meilleur plan, alors Silas répondit :

— Nous ne voulons pas d'embrouilles, pas de problèmes. Nous ne faisons que passer; on s'en va vers Québec. Peut-être… peut-être qu'on pourrait trouver un terrain d'entente?

— Terrain d'entente? répéta le chef avec un brin d'irritation. Qu'est-ce que tu as à m'offrir que je ne peux pas simplement te prendre? Tu penses que je vais te

laisser filer avec ta moto ? Tu sais combien il est difficile de trouver un véhicule fonctionnel, de nos jours ?

L'homme tendit la main en faisant aller ses doigts, attendant quelque chose.

— Donne-moi les clés, ajouta-t-il.

Contraint d'obéir, le motard passa ses doigts dans sa poche et en tira son trousseau de clés, qu'il tendit au chef de la bande. Le trousseau lui fut arraché des mains, et l'homme se dirigea vers la moto. Même si les pourparlers avaient échoué, Brynja savait que Silas avait fait tout ce qu'il pouvait, bien mieux qu'elle ne l'aurait fait elle-même, considérant ses médiocres habiletés sociales.

— Amenez-les en haut, ordonna le chef à ses compagnons, ils serviront pour ce soir.

Cet ordre laissa Brynja confuse face à leur sort, mais elle se doutait fortement que les choses n'iraient pas en s'améliorant. Bousculés par les deux autres individus, Brynja et Silas furent forcés d'avancer côte à côte, les mains levées et suivis par les deux hommes armés. Silas jeta un regard sur sa moto, avant d'être ramené à l'ordre par un coup de crosse d'arme à feu.

Alors que Brynja et Silas marchaient en direction de la barricade, ils entendirent le moteur de la moto démarrer, et celle-ci les rattrapa à basse vitesse.

— Bel engin ! lâcha l'homme sur la moto d'un air satisfait avant d'accélérer bruyamment en direction de la clôture.

Deux autres individus armés s'empressèrent d'ouvrir la barricade, laissant passer la moto et son passager.

Suivant non loin derrière, la jeune femme et le vieux motard levèrent la tête vers les cadavres — Brynja en compta cinq — pendus par les pieds et chancelant légèrement juste de l'autre côté de la clôture. Assurément morts, leurs bras et leur visage avaient été profondément lacérés et meurtris de blessures.

Voyant que leurs prisonniers avaient remarqué la présence de cadavres en hauteur, le type au crâne rasé se mit à ricaner désagréablement. Cependant, ni Silas ni Brynja ne démontrèrent la moindre peur, gardant un visage passif de toute forme d'émotions. En réalité, la jeune femme était nerveuse et terrifiée par ce qui les attendait, mais par respect pour l'homme qu'elle avait entraîné dans cette mésaventure, elle se cacha derrière un masque de force et de témérité.

Passé la clôture, ils débouchèrent non pas de l'autre côté de l'autoroute, mais bien dans une sorte d'enclos. Contrairement à ce que Brynja avait cru, il ne s'agissait pas d'une simple clôture recouverte de plaques de tôle, mais bien un enclos, refermé d'une seconde clôture à l'autre extrémité du viaduc. Le chef, installé sur la moto, fit un petit sourire baveux à Silas, qui l'observa avec froideur. Les deux pillards qui leur avaient ouvert le portail dégagèrent celui de l'autre côté, laissant passer la moto. L'estomac noué, la jeune femme remarqua que le sol, les murs et les clôtures étaient maculés de sang. Venaient-ils de mettre les pieds dans une sorte de cage où ils seraient exécutés ?

— La clé, demanda le Noir à l'un des deux autres pillards. Nous allons refermer derrière.

— Ne la perd pas, répondit celui qui lui balança la clé, que le Noir rattrapa d'une main malhabile. Vous avez besoin d'aide avec les nouveaux arrivants?

— Non, répondit le Noir. Va plutôt aider Benjamin avec sa nouvelle moto. Allez, bougez-vous le cul, envoya-t-il ensuite aux prisonniers.

Brynja et Silas se firent pousser dans le dos, leur intimant de continuer à avancer. C'est avec un certain soulagement qu'ils quittèrent la cage, mais ils n'y laissèrent pas leurs ennuis. Écœurée et plus craintive qu'elle ne voulait se l'admettre, la jeune femme passa un regard sur la longue route transcanadienne qui menait à Québec avant d'être forcée de tourner vers la gauche et de longer le viaduc. La moto de Silas avait été stationnée par son nouveau propriétaire tandis que les deux pillards qui leur avaient ouvert le grillage s'apprêtaient à la pousser pour gravir la pente menant au viaduc.

Brynja entendit la clôture se refermer derrière eux, laquelle fut verrouillée à l'aide d'un cadenas. En jetant un œil par-dessus son épaule, la jeune femme vit le Noir secouer le cadenas, dont les chaînes s'entrechoquèrent, afin de s'assurer qu'il soit bien verrouillé. Alors qu'ils quittaient la chaussée asphaltée pour emprunter un terrain inégal et recouvert d'herbe, Brynja se questionna. Comment le bus venu de Québec avait-il fait pour passer ce point de contrôle? Quelque chose clochait.

— Allez, grouille-toi, le vieux, lança le type au crâne rasé à Silas, qui avait peine à avancer au rythme imposé.

Impatient face à la démarche boiteuse du vieillard, le petit tatoué donna un coup de pied sur l'arrière de son genou, le faisant tomber à genoux. En voyant le vieil homme au sol, son agresseur partit d'un rire bruyant, tirant la langue comme un surexcité. De toute évidence, ce type n'était pas bien.

— On n'a pas toute la journée, alors grouille! lui rappela-t-il en ricanant.

Même si on lui criait dans les oreilles, le vieux motard se releva en prenant son temps, masquant derrière une grimace la douleur de son genou. La jeune femme avait pensé lui porter secours, mais s'en abstint; si elle avait été à sa place, Brynja aurait nettement préféré se relever d'elle-même.

— J'ai un genou complètement démoli, mon gars, envoya Silas avec patience. Déjà que j'accepte qu'on me vole ma moto et qu'on me menace, ne me fais pas chier en me disant que vous êtes pressés. Vous glandez autour d'une autoroute, alors ne viens pas me faire croire que le temps vous est précieux.

Brynja n'en croyait pas ses oreilles. Comment Silas avait-il pu oser défier ces brigands qui, apparemment, allaient les pendre sous un viaduc pour donner l'exemple et effrayer les voyageurs? Même elle, qui n'avait aucune habileté sociale et qui n'avait jamais été capable de berner qui que ce soit, n'aurait jamais osé dire de telles choses. Sans grande surprise, les paroles du motard ne plurent pas plus au type rasé, qui s'empressa de lui foutre un coup de crosse de sa carabine sur la nuque. Grognant de douleur, le vieil homme manqua à nouveau perdre l'équilibre, mais fut retenu par Brynja, qui lui envoya un regard d'incompréhension face à ses actes.

— T'as quelque chose d'autre à dire, vieux pédé ? lui cracha le petit tatoué d'un air irrité, une veine palpitant sur sa tempe. Hein, tu veux te faire aller la gueule à nouveau !?

— Mikhaïl, arrête tes conneries ! intervint finalement le Noir, qui était demeuré assez effacé contrairement à son acolyte. Maîtrise ton tempérament, bordel !

Le dénommé Mikhaïl leva un doigt d'honneur pour le Noir, avant de se rembrunir. Brynja secoua légèrement la tête envers Silas, lui faisant comprendre qu'il ne fallait plus les défier. Le vieillard hocha la tête et reprit sa route aux côtés de Brynja, tentant cette fois de maintenir la cadence. Ils marchèrent bientôt l'un derrière l'autre, longeant le viaduc avant de gravir une pente terreuse jusqu'au viaduc.

Une fois là-haut, Brynja et Silas découvrirent un autre portail rafistolé de plaques de tôle et d'autres matériaux. Une femme armée leur ouvrit la porte et leur fit signe d'entrer en les pointant de son fusil de chasse. Brynja et le motard débouchèrent dans un véritable campement où vivait un groupe composé d'hommes, de femmes et d'enfants. Les habitants de ce lieu, qui vaquaient à leurs occupations, s'arrêtèrent pour dévisager les nouveaux arrivants d'un regard froid. Après une analyse rapide des environs, Brynja compta une bonne douzaine d'adultes et une poignée d'enfants.

Le viaduc avait été transformé en un véritable camp de base renforcé avec des planches de bois ou de tôle et du fil barbelé. Un toit artisanal avait même été érigé au-dessus d'une partie du viaduc, protégeant quelques tables dont les chaises étaient en fait des caisses en plastique renversées. Des barils enflammés étaient placés un peu partout, servant probablement de source de chaleur pour la demi-douzaine de tentes dressées. D'énormes phares avaient été installés sur le viaduc, probablement pour effrayer les prédateurs nocturnes.

Brynja n'en croyait pas ses yeux. Comment avaient-ils pu manquer cette véritable fortification qui se trouvait sur le viaduc ? Ils étaient tombés dans une véritable toile d'araignée. Brynja remarqua alors un type assis sur le garde-fou du viaduc, l'un de ses pieds pendant dans le vide. Il portait une queue de cheval, une moustache et une barbiche, et tenait une carabine munie d'une lunette de visée. C'était sûrement lui, en tant que sentinelle pour le groupe, qui avait fait feu sur eux.

La séance d'observation de Brynja et Silas prit fin lorsque la jeune femme sentit le bout d'une arme à feu faire pression contre sa nuque.

— Avance, lui ordonna le Noir.

Empruntant la direction qui leur était imposée, la jeune femme et son compagnon progressèrent le long du garde-fou et s'enfoncèrent dans le campement, à l'opposé de la route forestière sur laquelle le viaduc débouchait. Sentant le lourd regard de la petite communauté d'individus sur elle, Brynja continua d'avancer ; deux personnes à bout de souffle, qui venaient de monter jusqu'en haut du viaduc, se joignirent à la procession. Un coup d'œil vers l'arrière — assez bref puisqu'on lui gueula de regarder en avant — lui permit de voir que les pillards avaient amené la moto en plein centre du campement. Allaient-ils la démonter, ou encore simplement prendre l'essence qu'elle contenait ?

Brynja et Silas durent s'immobiliser à côté d'une tente aux ordres du Noir, puis ce dernier y pénétra. Il en ressortit presque aussitôt, sa carabine sur son épaule et des câbles enroulés autour de ses mains. Brynja et le motard échangèrent un regard nerveux. Ils allaient être attachés.

— À terre, leur ordonna le Noir.

N'ayant d'autre choix que de coopérer, la jeune femme et son camarade s'assirent au sol. Évidemment, la position assise n'était pas celle désirée par le petit énervé tatoué, qui s'empressa de leur foutre des coups de pied jusqu'à ce qu'ils se couchent au sol, face contre terre. Les poignets de Brynja furent ligotés à ses pieds, par l'arrière, et le même sort fut réservé à Silas, qui grogna de douleur lorsqu'on plia subitement son genou de force. Tous deux attachés dans cette inconfortable position, la jeune femme et le vieillard furent laissés ainsi, couchés au sol.

Trop fière pour émettre la moindre plainte, la jeune femme resta silencieuse, observant les alentours et fixant froidement les individus qui avaient repris leurs occupations. À peine venait-elle d'être ligotée que ses poignets et ses chevilles élançaient déjà de douleur. Il ne leur restait plus qu'à attendre que le soleil se couche avant qu'ils ne puissent prouver leur utilité, selon les paroles du dénommé Benjamin. Qu'allaient-ils faire d'eux ? Les exécuter en les pendant sous le viaduc ?

Les gens de la communauté, même les plus jeunes, fixaient les prisonniers avec un mélange d'hostilité et de détachement. Comment ces gens pouvaient-ils vivre ainsi, en capturant les voyageurs innocents et en les gardant ligotés comme des animaux destinés à la boucherie ? Leur présence leur était devenue tellement insignifiante qu'assez rapidement, les jeunes se remirent à jouer autour d'eux, se lançant un ballon en riant. Des types passèrent près d'eux, discutant sans même se soucier de leur présence.

— Mais nous devrions être O.K. pour encore quelques temps, dit l'un à son acolyte. Je veux dire, je ne parierais pas sur leur fonctionnement encore bien longtemps. Les câbles au niveau du sol ont été mâchés par quelque chose. Il nous faudra retourner en ville et tenter d'en trouver des nouveaux.

— Et puis quoi, encore !? s'emporta l'autre. Merde, je savais bien que nous aurions dû veiller à ce qu'ils soient bien protégés durant les nuits. Je leur avais dit qu'il fallait déplacer la génératrice !

— Je sais, soupira le premier en dépassant les prisonniers. Il faudra en parler avec Ben. C'est assez important, après tout…

Les deux hommes dépassèrent deux adolescents qui s'étaient approchés du garde-fou et s'étaient mis à dénouer les cordes par lesquelles les cadavres étaient pendus. Incapables de défaire les nœuds, ils renoncèrent et tranchèrent les cordes sous l'ordre de la sentinelle équipée d'une carabine. Les cadavres s'écrasèrent dans l'enclos plus bas dans un bruit d'ossements brisés et de corps mous. Un peu amusés par le résultat, les deux adolescents furent envoyés détacher et récupérer les cordes des pieds des cadavres. Ils revinrent une dizaine de minutes plus tard, déposant cinq rouleaux de cordage non loin de Brynja et Silas. L'un des adolescents observa la jeune femme avec une certaine envie, avant de se faire interpeller et de retourner à ses occupations.

Le calvaire d'être ligoté au sol était difficilement endurable, et ce même pour Brynja, qui était familière à la douleur. Elle tenta de se libérer de ses liens, avec subtilité, mais sans succès ; ses poignets et ses chevilles étaient trop solidement liés. Même si sa blessure abdominale s'était mise à picoter désagréablement et que sa nuque l'élançait douloureusement, la jeune femme ferma les yeux, espérant sombrer dans une sorte d'inconscience qui ferait passer le temps plus rapidement.

Malheureusement, sa recherche de quiétude était toujours dérangée par les cris des enfants jouant autour d'elle et de leurs parents leur rappelant de ne pas botter le ballon en bas du viaduc. À en juger par la position déclinante du soleil, elle avait passé une heure à tenter de se calmer, sans succès. Avec frustration, Brynja tourna difficilement sa tête ankylosée vers Silas. L'homme donnait l'impression de dormir ou d'être inconscient, les yeux fermés et le visage écrasé contre l'asphalte.

— Silas, murmura Brynja à voix basse. Silas !

Le vieux motard ouvrit un seul œil, l'autre collé sur l'asphalte. La jeune femme détourna la tête quelques instants, afin de s'assurer qu'on ne portait pas attention à eux ; les habitants du viaduc se foutaient bel et bien d'eux. Seule une bonne femme, assise sur une caisse renversée, les observait de biais en mangeant une pomme et en lisant un vieux bouquin fripé.

— Tu tiens le coup ? demanda la jeune femme en ramenant son regard sur le vieillard.

Ce dernier répondit d'un grognement qui n'engageait à rien. À lire l'expression sur son visage, il était en souffrance. En plus de l'inconfort, les membres ankylosés et la douleur à sa jambe, Brynja savait que l'homme combattait des symptômes désagréables causés par son cancer. Et pourtant, il ne disait pas un mot.

— Je sais que ça ne vaut pas grand-chose... mais je suis désolée, lui dit-elle humblement.

Encore une fois, le vieil homme répondit d'un grognement.

— C'est ma faute si nous sommes ici... coincés avec ces gens. J'aurais dû être seule.

— Ne commence pas avec ta culpabilité, répliqua le vieillard d'une voix enrouée et endormie. Ça m'emmerde, les excuses.

Ne sachant pas trop comment interpréter le commentaire du motard, Brynja choisit de respecter ses vœux et mit fin à sa maigre tentative d'excuses. C'est alors que la jeune femme aperçut, au loin, Benjamin en train de discuter avec un jeune homme installé au bord du garde-fou, avec une paire de jumelles. Malgré la distance, Brynja parvint tout de même à comprendre quelques mots dans leur conversation.

— Tu en as vus d'autres ? demandait Benjamin au jeune homme.

— Non, personne. Les voyageurs se font rares.

Le chef hocha la tête, tapota l'épaule du jeune homme avec satisfaction avant de se retourner et s'avança dans leur direction. Remarquant son arrivée, la bonne femme assise sur une caisse se releva, ordonnant aux plus jeunes de retourner à leurs tentes. Quelques-uns protestèrent, disant que le soleil était encore assez haut, mais ils furent contraints d'écouter et rentrèrent dans leur tente respective.

— Ils ont été sages ? demanda Benjamin à la bonne femme.

— Tranquilles, répondit-elle en leur accordant un regard. Comme s'ils avaient accepté leur sort. C'est assez différent des précédents.

— Parfait. Tu peux rentrer, Anne. Passe le bonsoir à ton mari, et dis-lui que son tour de garde débute à 11 h.

Relevée de sa fonction, la bonne femme ramassa ses affaires et s'éloigna entre les tentes, sans même lancer un dernier regard à Brynja et Silas. Benjamin s'approcha de ses deux prises, s'abaissant à leur niveau dans un grognement.

— Maudits problèmes de dos, grogna-t-il. Alors, comment ça va, vous deux ? Vous avez faim, soif peut-être ?

Brynja et Silas ne croyaient pas un traître mot. Leur bourreau bluffait ; jamais ces gens ne leur donneraient quoi que ce soit à manger. Aucun des deux ne donna de réponse à la question de Benjamin.

— À votre place, dit-il en observant le soleil qui se couchait à l'horizon, je ne pense pas que j'aurais soif non plus. Alors, voilà ce qu'on va faire. Vous allez nous servir d'appâts pour la pêche de ce soir.

Elle avait cru que Benjamin et sa bande les auraient tués pour les manger, puisque le cannibalisme était devenu courant, alors Brynja fut surprise lorsqu'elle comprit qu'ils ne serviraient pas de repas, mais bien d'appâts pour autre chose.

— Comme appâts ? répéta Silas, confus.

— C'est ça, continua le chef. Comme vous le savez, la nourriture se fait de plus en plus rare, et comme tout le monde nous avons dû nous adapter. Nous n'avons pas vus de cerfs, de lièvres ni de chevreuils depuis long-temps, alors nous avons commencé à manger ce que nous pouvons attraper. Il n'y a plus d'animaux, et ceux qui ont survécu se sont transformés comme les zombies. Il faut donc faire ce qu'il faut faire et y aller avec les moyens du bord.

— *Avec les moyens du bord* ? répéta Silas avec un sar-casme dosé d'irritation. Construire une forteresse en tôle sur un viaduc sous lequel vous pendez les gens, c'est ce que tu appelles *les moyens du bord* !?

Benjamin se releva dans un grognement d'effort et retira sa casquette pour dévoiler une chevelure tapée et grisâtre.

— Nous sommes quand même civilisés, continua-t-il. Vous ne souffrirez pas vraiment. Vous voyez, nous allons vous utiliser pour attirer le gibier, et puisque vous n'avez pas été des hôtes turbulents, je verrai à ce que vous soyez abattus rapidement.

— De quel gibier parles-tu ? demanda la jeune femme à travers ses dents serrées.

— De tout ce qui sort la nuit pour manger les vivants, répondit Benjamin en replaçant sa casquette sur sa tête. Évidemment, la plupart d'entre eux ne sont plus comestibles, mais généralement, nous tombons sur un ou deux corps assez frais et dont la chair s'est bien conservée.

La jeune femme eut peine à masquer le dégoût sur son visage. Ces gens mangeaient les créatures infectées par l'étrange pandémie. L'idée de mordre leur chair molle et putride lui levait le cœur.

— Hier, nous avons eu des petites difficultés techniques, continua-t-il, mais aujourd'hui tout devrait bien aller.

— Quelles difficultés ? demanda Brynja d'un ton froid.

L'homme s'était relevé, son visage illuminé par la lueur orangée du soleil couchant à l'horizon.

— Le soleil disparaîtra d'ici une demi-heure. C'est bientôt l'heure. Heureux de vous avoir rencontrés, et merci pour la moto.

— Quelles difficultés !? répéta la jeune femme en haussant le ton.

Le chef observa Brynja, l'air un peu surpris par sa réaction, avant d'étirer un sourire sur ses lèvres.

— Les phares se sont éteints durant la pêche, dit-il. Nos derniers appâts sont morts dévorés.

Puis Benjamin fit volte-face et disparut à travers les tentes.

Brynja, qui s'était résignée à son sort, ressentit son désir de survivre être réactivé par l'annonce de leur mort imminente et douloureuse. Maintenant paniquée, la jeune femme se tordit le cou dans tous les sens afin de trouver quelque chose qui pourrait l'aider à s'évader. Comment allaient-ils se sortir d'une pareille situation ? Comme s'il avait lu dans ses pensées, Silas tenta de se libérer de ses liens, grognant et gémissant sous la douleur exercée par le travail de sa jambe faible ; toute cette douleur en vain.

— Es-tu parvenue à défaire tes liens ne serait-ce que de quelques millimètres ? lui demanda le vieillard, essoufflé par l'effort. Parce que moi, pas de chance. C'est aussi serré que le derrière d'une sœur.

Bien que l'analogie de Silas ne soit pas nécessairement celle qu'elle aurait employée, Brynja lui répondit en secouant la tête.

— Ce n'est décidément pas la première fois qu'ils ligotent des gens, grogna Silas en soupirant.

Avoir tenté de libérer ses poignets, qui étaient probablement enflés sous la pression, avait réveillé la douleur là où les câbles lacéraient sa peau.

— Merde, dit le vieux motard. J'aurais préféré crever d'une autre façon que de servir de piñata pour zombies.

Brynja se mit à gigoter dans tous les sens, espérant pouvoir se mettre à genoux.

— Qu'est-ce que tu fais ? lui envoya le motard à basse voix.

Ignorant la question et se concentrant plutôt sur ses prouesses de gymnaste, la jeune femme parvint finalement à se retourner et à se mettre à genoux. Maintenant redressée, elle tourna sa tête pour faire travailler ses muscles endoloris et profita de cette position pour lever la tête, en prenant bien soin de ne pas se faire voir. Plus loin sur le viaduc, elle aperçut quelques hommes accotés au garde-fou, en pleine conversation, mais fort heureusement, ils ne lui portèrent pas attention. Elle ramena son regard sur le sol aux alentours, tentant d'y trouver un câble menant à la génératrice.

— Tu as entendu, plus tôt, lorsqu'ils parlaient d'un problème de câbles défectueux? demanda-t-elle à Silas.

— Ouais, pourquoi? lui demanda le vieillard. Tu comptes percer le réservoir à essence de leur génératrice?

— Oui, et c'est probablement ce qui s'est passé la veille, dit-elle. Pas de courant, pas de phares. Pas de phares, alors pas de protection contre les prédateurs nocturnes...

— Il est vrai que couper le courant risque de les dissuader de faire leur petite chasse, conclut Silas. Bien vu, jeune fille. Mais cette génératrice, tu la vois?

— Non, répondit Brynja, qui tentait tant bien que mal de délier ses poignets de ses chevilles, mais sans succès. Il faudrait que je puisse me lever... Bordel.

Malgré sa fâcheuse position et les liens qui l'enchevêtraient, elle parvint quand même à se dandiner jusqu'à se rapprocher des tentes installées le plus près du garde-fou. Au lieu de se diriger vers le chemin principal, serpentant entre les installations rafistolées des campeurs, elle préféra plutôt se diriger vers l'arrière.

— Qu'est-ce que tu fais? lui demanda Silas.

Préférant ne pas répondre au risque de se faire entendre, la jeune femme se rapprocha du bord du viaduc en se traînant à genoux sur l'asphalte. En s'étirant le cou en dessous du garde-fou, son visage fut éclairé par les rayons orangés du soleil couchant. Elle vit alors, retenu par du ruban adhésif, un câble passant par-dessus le viaduc et cheminant jusqu'à l'autoroute sous eux. Ainsi, quelque chose était connecté plus bas ; mais les phares se trouvaient au beau milieu du campement.

C'est alors que quelqu'un sortit de l'une des tentes, tombant presque nez à nez avec Brynja. Le cœur de la jeune femme cessa de battre pendant un instant. C'était l'un des adolescents qui avaient été chargés de récupérer les cordes des cadavres qui pendaient sous le viaduc. Elle le reconnut comme celui qui l'avait regardée avec une attention particulière. L'adolescent l'observa pendant quelques secondes en silence, clignant bêtement des yeux comme s'il ne savait pas comment réagir.

— S'il te plaît, ne crie pas…, lui murmura-t-elle.

— Hé ! cria-t-il alors à qui voulait l'entendre. La fille s'est relevée ! Elle essaie de se sauver !

— Non, NON ! lui renvoya Brynja, balbutiant avec frustration. Je ne faisais que…

Inutile pour elle de continuer ses excuses : trois types se ruaient déjà sur elle, l'agrippant à la gorge et la jetant au sol près de Silas. La tête de la jeune femme heurta l'asphalte au passage, l'assommant douloureusement. Elle entendit le martèlement de pas de plusieurs individus se ruer autour d'eux, et quelques personnes se mirent à battre le vieux motard de coups de pied. Ce dernier ne lâcha même pas un grognement de douleur, qu'il ravalait probablement par orgueil.

Brynja était trop étourdie pour ouvrir les yeux et reprendre conscience, mais elle pouvait néanmoins sentir une lourde douleur, pulsant désagréablement au rythme de son cœur, au niveau de sa pommette. Elle pouvait entendre des voix autour d'elle, mais sa douleur était telle qu'elle ne pouvait pas les localiser et comprendre leurs paroles.

Une main l'agrippa soudain douloureusement par les cheveux et la redressa sur ses genoux. Une autre paire de mains lui enserra la gorge, la forçant à garder la tête baissée. Quelqu'un dénoua vigoureusement ses liens, libérant ses poignets enflés et endoloris de ses chevilles ankylosées. Avant même qu'elle puisse bouger, un homme lui coinça les bras et l'enfonça sur le garde-fou du viaduc

Tandis qu'on enroulait ce qu'elle reconnut comme une corde autour de ses pieds, Brynja revint à elle, surmontant son étourdissement. Elle était inclinée sur le garde-fou, la tête penchée au-dessus de l'autoroute. Plusieurs individus la tenaient fermement, resserrant férocement le cordage autour de ses pieds. Puis, comme si elle n'était qu'une vulgaire poupée, elle fut durement retournée vers ses assaillants. Deux hommes la soulevèrent, faisant aussitôt contracter son cœur, laissant place à un vertige empoisonnant. Ils allaient la balancer en bas ; c'était fini pour elle.

Sentant aussitôt une colère noire envenimer son être, Brynja empoigna le visage de l'un de ses agresseurs et mordit son nez de toutes ses forces tout en plantant ses ongles dans sa gorge, dans le but de lui déchirer la trachée. Sa proie hurla de douleur tandis que son sang emplissait la bouche de la jeune femme. Ses congénères se ruèrent sur eux pour repousser Brynja, lui criant de le lâcher par-dessus les hurlements de douleur du pauvre homme.

Incapable de résister aux nombreuses mains qui l'avaient saisie, Brynja fut finalement dégagée de sa proie, avant qu'on ne soulève ses jambes et qu'on la fasse basculer de l'autre côté. La chute vers l'arrière mit à l'épreuve le cœur de la jeune femme tandis que le vertige lui coupait la respiration. La jeune femme s'immobilisa à un mètre du sol par un choc subit au niveau de ses chevilles.

Pendue par les pieds sous le viaduc, la jeune femme ouvrit grandement la bouche, avalant de grandes bouffées d'air pour regonfler ses poumons compressés par la peur. Nauséeuse et étourdie, elle tenta de fixer son regard sur l'autoroute sous elle plutôt que sur la ligne d'horizon.

Elle entendit alors les hommes balancer bruyamment Silas par-dessus le viaduc, puis l'homme qui tombait dans le vide avant que sa chute ne soit brutalement arrêtée par la corde nouée à ses chevilles. Sous la pression exercée par la corde, l'homme poussa un véritable hurlement de douleur avant de crier juron après juron en tentant d'agripper, en vain, sa jambe faible.

— Ça vous apprendra! leur cria une voix venue d'en haut du viaduc.

La jeune femme avait peine à se remettre de son étourdissement, portant ses mains à son visage pour éviter d'être déboussolée par l'horizon qu'elle voyait à l'envers. Déjà, une forte nausée lui emplissait la gorge, lui donnant des spasmes gutturaux qui risquaient de la faire vomir d'une seconde à l'autre. Incapable de se contenir, Brynja déversa le maigre contenu de son estomac sur la route sous elle. Vomir dans cette position lui donnait une douloureuse impression de brûlement dans la gorge, en plus de couper sa respiration déjà difficile.

— Reste forte et tente… tente de respirer, lui dit Silas d'une voix entrecoupée par la douleur. Tu dois respirer.

Toussotant et tentant d'arrêter ses spasmes gutturaux, la jeune femme pouvait sentir le sang circuler dans ses tempes, pulsant douloureusement au rythme de son cœur. Son flot sanguin descendait dans sa tête et dans ses bras, créant une désagréable pression sur le haut de son corps. Bientôt, elle parvint à cesser ses toussotements et à calmer ses spasmes, lui redonnant une certaine maîtrise de son corps.

— Ça va aller, c'est bien, l'encouragea Silas.

Forcée d'essuyer ses yeux débordant de larmes, la jeune femme tourna sa tête à gauche et vit Silas, dans la même position qu'elle, les bras pendant vers le bas. L'homme gardait les yeux fermés et son visage, rougi par la pression sanguine, était crispé dans une grimace de douleur. La jeune femme tenta alors de se redresser et se tordit le cou afin de pouvoir observer l'horizon en étant un peu plus à l'endroit. Le soleil se couchait derrière les conifères entourant l'autoroute, et un vent frais sifflait aux oreilles de Brynja, lui rappelant combien cette nuit de novembre serait froide.

— Tu crois être capable d'atteindre tes pieds et de…
te détacher ? lui demanda le vieux motard dans une respiration difficile et bruyante, ouvrant à peine les yeux
pour la regarder.

Malgré sa position, Brynja tenta de contracter ses
muscles abdominaux pour réussir le redressement assis
le plus difficile qu'elle n'ait jamais tenté. La jeune femme
fut capable de redresser son corps pendant quelques
secondes, mais absolument incapable d'atteindre ses
chevilles, et encore moins la corde. Cette prouesse lui
était physiquement impossible, son ventre récemment
blessé par une morsure de gargouille.

— Incapable, grogna Brynja avec difficulté. C'est
trop dur… c'est trop dur…

La jeune femme se laissa retomber tête en bas, son
poids faisant balancer la corde. C'est alors qu'elle vit,
circulant le long du mur et passant sous le viaduc, le
câble de l'un des phares, qui serpentait jusqu'au sol,
continuant son chemin jusqu'à une cabane de maintenance aux abords du viaduc. Ces types y avaient-ils installé leur génératrice ? À bien y penser, c'était la seule
possibilité ; surtout lorsque Brynja se remémora avoir
entendu l'un des hommes du camp mentionner qu'ils
devraient déplacer la génératrice.

C'est alors que la jeune femme entendit une clôture
être secouée. Pivotant sa tête vers l'arrière, elle vit deux
silhouettes qui s'attardaient à ouvrir le premier portail
de la cage. C'était deux des hommes qui les avaient capturés sur l'autoroute. Ils s'avancèrent jusqu'aux pendus,
les observant depuis l'autoroute.

— Dans cette position, je peux presque voir dans ton chandail, déclara le dénommé Mikhaïl.

Il s'avança jusque sous Brynja et éclata d'un rire forcé qui ne fut pas partagé par son camarade à la peau noire. Celui-ci ignora son ami et atteignit le second portail qu'il déverrouilla et ouvrit. Brynja devina bien vite leur plan d'action. Ils avaient ouvert les portails pour laisser entrer leur gibier. Une fois à l'intérieur, ils refermeraient les portes, et fusilleraient le tout.

Ayant repéré le câble de la génératrice, Brynja priait intérieurement pour que les deux types foutent le camp ; c'était leur seule chance de survie. Heureusement, ses prières furent entendues, car les deux hommes s'éloignèrent en direction de la salle de maintenance. Ils y entrèrent, laissant les deux pendus seuls à nouveau.

— Je lui couperais bien la tête, à ce petit con, s'exclama Silas. Bordel, le soleil descend de plus en plus.

En effet, le soleil était maintenant presqu'entièrement masqué par les conifères longeant la ligne d'horizon. Seuls quelques rayons étaient encore visibles au-dessus des arbres ; la pénombre gagnait du terrain.

— Il faut que je parvienne à arracher leur câble, dit la jeune femme. Lorsque le moment sera venu, je veux que tu m'aides à me pousser, d'accord ?

— Tu veux dire, pour te balancer ? demanda le vieil homme.

— Oui. Si j'arrive à atteindre le câble, je crois que je pourrais le sectionner.

À ce moment, la porte de la petite cabane de maintenance s'ouvrit et les deux types en ressortirent. Après avoir verrouillé la porte derrière eux, ils se dirigèrent vers la cage où Brynja et Silas étaient pendus par les pieds. Les prisonniers recouvrirent aussitôt le silence.

— C'est dommage que ça se finisse comme ça pour toi, ma belle, s'exclama le tatoué. Nous aurions pu être de bons amis, toi et moi. Mais bon, il faut bien manger, hein !?

Sur ces paroles, le tatoué suivit son camarade à travers les deux portails, avant de disparaître sous le viaduc, probablement pour aller se mettre à l'abri derrière leurs phares.

Sans rien dire à Silas, la jeune femme se mit à se tortiller dans le vide, gagnant en vitesse et tentant de diriger son mouvement jusqu'à ce qu'elle parvienne à se balancer légèrement d'un côté à l'autre.

— Qu'est-ce que tu veux que je fasse ? lui demanda le motard à voix basse en constatant le mouvement de sa camarade.

— Pousse-moi, lui répondit-elle. N'aie pas peur de me faire mal, repousse-moi dès que tu absorbes mon élan.

Comprenant adéquatement ses instructions, l'homme s'exécuta aussitôt. Bientôt, Brynja se mit à se balancer contre Silas, qui tentait d'accompagner son élan en la repoussant au bon moment. Au bout de quelques tentatives, les mains et les doigts tendus, Brynja parvint à saisir le câble d'une main et à s'y agripper. Elle s'accrocha alors au câble de ses deux mains, et tira dessus de toutes ses forces, s'agitant dans tous les sens. Retenu au mur par du ruban adhésif, le câble céda au bout de quelques secondes ; la jeune femme aurait plutôt préféré réussir à le sectionner complètement.

— Merde, lâcha Brynja, frustrée et essoufflée.

Une partie du câble pendait maintenant dans le vide, tenu par Brynja, qui comprit alors que tout n'était peut-être pas perdu.

— Qu'est-ce que tu comptes faire ? lui demanda Silas.

— Je ne sais pas trop, répondit-elle.

Sous l'adrénaline et la tension du moment, la jeune femme commença à se hisser de toutes ses forces sur le câble et parvint à se remonter suffisamment pour retrouver une posture droite. Se retenant maintenant contre le câble, Brynja pouvait sentir les muscles de ses bras commencer à faillir sous l'intense effort physique. Elle devait faire vite.

Sans la pression exercée sur le nœud par son poids de pendue, la jeune femme pouvait maintenant espérer se défaire de ses liens, quoique d'une seule main. Sachant très bien que son bras droit ne parviendrait pas à la retenir plus qu'une vingtaine de secondes, elle se mit à défaire le nœud d'une main nerveuse et agitée.

— Tu vas y arriver, prends ton temps ! l'encouragea Silas.

Elle aurait bien voulu lui répondre qu'elle n'avait pas le luxe du temps, mais elle était trop occupée à retenir sa respiration pour se concentrer sur l'effort. Ses doigts plongèrent dans le nœud afin de saisir le bout de la corde enroulée à ses chevilles. Après de longues secondes terriblement épuisantes, elle parvint à détendre le nœud, sans pour autant le défaire. Incapable de se retenir davantage, absolument à bout de force, les doigts de Brynja cédèrent. Avec le choc de la chute subite, le nœud détendu céda sous le poids de la jeune femme, libérant l'un de ses pieds.

— Ça y est! s'exclama avec joie le vieux motard, à voix basse. Tu y es!

L'autre pied de Brynja était retenu au niveau de sa cheville, la corde passant sur sa botte. L'idée de s'écraser la face contre l'asphalte ne lui plaisait guère, mais Brynja savait qu'elle devait le faire. Il ne lui restait qu'un dernier effort à donner. Malgré sa blessure au ventre, elle parvint cette fois à se redresser et à atteindre les lacets de sa botte, qu'elle détacha d'une main malhabile. Sa botte desserrée libéra son pied, qui glissa aussitôt en dehors, faisant tomber la jeune femme sur l'asphalte un mètre plus bas.

CHAPITRE 6

Lumière

L e souffle coupé par l'impact, la jeune femme se tordit de douleur au sol, incapable de camoufler ses plaintes. Elle avait atterri sur son coccyx, causant une douleur paralysante dans tout son corps. Brynja savait qu'elle devait se relever, mais elle en était physiquement incapable.

— Allez, relève-toi ! l'encouragea Silas, pendu au-dessus d'elle, agitant ses bras. Fous le camp ! Dépêche !

Ses terminaisons nerveuses acceptant finalement qu'elle reprenne la maîtrise de son corps, Brynja roula sur le ventre et se redressa difficilement. Elle n'avait pas eu assez de temps pour s'habituer à avoir la tête en bas, et se retrouver soudainement à l'endroit la débalançait.

— Sauve-toi, Brynja, lui répéta alors le vieillard d'une voix plus calme. Tu as encore le temps avant qu'ils ne se rendent compte de quoi que ce soit. Sauve-toi sous le couvert de la forêt ! Allez !

Essuyant les petits cailloux collés à ses mains sur ses cuisses, la jeune femme se dirigea vers la salle de

maintenance. Brynja aurait pu sauver sa propre peau, mais elle se devait de sauver son camarade, pour qui elle avait une dette de vie. Il lui avait évité une mort certaine en l'extirpant de l'eau glaciale et avait accepté de la mener le plus loin possible de Montréal.

— Ne risque pas ta chance et…

— Ta gueule, Silas! lui renvoya sèchement la jeune femme.

Se retenant le ventre et tentant de reprendre une respiration normale, la jeune femme passa le portail et jogga maladroitement vers la cabane. Le dos voûté, elle jeta un regard par-dessus son épaule pour vérifier si on l'avait repérée. Même si elle aperçut quelques silhouettes, il semblait que le couvert de la pénombre l'avait masquée juste assez pour qu'ils ne la remarquent pas.

Une fois arrivée à la cabane, la jeune femme agrippa la poignée de porte et la secoua, bien qu'elle ait vu les deux hommes la verrouiller plus tôt. Sans surprise, la poignée verrouillée ne céda pas sous les secousses perpétrées par Brynja. Ne renonçant pas à son idée, la jeune femme suivit le câble qui serpentait au sol jusqu'à l'arrière de la cabane. Elle s'avança sur le terrain bosselé recouvert de longues herbes mortes et vit que le câblage se faufilait dans un petit espace juste au niveau du sol, où on avait apparemment retiré quelques briques, pour se rendre jusqu'à l'intérieur du local de maintenance.

C'est alors qu'un bruit fit sursauter Brynja, qui se plaqua aussitôt contre le mur de briques derrière elle. Une sorte de sirène très forte résonnait, marquait une pause aux trois secondes et recommençait. Brynja comprit ce dont il s'agissait. Benjamin et sa communauté essayaient d'attirer tous les infectés se trouvant dans les parages. Évidemment, ce genre d'activité risquait probablement d'attirer les grosses bêtes volantes, d'où la présence de phares.

Étudiant ses options, la jeune femme se questionna à savoir ce qu'elle devait faire. Devait-elle trouver une façon de sectionner le câble de la génératrice, coupant de ce fait le courant du campement? Si elle optait pour ce choix, elle condamnait Silas, puisque les brigands viendraient assurément jeter un œil à leur génératrice et constateraient de ce fait qu'elle s'était évadée. Peut-être devrait-elle attendre encore un peu de trouver le moment opportun?

Avant d'avoir pu prendre une décision, elle entendit une brindille de bois craquer juste derrière elle. Se retournant subitement, elle fut aussitôt renversée et bousculée au sol, une paire de mains lui agrippant la gorge tandis qu'un visage défiguré grondait et bavait à quelques centimètres du sien. Immobilisée par le poids le l'infecté — un obèse barbu —, Brynja plaqua ses mains sur son immense cou, retenant avec difficulté la grosse tête qui tentait de lui mordre le visage.

Elle avait beau se débattre comme une endiablée, la créature était trop pesante pour elle, gagnant contre sa propre force physique. La gorge empoignée par l'infecté, Brynja était incapable de respirer et son visage devenait de plus en plus rouge. Sous la force du désespoir, elle lâcha prise sur la gorge de l'infecté et asséna des coups de poing imprécis sur sa tête, jusqu'à ce qu'elle lui plante un pouce l'œil. Usant de l'orbite comme point de pression pour repousser la mâchoire menaçante, Brynja parvint à détourner la grosse tête avant que l'infecté lui morde le visage.

Sous la pression exercée par une Brynja étouffée, les os du cou de l'infecté se mirent à craquer, jusqu'à ce qu'elle parvienne à lui briser la nuque, tournant sa tête dans un angle dégoûtant. Au son d'alarme de la sirène, la créature sembla perdre l'équilibre et lâcha prise sur le cou de la jeune femme. Aspirant goulument et douloureusement de larges bouffées d'air, Brynja se débattit jusqu'à ce qu'elle parvienne à se décoincer de sous l'infecté.

Les yeux pleins d'eau, toussant bruyamment, la jeune femme s'éloigna maladroitement en rampant de la créature, qui gesticulait et grognait. Trouvant une grosse pierre sur son chemin, elle la saisit et se redressa difficilement. Malgré sa toux rauque et ses yeux larmoyants, la jeune femme se laissa tomber à genoux auprès de la créature et abattit la pierre sur sa tête. Elle continua de l'attaquer ainsi jusqu'à ce que sa boîte crânienne se fende.

Lâchant la pierre avec nonchalance, Brynja porta sa main à sa gorge, toussant encore quelques coups avant de reprendre son souffle. Elle essuya ses larmes du revers de sa manche et se releva, portant un regard attentif aux environs. C'est alors qu'elle vit, émergeant de la forêt, de nombreuses silhouettes d'infectés s'avançant vers le viaduc. Certaines créatures de la nuit, râlant et grognant, titubaient tandis que d'autres rampaient et que quelques-uns couraient littéralement.

Brynja pouvait voir Silas, toujours pendu, se mettre à s'agiter, tentant de se balancer tout comme Brynja l'avait fait, mais sans succès. Croyait-il qu'elle l'avait abandonné et qu'elle s'était enfuie?

— *Hver fjandinn*[2]! lâcha-t-elle.

Brynja tenta de trouver quelque chose d'assez coupant pour sectionner le câble de la génératrice. Nerveuse et agissant dans l'urgence, la jeune femme ne trouva rien d'autre que la grosse pierre recouverte de sang. Frustrée, elle repoussa difficilement le cadavre qui était avachi sur le câble avant de s'adonner à la tâche. Tournant la pierre pour trouver son bout plus pointu, la jeune femme l'abattit sur le câble à répétition le plus rapidement et le plus fort possible.

Au bout de quelques secondes d'effort, elle remarqua que la gaine du câble s'écorchait sous les coups. Brynja continua de s'affairer à sa tâche, ignorant l'irritante et bruyante sirène; lorsqu'elle aperçut une bonne trentaine d'infectés s'avançant maladroitement sur l'autoroute, elle fut soulagée de constater qu'aucun d'eux ne semblait l'avoir remarquée; du moins, pour l'instant, car elle savait bien qu'ils risquaient fort probablement de sentir sa présence.

— Allez, allez! se dit-elle à voix basse sous sa respiration saccadée.

Un rugissement familier déchira soudain le ciel maintenant nocturne et étoilé, en provenance du sud, tétanisant aussitôt les muscles de la jeune femme. Aussitôt, d'énormes rayons lumineux transpercèrent le ciel. Benjamin et les siens venaient d'allumer leurs

---

2. Bordel de merde!

phares, s'offrant une protection indéniable contre la gargouille ; en cas de problème, ils n'auraient qu'à les tourner vers les infectés. Ces salauds étaient bien préparés.

Elle n'aurait jamais cru espérer la venue imminente d'une gargouille — créature qu'elle maudissait généralement —, mais ce monstre ailé lui offrait une opportunité. Si elle parvenait à couper ce foutu câble, les pillards auraient une sacrée surprise. Sa conscience lui rappela alors que cette communauté n'était pas si différente d'elle et Silas. Ces gens n'avaient pour but que de survivre, coûte que coûte. Cette communauté abritait aussi des jeunes et des enfants en bas âge, qui ne faisaient que suivre leurs parents et leurs protecteurs. Serait-elle réellement capable de couper leur courant, condamnant aussitôt leur petite société simplement pour sauver la vie d'un vieux motard cancéreux et qui allait mourir dans les mois à venir de toute façon ? La réponse était tellement simple ; sans compter son désir de vengeance personnel, c'était aussi la loi du plus fort. Qu'ils se démerdent, décida-t-elle amèrement.

Ferme dans sa décision, la jeune femme redoubla aussitôt d'effort ; au diable la discrétion, il fallait sectionner le câble le plus vite possible.

— Allez, tu y es presque ! s'encouragea-t-elle silencieusement.

Quelques coups de plus suffirent à rompre suffisamment le câble pour que la sirène s'éteigne, figeant aussitôt les membres de Brynja et crispant son cœur. En levant les yeux vers le viaduc, elle vit trois phares éclairer le ciel dans des directions opposées, et la cage maintenant remplie d'infectés, qui tendaient tous les mains vers leur festin : le pauvre Silas, qui se dandinait toujours en tentant de relever sa tête et ses épaules.

Une ombre passa alors au-dessus du terrain herbeux ; l'immense gargouille se manifesta au-dessus des conifères, battant lourdement ses larges ailes membraneuses. Irritée par les phares, la bête s'était mise à tournoyer aux alentours, poussant des rugissements de frustration. Des coups de feu détonnèrent depuis le viaduc, des balles sifflant dans l'air en direction de la gargouille.

Comprenant combien il était crucial pour elle d'achever sa tâche avant qu'ils parviennent à repousser la gargouille, Brynja se mit à frapper le câble de toute ses forces sous des cris de frustration et d'effort.

— Veux-tu céder, saleté de câble !? lâcha-t-elle, les dents serrées.

Soudain, le bourdonnement de la génératrice cessa et les phares du viaduc s'éteignirent. Elle put entendre des cris de confusion et de terreur s'élever dans l'air, tandis que la gargouille plongeait sur le campement — tel un aigle fonçant sur sa proie — malgré les coups de feu tirés dans sa direction, avant de se reprendre son envol.

À la fois étonnée et surprise par sa réussite, la jeune femme se releva rapidement, gardant la pierre dans ses mains avant de courir rapidement vers le viaduc. Elle n'avait aucun plan, son cerveau n'ayant pas analysé la scène aussi loin. Comment diable parviendrait-elle à libérer Silas de cette horde d'infectés grouillant sous lui ?

C'est alors qu'une balle fit exploser l'asphalte aux pieds de Brynja, lui faisait perdre l'équilibre. Terrifiée, la jeune femme s'immobilisa instinctivement avant qu'une seconde balle siffle tout près d'elle. Elle avait été découverte et on ouvrait maintenant le feu sur elle. Forcée de dévier de sa trajectoire et de s'enfuir directement vers la forêt, Brynja quitta l'autoroute à grandes enjambées tandis qu'on continuait de faire feu vers elle, les balles faisant lever des gerbes de terre sous ses pas.

Une fois la lisière de la forêt traversée, la jeune femme freina sa course — elle se rendit compte qu'elle ne portait que ses bas — et s'immobilisa derrière un arbre, son cœur battant la chamade. Ses pieds étaient douloureux, comme si elle avait piétiné quelque chose de pointu, mais elle ne se permit pas d'y accorder plus d'attention. Le tireur, positionné sur le viaduc, faisait toujours feu dans sa direction, mais à en juger par les tirs, il était clair qu'il l'avait perdue de vue. Frustrée, nerveuse et essoufflée, la jeune femme reporta son attention sur le viaduc. À travers les rugissements de la gargouille, les coups de feu des brigands et les grognements de la horde d'infectés, elle put entendre un homme vociférer des ordres à un autre.

Elle le repéra bien vite ; un point lumineux — sûrement une lampe de poche — gesticulait dans tous les sens et descendait la pente du viaduc, indiquant qu'un individu avait délaissé la défense de son campement pour se lancer à la poursuite de la fuyarde. Restant à couvert derrière son arbre, la jeune femme calma sa respiration.

D'après le rayon de la lampe de poche, l'individu venait de traverser la lisière de la forêt, enjambant les arbustes et les souches tout en piétinant bruyamment les brindilles mortes recouvrant le sol. Avançant à l'aveuglette tout en cherchant sa proie, il balaya la forêt du faisceau lumineux sans pouvoir déterminer l'endroit où Brynja s'était dissimulée.

Attendant encore patiemment quelques longues secondes à espérer que Silas s'en sorte, Brynja garda un regard attentif sur l'individu qui la cherchait d'un air paniqué. Bientôt, s'il continuait dans sa direction, il passerait tout près d'elle. Comme elle s'y attendait, la jeune femme entendit les pas se rapprocher de plus en plus. Se concentrant sur son ouïe, elle parvint à estimer que sa cible se trouvait à quelques mètres à peine. Il était temps d'agir.

Sans émotion, la jeune femme serra la pierre ensanglantée de la taille d'une brique entre ses mains et se rua sur son prédateur. Surpris, l'individu leva son arme, mais elle lui balança la pierre au visage de toutes ses forces, dans un bruit mou et spongieux. Sans même lâcher la moindre plainte, l'homme chuta sur le dos.

Brynja se rua sur lui, lui dérobant son arme des mains ; le fusil de chasse était muni d'une lampe de poche fixée sur le dessus. Elle pointa aussitôt l'arme sur son agresseur, illuminant son visage. Il s'agissait de Mikhaïl, le désagréable type tatoué au crâne chauve. Son nez était fracturé et son œil était perdu dans une plaie béante depuis laquelle s'écoulait du sang en abondance. L'homme était pris de convulsions, s'étouffant dans son propre sang. Oubliant la pitié, la jeune femme appuya sur la détente, exécutant l'homme dont le visage devint aussitôt méconnaissable.

La jeune femme éteignit la lampe de poche, déposa l'arme et pilla rapidement le cadavre, fouillant les poches de son manteau et de son pantalon. Elle récupéra quelques cartouches pour le fusil de chasse, un paquet de cigarettes, un briquet, des friandises et un flacon de comprimés. Malgré la pénombre qui l'encerclait, elle distingua qu'il s'agissait d'antidouleurs. La jeune femme décapsula rapidement le flacon à moitié vide et avala deux comprimés dans l'espoir de calmer la douleur qui siégeait dans son cou. Récupérant le fusil de chasse et rangeant le flacon d'antidouleurs dans sa poche de manteau, la jeune femme partit en courant vers le viaduc.

Elle quitta la forêt et tomba nez à nez avec un infecté, une femme à la chevelure dégarnie qui avait probablement été attirée par le bruit du coup de feu. Ne voulant pas perdre ses précieuses munitions, Brynja asséna un coup de crosse en plein visage et continua sa course. Elle remarqua alors que le nombre d'infectés avait grandement diminué, et que la plupart des morts-vivants s'étaient éparpillés et avaient quitté la cage, dont les portails n'avaient jamais été verrouillés.

Les créatures cherchaient-elles à s'approcher du vacarme sur le viaduc, là où les habitants criaient et tiraient des coups de feu vers le monstre ailé qui les attaquait ? Ou encore s'étaient-ils lassés du repas qu'ils étaient incapables d'atteindre ? Dans tous les cas, la situation tournait en la faveur de la jeune femme, qui s'approcha à grands pas.

Tandis que la plupart des infectés escaladaient les pentes montant au viaduc, Silas était toujours pendu à l'envers, se dandinant au-dessus d'une bonne demi-douzaine de ces créatures, qui tentaient toujours de l'attraper. Sans prendre la peine d'annoncer son arrivée, Brynja se mit à tirer sur les infectés.

— Bonté divine ! lâcha le vieillard en sursautant, avant de remarquer la présence de la jeune femme.

Après avoir fait éclater la cervelle de trois infectés, Brynja pointa le canon du fusil sur la corde retenant Silas et fit feu. Un simple *clic* lui annonça que son arme était vide, forçant Brynja à repousser deux infectés à l'aide de coups de crosse et de coups de pied avant de pouvoir recharger le fusil et de pomper une nouvelle douille dans la chambre du canon. Ce petit contretemps permit à Silas de se préparer à sa chute imminente, protégeant sa tête de ses bras.

Brynja visa à nouveau la corde et pressa la détente. Le coup de feu vibra fortement sous l'écho du viaduc, annonçant à qui pouvait l'entendre leur présence. Le vieux motard chuta lourdement au sol, attirant l'attention des quelques infectés encore présents. Sachant très bien qu'il ne lui restait que quelques coups avant de se retrouver avec une arme vide, Brynja préféra les frapper avec l'arme et ses poings afin de couvrir Silas.

— Lève-toi ! lui ordonna-t-elle en piétinant la mâchoire d'un infecté gisant au sol et qui l'avait agrippée à la jambe. Debout, merde !

Tandis que le vieil homme récupérait de sa chute et se relevait, la jeune femme voulut enfiler rapidement l'une de ses bottes qui traînait non loin d'elle, mais en vain, puisqu'elle fut obligée de repousser les infectés qui se ruaient vers eux. Laissant sa botte au sol et l'autre pendant sous le viaduc, elle fit signe au vieux de la suivre. La jeune femme planifiait de s'éloigner et de se cacher dans la forêt, mais la démarche du vieux motard était trop lente, indiquant combien il était fatigué, affaibli et étourdi.

Alors qu'elle s'apprêtait à lui crier de se dépêcher, ils virent la moto de Silas descendre l'une des pentes du viaduc, ses phares illuminant la route obscurcie par la nuit. La descente fut cependant trop brusque et impossible à effectuer correctement, le conducteur et son passager basculèrent donc sur le côté, envoyant la moto s'écraser au bord de l'autoroute. Prenant tous deux conscience qu'il s'agissait sûrement de leur meilleure chance de s'enfuir, Brynja et Silas s'élancèrent aussitôt vers le véhicule échoué.

Brynja l'atteignit la première tandis que Silas boitait loin derrière. Elle ralentit sa cadence et braqua son arme sur les deux rescapés de l'accident de moto.

— Arrêtez! ordonna la jeune femme aux individus qui s'apprêtaient à remonter sur la moto. Reculez, je suis armée!

Elle n'aurait eu aucun scrupule à faire feu sur eux, mais des cibles immobiles étaient plus faciles à abattre que des cibles en mouvement. Les deux individus s'immobilisèrent et se retournèrent vers Brynja dans un sursaut. Voyant qu'elle était armée, ils levèrent leurs mains à la hauteur de leurs épaules. Sous la lumière de la lune et des étoiles, la jeune femme reconnut Benjamin ainsi qu'un adolescent, qu'elle présumait être son fils.

— Redresse la moto! ordonna Brynja à Benjamin en le menaçant de son fusil de chasse.

D'après son expression, les choses n'allaient certainement pas comme l'homme les avait prévues. Il jeta un regard à son fils; tous deux semblaient terrifiés.

— Allez! répéta Brynja en s'approchant du duo. Redresse!

Benjamin s'exécuta, relevant avec difficulté la lourde moto qui était couchée sur le côté, son moteur vibrant encore. Silas arriva enfin, l'air exténué et grimaçant sous l'effort. Il dépassa Brynja et récupéra sa moto des mains de leur bourreau.

— Viens! ordonna le motard à la jeune femme.

Brynja, qui tenait toujours Benjamin en joue, avait le sombre désir de presser la détente. Ce type les avait volés, capturés, ligotés et pendus afin de servir d'appâts à leur sinistre chasse. En exécutant cet homme, qui était maintenant à sa merci, Brynja assouvirait un désir de vengeance, mais laisserait aussi l'adolescent orphelin... Elle pressa la détente.

Sous l'impact des dizaines de plombs envoyés par le fusil de chasse, l'homme fut projeté vers l'arrière dans un nuage de sang, puis s'écrasa au sol, inerte. Son fils n'avait pas bougé d'un poil, son visage et son chandail éclaboussés du sang de son père. Brynja n'avait pas le moindre remords. Poussée à bout, elle aussi pouvait devenir un monstre.

Le rugissement de la gargouille et les cris en provenance du viaduc firent sursauter la jeune femme, la ramenant à la réalité. Jetant un bref regard vers le pont, elle contourna le cadavre de Benjamin et alla s'installer derrière Silas. Les deux compagnons partirent aussitôt, filant à toute vitesse sur l'autoroute.

En regardant derrière elle, Brynja vit le campement du viaduc tomber sous l'attaque des infectés, qui se hissaient maintenant par-dessus le garde-fou et les fortifications. À en croire par les flashs lumineux des coups de feu qui jaillissaient du viaduc, quelques survivants tentaient toujours de repousser l'attaque, mais avec la cinquantaine d'infectés qui déferlaient dans le camp, ils ne survivraient pas. Quelques-uns étaient parvenus à s'enfuir et couraient dans tous les sens, certains gagnant la forêt tandis que d'autres se faisaient rattraper et renverser par les infectés.

La gargouille passa en planant au-dessus du viaduc et se posa lourdement sur l'autoroute, une femme dans sa gueule, effrayant de ce fait le fils de Benjamin qui prit ses jambes à son cou vers la forêt. La bête porta l'une de ses grosses pattes griffues sur les jambes de la pauvre qui se débattait et hurlait avant de la sectionner en deux. Laissant derrière eux cette scène chaotique, Silas et Brynja s'enfoncèrent dans la nuit froide, sous le couvert des étoiles.

Ils conduisirent ainsi pendant un moment, sans dire quoi que ce soit, trop concentrés à s'éloigner le plus possible et à combattre le vent glacial. La jeune femme savait que Silas aurait pu manifester le désir de retourner à sa cabane, profitant du chaos pour filer entre les portails du viaduc. Cependant, il filait droit au nord, vers Québec, emmenant Brynja là où elle devait se rendre. La jeune femme en était reconnaissante, mais elle préféra rester silencieuse, tentant de réchauffer ses doigts congelés et crispés contre le siège de la moto.

Au bout d'une trentaine de minutes, la moto de Silas commença à perdre de la vitesse, au beau milieu d'une campagne rurale.

— Nous n'avons presque plus d'essence, déclara-t-il à travers le souffle du vent. Il faut s'arrêter.

Brynja se doutait qu'ils n'atteindraient pas Québec, mais elle fut surprise qu'ils doivent s'arrêter si tôt. Une fois la moto immobilisée, Silas coupa le contact, incitant la jeune femme à descendre la première. Ses extrémités étaient frigorifiées, alors elle porta ses mains à sa bouche pour tenter de les réchauffer avec son haleine. Silas descendit à son tour, avant d'observer les alentours. Ils étaient vraiment au beau milieu de nulle part, entourés de grands espaces ruraux. Le ciel était découvert, avec seulement quelques nuages, la lune et les étoiles comme seules lueurs dans la nuit.

— Déjà plus d'essence ? demanda Brynja.

— Ces salauds ont siphonné une partie du réservoir, j'en suis certain, répondit le vieux motard, qui observait sa moto d'un air découragé. Bordel !

Silas retira sa tuque, gratta son cuir chevelu et remit le couvre-chef en place, puis secoua la tête avant de lâcher un long soupir.

— Quoi qu'il en soit, dit-il en se tournant vers sa camarade, nous sommes coincés ici. Mieux vaudrait pour nous de continuer notre route. Les environs semblent vraiment déserts, mais gardons l'œil ouvert. Nous sommes des proies faciles, ici.

Le vieillard et la jeune femme se mirent de chaque côté de la moto et la poussèrent en marchant le long de la route. Sans bottes, les pieds de la jeune femme étaient congelés depuis leur escapade en moto et marcher sur l'asphalte glacé n'aidait certainement pas. Pas geignarde de nature, elle n'en fit pas de cas. Certes, ils étaient peut-être perdus au beau milieu de nulle part — sans bottes pour sa part —, mais la situation aurait pu être nettement pire. Au moins, ils s'étaient sortis de cet enfer.

— Merde, tu marches pieds nus !? constata Silas, qui immobilisa la moto et la fit basculer sur sa béquille. J'avais complètement oublié !

— Ça ira, mentit la jeune femme, qui allait bientôt perdre toute sensation dans ses pieds.

Le vieil homme contourna sa moto et ouvrit l'une des sacoches en cuir qui y étaient attachées. Il fouilla à l'intérieur pendant quelques secondes avant d'en ressortir ses mains vides.

— Les enfoirés, ils ont tout volé. J'avais une seconde paire d'espadrilles.

Silas s'appuya alors sur sa moto et se mit à délacer ses propres bottillons. Brynja aurait voulu refuser par orgueil, mais ses orteils étaient tellement congelés qu'elle ne put dire quoi que ce soit.

— Tu en as plus besoin que moi, dit l'homme en lui tendant un bottillon. Tiens.

Elle ne lui avait rien demandé, mais la jeune femme savait qu'elle aurait besoin de se réchauffer les pieds tôt ou tard, au risque de souffrir de sérieuses engelures. Remerciant l'homme d'un bref sourire, elle retira ses bas humides et mouillés et fourra ses pieds nus dans les bottes chaudes du vieil homme. Ce dernier, qui portait d'épais bas de laine, lui rendit son sourire.

— Merci pour les bottes, dit-elle. Je te les rendrai dès que mes pieds se seront réchauffés.

L'homme lui répondit d'un geste de main, comme pour dire à Brynja de laisser tomber.

— C'est la moindre des choses, dit-il en faisant basculer la béquille de sa moto. Tu m'as sauvé la vie, Brynja. Tu aurais pu me laisser là et t'enfuir.

— Je t'en devais une, lui répondit la jeune femme en l'aidant à pousser la moto, l'ombre d'un sourire en coin apparaissant sur son visage

Le vent froid du mois de novembre se leva à nouveau, fouettant leurs pommettes déjà rougies. Au moins, tout portait à croire que la neige ne se manifesterait pas cette nuit-là. Ils marchèrent longtemps, observant le paysage. Des terres agricoles laissées à elles-mêmes s'étendaient jusqu'à la ligne de l'horizon, vers une immense forêt. Au loin, à quelques kilomètres de distance, Brynja pouvait voir la silhouette de bâtiments s'érigeant dans la pénombre.

— Je vois des bâtisses au loin, dit-elle à son camarade. Encore une heure de marche et nous les atteindrons. Nous y passerons la nuit.

— Pas de bol, dit Silas en plissant les yeux pour tenter d'y voir quelque chose. Moi je ne vois absolument rien d'autre que de la noirceur. Mais bon, je n'ai pas besoin de te rappeler l'état de ma vue…

— Tu aurais dû me laisser conduire, répliqua la jeune femme. Ça nous aurait évité quelques problèmes...

— Une femme, conduire ma moto ? rétorqua-t-il en s'esclaffant jusqu'à tousser bruyamment. À ma mort ! D'ailleurs, elle ne devrait pas tarder, cette mort, ajouta-t-il en tapotant sa poitrine. Fichus problèmes de santé...

— Tu veux tes bottes, vieil homme ? lui renvoya-t-elle, tentant une sorte de psychologie inversée afin qu'il cesse de se plaindre.

— Bien sûr que non, répondit-il. Garde-les le temps que tes pieds décongèlent, tel que convenu.

Tous deux continuèrent de pousser la moto en silence. Brynja était reconnaissante que Silas ait décidé de poursuivre le voyage en sa compagnie. Même solitaire de nature, elle appréciait avoir trouvé quelqu'un avec qui elle pouvait parler et avoir un contact humain.

Ses pensées dérivèrent alors vers la fillette pour qui elle faisait ce long et pénible voyage. Il fallait simplement qu'Adélaïde, peu importe où elle se trouvait, reste forte et parvienne à traverser les obstacles qu'elle rencontrait. L'avait-elle oubliée ? La croyait-elle morte ? Fort probablement, à bien y penser. Cette pensée créa d'ailleurs un point douloureux dans son cœur. Que la gamine la croie morte alors qu'elle était bel et bien en vie était terriblement frustrant.

Ils passèrent près d'un véhicule abandonné qui avait été pillé, ses vitres brisées et ses roues retirées. Jetant un œil dans la voiture, Brynja conclut rapidement qu'il ne valait pas la peine de s'y arrêter.

— Si ces enculés n'avaient pas volés mon siphon, dit Silas en regardant la voiture avec frustration, nous aurions pu remplir la moto. Dis-moi, jeune fille. Comment t'es-tu débarrassée de ce jeune débile au crâne rasé ? Lorsque je l'ai vu piquer une course vers toi, je t'ai cru morte…

— Je me suis cachée, répondit Brynja. Je connais ce genre de types, j'ai souvent eu affaire à des hommes comme lui. Impulsifs et stupides. Il faut simplement faire preuve de patience, et attaquer au moment opportun. Je lui ai balancé une roche en pleine face. Une fois assommé, je lui ai pris son arme et j'en ai fini avec lui. D'ailleurs, tu me fais penser que je lui ai pris quelques trucs.

— Tu es aussi terrifiante que tu en as l'air, Brynja. Je ne voudrais pas te contrarier. Comme ce Benjamin ; bien fait pour lui. Son fils devra apprendre à se débrouiller, s'il n'est pas déjà mort.

La jeune femme fouilla dans la poche de son manteau, en accordant un bref regard à l'homme, puis sortit le flacon de comprimés d'antidouleurs.

— Tiens, lui dit-elle en lui balançant le petit pot. Tu dois en avoir besoin, avec les positions qu'on nous a imposées ces dernières heures.

— Qu'est-ce que tu insinues, petite impolie ? rétorqua Silas d'un air joueur en décapsulant le flacon et en faisant tomber une paire de comprimés dans sa bouche. Que je suis vieux et souffrant ?

L'homme lui rendit le flacon et, en échange, Brynja lui tendit le sac de friandises qu'elle avait récupéré sur le pillard.

— Ouvre-le, lui dit-elle. Je meurs de faim.

Sans se faire prier, le vieillard déchira le sac et ils mangèrent tout son contenu en continuant de pousser la moto. Le silence, simplement dérangé par le souffle du vent et le bruit de leur mastication, leur apporta une certaine quiétude. Les cris de la gargouille s'étaient tus depuis un bon moment déjà et aucun râlement d'infectés ne se faisait entendre. Les environs semblaient sécuritaires, mais on n'était jamais trop prudent ; Brynja gardait l'œil bien ouvert.

Le froid et la fatigue accumulée au courant de la dernière journée les avaient rendus peu bavards. Incapable de se réchauffer les pieds, même avec les bottillons du vieillard, Brynja était mal à l'aise en le voyant marcher en bas par cette température. L'homme se mit d'ailleurs à tousser, semblant incapable d'arrêter la toux qui prenait de plus en plus d'emprise sur lui.

Inquiète, la jeune femme appuya la moto sur sa béquille et la contourna pour venir en aide au vieillard. N'étant pas habituée au contact humain, elle posa maladroitement sa main sur son dos.

— Calme ta respiration, lui dit-elle en essayant d'avoir l'air encourageant. Tu dois respirer, Silas. Ne laisse pas la toux gagner sur toi ; allez, respire… c'est ça, de grandes inspirations…

La toux de l'homme se calma, mais seulement après qu'il eut craché une bonne quantité de sang dans sa main. Pris de spasmes gutturaux, l'homme porta sa main à sa bouche, tentant de contenir sa soudaine nausée.

— C'est complètement débile, lâcha Brynja, frustrée contre elle-même, tandis qu'elle détachait ses bottes.

L'homme secoua la tête, lui faisant signe qu'il déclinait son offre, avant de pousser encore quelques toussotements. Pieds nus, la jeune femme enfila ses bas humides, même si elle savait qu'elle ferait presque mieux de rester pieds nus.

— Tu as un cancer des poumons, lui rappela-t-elle en lui tendant sa paire de bottes. Te faire marcher en bas par cette température, c'est vraiment stupide.

Voyant que Brynja était catégorique et inébranlable dans sa décision, Silas remit ses bottes, mais avant d'avoir pu les attacher convenablement, sa toux reprit de plus belle. Il porta alors subitement sa main à sa poitrine, crispant ses doigts sur son manteau. Les larmes se mirent à couler aux coins de ses yeux, créant des rigoles sur ses joues ridées et recouvertes d'une forte barbe.

— Calme-toi, je t'ai dit ! s'emporta la jeune femme, qui n'aidait pas vraiment la situation. Tu dois respirer et cesser de tousser...

Elle fut interrompue par le hurlement particulier et reconnaissable entre tous d'un loup, vibrant dans l'air. En alerte, la jeune femme fit passer son fusil de chasse par-dessus son épaule et le saisit, scrutant les alentours. Bien qu'il démontrait être tout aussi alarmé que Brynja, Silas était incapable d'arrêter de tousser, son toussotement empirant même sous le stress.

— Calme-toi et respire ! répéta Brynja en tournant sur elle-même, s'attendant à ce que l'une des créatures canines n'apparaisse.

Le vieillard, maintenant agenouillé au sol, toussait et crachait d'impressionnantes quantités de sang au sol. En scrutant toujours les environs, Brynja discerna, en provenance des terres agricoles, une demi-douzaine de silhouettes canines qui s'avançaient vers eux. Les prédateurs nocturnes repérés, la jeune femme leva son fusil pour ramener la visée à son œil, espérant de tout cœur qu'ils s'enfuiraient au premier coup de feu.

Son fusil de chasse pointé sur la meute qui s'avançait à pas feutrés dans le champ, Brynja allait presser la détente lorsqu'on la renversa de plein fouet. Écrasée au sol et retenue par un poids considérable, la jeune femme sentit une gueule lui mordre férocement la gorge. Se débattant de toutes ses forces, toujours armée de son fusil de chasse, Brynja parvint à se libérer de l'étreinte de la bête et roula sur le côté.

Assise, la jeune femme pointa rapidement son fusil de chasse vers l'énorme silhouette d'un loup bondissant sur elle. Le coup de feu atteignit la bête en pleine poitrine et elle s'écroula au sol près de la jeune femme. Un coup d'œil lui confirma qu'il s'agissait d'un loup infecté. L'animal avait perdu la plupart de ses poils, laissant paraître son épiderme rosé aux veines très visibles et noircies.

Malgré la plaie à sa gorge, la jeune femme se releva et éjecta la cartouche vide de son fusil en pompant ce dernier. Elle pouvait entendre le grognement et les râlements des chiens-loups formant un cercle autour d'eux, alors elle se rua auprès de Silas, qu'elle aida à se redresser.

— Debout ! lui hurla-t-elle. Lève-toi ! Fais un effort !

Toujours atteint d'une forte toux, sa barbe et son menton maculés de sang, Silas se redressa et s'appuya sur l'épaule de la jeune femme. Ils s'éloignèrent du plus vite qu'ils le pouvaient, Brynja retenant difficilement le vieillard contre elle. La toux de ce dernier avait stoppé, mais l'homme semblait aussi avoir perdu toute son énergie, étant à peine capable de lever correctement ses jambes.

— ALLEZ ! BOUGE ! s'écria Brynja avec colère, sachant très bien que la meute ne tarderait pas à tomber sur eux.

Elle pouvait entendre le cliquetis des griffes des chiens-loups sur l'asphalte alors que les bêtes progressaient. Désespérée, Brynja pointa son fusil de chasse d'une seule main vers l'arrière et fit feu. La force de recul du coup de feu fut si puissante que la jeune femme manqua échapper l'arme, et elle eut l'impression que son épaule venait de se disloquer.

Brynja n'avait pas vraiment espoir que ce geste change quoi que ce soit et, comme elle s'y attendait, le tir n'avait atteint aucun des chiens-loups ; quelques-uns s'arrêtèrent momentanément, énervés par la forte détonation, mais reprirent presque aussitôt leur course effrénée. Redoublant d'effort, Brynja ramena son regard vers l'avant en tenant d'une main son fusil et Silas de l'autre.

Puis, au loin, quelque chose se manifesta ; une lumière apparut à une centaine de mètres. Un rectangle jaunâtre, une fenêtre luminescente dans la pénombre de cette froide nuit de novembre. Brynja déduisit que cette lumière provenait d'une demeure rurale. Quelqu'un avait entendu leur combat. Une silhouette se matérialisa sur le perron, et aussitôt, elle se mit à faire feu dans leur direction.

CHAPITRE 7

Espoir

T'out d'abord convaincue qu'on tirait sur eux, Brynja s'abaissa du mieux qu'elle le pouvait, mais sa posture était si maladroite et le poids de Silas, si encombrant qu'elle finit par trébucher. Voyant l'un des chiens-loups se précipiter sur eux, le reflet de la lune scintillant dans ses yeux globuleux, la jeune femme pompa le canon de son arme, éjectant la cartouche vide. Sans espoir, elle prit l'arme, visa et fit feu.

Elle toucha l'un des prédateurs en pleine tête ; la bête trébucha lourdement, fit quelques tonneaux et termina sa course dans un nuage de poussière juste à côté d'eux. La bête, raide morte, devait être aussi grosse qu'un ours. Les coups de feu provenant de la maison n'avait pas cessé ; on tirait toujours vers eux. Terrifiée, la jeune femme se releva du mieux qu'elle le pouvait, lâchant juron après juron en essayant de soulever la masse lourde qu'était Silas.

— Aide-moi, bordel ! AIDE-MOI ! s'écria Brynja, nerveuse et désespérée.

Malheureusement, Silas ne répondit pas. Il semblait sur le point de perdre connaissance. Soudain, une voix retentit au loin.

— Venez ! Dépêchez-vous ! cria la voix. Je n'ai presque plus de munitions pour vous couvrir !

La jeune femme n'en croyait pas ses oreilles. On leur venait en aide ! Revigorée, Brynja poussa de toutes ses forces, au point d'avoir l'impression que les muscles de ses cuisses se déchiraient sous l'effort, et parvint à se relever. Les dents serrées, grognant sous l'effort, elle réussit à reprendre leur fuite désespérée, incapable d'aller plus vite qu'une marche rapide, tirant tout le poids de Silas dont les jambes traînaient derrière.

Afin de gagner du temps, la jeune femme coupa directement par le champ devant la demeure, progressant en diagonale vers celle-ci. À une cinquantaine de mètres du porche, Brynja pressa le pas. Une forte lumière jaillit alors en hauteur, éclairant la voie depuis l'entrée de la maison jusqu'au terrain. La silhouette du propriétaire de la fermette, debout sur la galerie, était à peine visible à travers l'éblouissante lumière.

L'inconnu continua à faire feu sur la meute de loups, chacun des tirs résonnant fortement dans l'air. En jetant un rapide coup d'œil par-dessus son épaule, la jeune femme vit que les bêtes hésitaient fortement à poursuivre l'attaque, stressées par les coups de feu. L'une d'elles fut d'ailleurs presque atteinte, hurlant lorsqu'une balle fit éclater l'asphalte sous ses pattes.

La course la plus difficile et la plus pénible que Brynja n'eut jamais faite prit fin lorsqu'elle mit les pieds sur le terrain illuminé par le haut lampadaire.

Les chiens-loups, aboyant, rugissant et chignant, firent aussitôt volte-face et disparurent bredouilles, sans repas.

— Allez, vous y êtes presque, encore un effort! leur envoya la voix.

Brynja prit alors conscience que la voix était celle d'une femme. L'étrangère s'avançait d'ailleurs vers eux, se précipitant à leur rencontre; une dame vers la fin de la cinquantaine, les cheveux gris coupés courts, portant une vieille chemise et un vieux pantalon.

— Qu'est-ce qui se passe!? demanda-t-elle en saisissant Silas par le bras. Il se transforme!?

— Non, non, répondit Brynja en constatant combien elle était épuisée et avait peine à répondre. Il est... il est... il souffre d'un cancer des poumons.

Plus forte qu'elle n'y paraissait pour son âge, la dame aida Brynja à hisser Silas au-delà des trois marches du porche. Ensemble, elles le traînèrent jusque dans la maison, dont la dame ouvrit la porte. À peine avait-elle mis les pieds à l'intérieur que Brynja remarqua combien l'endroit était chauffé. D'ailleurs, cette chaleur lui rappela que ses pieds étaient gelés.

— Allons dans cette chambre, juste là, indiqua la dame en désignant une porte.

La porte s'ouvrit sur une chambre d'invités à l'allure sobre, meublée d'un lit double aux couvertures sortant tout droit du placard d'une grand-mère. Tout comme dans le reste de la maison, la pièce était éclairée par des luminaires. Les deux femmes déposèrent Silas sur le lit, et Brynja ajusta sa tête sur deux oreillers et releva ses jambes. La jeune femme posa son index et son majeur sur l'intérieur du poignet du vieillard, vérifiant son pouls. Essayant ensuite sur sa jugulaire, elle découvrit une pulsation cardiaque. Il ne semblait pas être conscient, mais l'homme respirait, ce qui était une bonne chose.

— Je vais aller m'occuper d'allumer tout l'éclairage extérieur, déclara la dame en enfilant son manteau. Avec votre arrivée et les coups de feu, on risque d'avoir de la compagnie.

— Tu as besoin d'aide ? lui proposa la jeune femme.

— Non, ça va, répondit-elle en boutonnant son manteau. Il suffit d'aller actionner quelques interrupteurs dans le solarium. Reste ici avec ton père.

Brynja ne se donna pas la peine de corriger la femme et la laissa filer en dehors de la chambre. Les pas s'éloignèrent, puis une porte claqua. Assise au pied du lit, la jeune femme constata l'étendue des dégâts qu'avait causés le gel sur ses orteils. Retirant ses chaussettes mouillées, elle se mit à masser ses pieds dans l'espoir de les réchauffer. Et pour ce qui était de Silas, n'ayant accès à aucun matériel médical ni à des médicaments, Brynja ne pouvait rien faire d'autre que de s'assurer des bons signes vitaux du vieil homme.

En observant le vieil homme couché, Brynja avait peine à croire qu'ils s'en étaient sortis, tous les deux. Ils avaient vécu une terrible journée et maintenant, malgré qu'elle l'ait à son tour délivré des griffes de la mort à deux reprises, Brynja n'avait pas plus l'impression de s'être acquittée de sa dette envers le vieux motard.

C'était de sa faute s'ils s'étaient retrouvés dans cette situation, sans possibilité immédiate pour Silas de revenir sur ses pas et rentrer à sa cabane. Pire encore, la santé du vieil homme semblait en avoir pris un sérieux coup. Lui avait-elle sauvé la peau pour le retrouver sur son lit de mort? Silas était paisiblement étendu sur le dos, respirant maintenant profondément. Il s'était endormi. Déposant son fusil de chasse contre la table de chevet, Brynja retira alors sa tuque et ses gants, dont elle emmitoufla ses pieds dans l'espoir de leur donner un peu de chaleur.

À peine deux minutes plus tard, annoncée par une porte claquant au loin, la dame revint dans la maison. Brynja entendit un lourd grincement, semblable à celui d'un gros meuble que l'on poussait au sol. Intriguée et un tantinet inquiète — question de déjà vu —, la jeune femme se leva et quitta la chambre. Au bout du corridor, à l'opposé de la porte d'entrée, elle surprit la dame en train de pousser un large vaisselier contre la porte arrière, la bloquant de l'intérieur.

Sans prendre la peine d'offrir son aide, Brynja s'avança jusqu'au vaisselier et aida la dame à barricader la porte.

— Et les fenêtres? demanda la jeune femme.

— Pas besoin, répondit la dame en enlevant son manteau. Ces monstres ne s'approcheront pas d'ici tant et aussi longtemps que nous avons de la lumière. Je vais barrer la porte avant, je te reviens.

Laissant Brynja, la femme s'éloigna jusqu'à la porte d'entrée, qu'elle verrouilla avec de nombreux verrous. La dame s'avança jusqu'à une salle à dîner, où elle installa son manteau sur le dossier d'une chaise en bois. La jeune femme fut envahie par l'inconfort en découvrant que les lieux semblaient ne pas avoir été altérés par la pandémie. Tous les luminaires fonctionnaient ; le salon, la cuisine et la salle à dîner paraissaient parfaitement entretenus. Elle avait l'impression que cette maison se trouvait dans une sorte de bulle intemporelle, en déni total avec la triste et sombre réalité. Brynja était reconnaissante de l'aide de la dame, mais elle n'était pas prête à baisser sa garde. L'expérience lui avait appris à garder l'œil ouvert.

— Brrr, quel froid, s'exclama la femme en se retournant vers Brynja, avant que son regard ne tombe sur ses pieds nus. Mon Dieu, tu n'as rien dans les pieds ?

— Je n'ai qu'une paire de bas humides, répondit vaguement Brynja. Nous avons rencontrés quelques… problèmes, sur la route.

— Je vais te chercher de quoi te réchauffer les pieds, dit-elle en fixant les pieds de la jeune femme. Va t'asseoir au salon. Et je vais te préparer quelque chose à boire.

Laissant Brynja plantée là, la dame pénétra dans la cuisine et ouvrit une armoire sous l'évier duquel elle tira un bac. Pas très à l'aise, Brynja alla tout de même s'asseoir sur l'un des sofas meublant le salon, gardant un œil méfiant sur les alentours.

À en juger par l'abondance de photos sur le manteau du foyer, cette dame était fière de ses petits-enfants. Brynja regarda au travers des grandes fenêtres, ne voyant rien d'autre qu'une zone du terrain extérieur qui baignait dans une forte lumière. Une chose était certaine ; cette femme savait ce à quoi elle avait affaire et s'était convenablement préparée.

La dame revint avec un bassin rempli d'eau relativement tiède, qu'elle déposa aux pieds de la jeune femme.

— Ne les plonge pas trop vite, lui dit-elle.

Brynja submergea alors progressivement ses deux pieds dans le bassin, grimaçant sous le changement important de température. La grimace sur son visage se transforma petit à petit en une expression de satisfaction et de confort. Sentant aussitôt la fatigue engourdir son corps, elle posa sa tête sur le dossier moelleux du sofa.

— Mon Dieu, tu es blessée à la gorge, remarqua la dame. Laisse-moi t'apporter une serviette et un désinfectant.

Habituée à la vie sauvage et nomade, la jeune femme avait perdu tout souci d'hygiène. Malgré tout, par respect pour son hôtesse, Brynja retira péniblement son manteau crasseux et décolla sa tête du sofa, qu'elle avait probablement taché. La dame revint quelques secondes plus tard avec une serviette humide et du peroxyde. Elle s'en retourna aussitôt dans la cuisine, laissant Brynja nettoyer ses plaies. La jeune femme nettoya et désinfecta la morsure du chien-loup et en profita pour nettoyer ses mains et ses ongles, salis depuis trop longtemps.

— Quel est ton nom ? lui demanda la dame quelques minutes plus tard, apparaissant avec un plateau de service à thé.

— Brynja, répondit-elle en déposant la lingette souillée de son sang et de saleté par terre.

— C'est particulier, comme nom, répliqua la dame en s'asseyant sur un fauteuil qu'elle tourna pour faire face à la jeune femme.

— Je suis européenne.

— Voilà qui s'explique, dit la vieille en versant thé dans deux tasses.

— Et vous? renvoya Brynja dans une tentative de politesse envers son hôte.

— Charline, répondit la femme en levant brièvement les yeux vers elle, un faible sourire aux lèvres. Je suis retraitée. J'étais professeur en psychologie; bien que ça ne veuille plus dire grand chose, aujourd'hui.

La dame lui tendit une tasse de thé fumant, que Brynja accepta sans broncher. La tasse lui brûlait presque les doigts, mais cette chaleur était plus que bienvenue.

— Qu'est-ce qui se passe avec ton père? demanda Charline après avoir bu une gorgée. Tout à l'heure, tu m'as dis qu'il souffrait de problèmes pulmonaires, c'est ça?

Brynja hocha la tête.

— Ce n'est pas mon père. Nous sommes des… camarades de route, si on peut dire. Il n'a vraiment pas une bonne santé. Il est fragile, expliqua-t-elle avant de prendre une gorgée de son thé, qui lui brûla agréablement la gorge. Notre escapade de cette nuit lui aura soutiré ses dernières forces, je crois.

Charline hocha la tête. La dame d'un certain âge avait un air assez sévère, comme celui d'un désagréable professeur. Son visage, ridé aux coins de ses yeux gris et sur son front, évoquait celui d'une femme de caractère et de vécu.

— Je ne possède malheureusement rien qui puisse l'aider, autre que des antidouleurs. Tout ce que je peux faire est de vous offrir le logis pour la nuit. Au risque de sembler peu hospitalière, vous devrez tout de même partir dès demain.

Brynja resta silencieuse, baissant les yeux dans sa tasse de thé. Elle comprenait où la dame voulait en venir. Silas était une sorte de fardeau ; mais ironiquement, Brynja avait appris à apprécier sa compagnie. Remarquant le mutisme de la jeune femme, Charline parut un peu mal à l'aise, interprétant sa réaction comme une forme de déception.

— Je ne peux malheureusement pas héberger tous les gens qui passent devant la maison, expliqua la dame. Je vous suis venue en aide alors que…

— Non, non, je comprends, l'interrompit Brynja, se rendant compte du malaise de son hôtesse. Ne vous inquiétez pas. Si c'était juste de moi, je serais déjà sur la route. Mais avec son état…

La jeune femme n'eut pas besoin de terminer sa phrase ; Charline hocha la tête et afficha un sourire compréhensif.

— Bien sûr, répondit-elle. Le porc a été tué la semaine dernière. Aimerais-tu en avoir un morceau ?

Clignant bêtement des yeux, Brynja déglutit avec difficulté. Cette femme avait réussi à élever et tuer son propre bétail, malgré la pandémie ? C'était improbable. Malgré tout, elle était si affamée qu'elle était prête — jusqu'à un certain point — à jeter un œil sur le plat qu'on lui proposait. Elle répondit donc d'un simple hochement de tête. Charline se leva en souriant et s'éloigna vers la cuisine.

Terminant sa tasse de thé, la jeune femme pivota sur son siège et jeta un œil à la dame, qui venait d'ouvrir le réfrigérateur. Elle en sortit un grand bol recouvert d'un linge à vaisselle. Alors que Charline se retournait vers elle, Brynja reprit sa position précédente, faisant mine de rien. Ses pieds, maintenant moins glacés, étaient bien moins douloureux ; le confort amplifiait même la fatigue de la jeune femme et ce, malgré la surabondance de luminosité.

Charline revint peu après, tendant une assiette à la jeune femme. Elle contenait une tranche de pain maison, quelques tranches d'une viande rosée et des carottes coupées. N'y croyant pas ses yeux, Brynja releva son regard vers son hôtesse, son estomac se manifestant bruyamment.

— C'est du vrai ? demanda-t-elle même si elle était consciente de la stupidité de sa question.

— Bien sûr, répondit fièrement Charline. Tout vient de notre ferme. Et c'est facile de garder la nourriture ; nous avons un congélateur, au sous-sol.

Sans se faire prier davantage, Brynja commença à manger, utilisant les ustensiles mis à sa disposition. Bien qu'affamée, elle mangea lentement, avec un certain malaise, parce que la dame l'observait en silence. Brynja ne cessait de penser à son fusil de chasse. Était-ce une bonne idée de rester désarmée, même en présence d'une femme qui venait de lui sauver la vie ?

— Je sais que ma question risque de t'être désagréable, débuta alors Charline, mais... As-tu une famille, des amis... un groupe, peut-être?

— Ma famille se trouve en Islande, révéla Brynja, marquant une pause dans son repas. Je n'ai pas eu de nouvelles depuis bientôt un an. Et non, pas d'amis ni de groupe. Je voyage généralement en solitaire, sauf depuis... depuis peu, se reprit-elle, s'abstenant de trop en révéler à son sujet.

— J'en suis terriblement navrée, répondit la dame. Cet... événement nous auras tous lourdement coûté. J'ai moi-même perdu l'une de mes filles, au début de l'été.

— Désolée, dit Brynja d'une voix qui manquait maladroitement d'empathie.

Suivant un silence inconfortable, la jeune femme recommença à picosser la nourriture dans son assiette. La viande avait refroidi, et elle n'aimait pas les carottes crues, mais chaque bouchée était pourtant un véritable régal. C'était la première fois depuis bientôt un an qu'elle mangeait un repas entier. Charline s'était enfoncée dans son siège, buvant son thé, le regard tourné vers la fenêtre. Au loin, au-delà de la zone éclairée, on ne voyait rien d'autre qu'une oppressante obscurité.

— C'est toute une installation que vous avez, commenta Brynja en désignant du menton l'espèce de lampadaire à l'extérieur.

— Oui, c'est ce qui nous permet d'avoir une vie relativement normale, répondit Charline avant de revenir sur ses mots. *Normale*, comme si les choses étaient normales. Je veux dire, nous sommes capables de vivre dans une certaine sécurité et dans le confort de notre maison.

— Ça doit dépenser beaucoup d'énergie, tout cet éclairage, ajouta Brynja en déposant son assiette. Et merci pour le repas, c'est très apprécié.

La dame répondit d'un sourire.

— Pour l'éclairage, ça dépend, dit-elle. La plupart des nuits, nous pouvons tout garder fermé et économiser l'essence de la génératrice, parce que les prédateurs ne s'approchent généralement pas à moins d'être dérangés. De temps à autre, mon mari et mes fils s'occupent de déplacer les cadavres des morts-vivants jusqu'à la lisière de la forêt, loin derrière la maison. C'est suffisant pour attirer les loups et autres prédateurs, qui nous laissent tranquilles. Mais cette nuit, les choses ont été différentes. Avec votre arrivée dans les parages, et moi qui me suis mise à tirer pour éloigner les chiens, mieux valait allumer tout le système d'éclairage.

Un peu mal à l'aise en prenant conscience du risque qu'avait pris la dame pour l'aider, Brynja baissa les yeux.

— Sachez que… vous nous avez littéralement sauvés la vie, lui dit-elle avec difficulté. Je vous suis très reconnaissante pour tout ce que vous avez fait.

— Ce n'est rien, répondit Charline. Il faut s'entraider un peu, dans ce monde. Ma mère, qui était jadis institutrice dans un couvent, m'a toujours appris qu'il fallait aider son prochain.

Brynja fit un sourire un peu forcé, que lui rendit son hôtesse. Cette situation, bien que préférable à passer une nuit dehors, la rendait soucieuse. D'ailleurs,

Charline avait sûrement remarqué ses faux pas de dialogue et son inconfort face à la situation.

— Nous n'abuserons pas de votre hospitalité et partirons dès l'aube, déclara finalement Brynja, espérant mettre un terme au silence désagréable et ainsi clore la conversation.

— Prenez le temps de reprendre des forces, dit Charline. Vous partirez après une bonne nuit de sommeil.

La femme se leva et plaça la vaisselle sale sur le plateau, puis récupéra la serviette tachée de Brynja et la bouteille de peroxyde. Elle s'éloigna vers la cuisine avec le tout, laissant la jeune femme au salon.

— Je vais t'apporter une serviette, pour tes pieds, lui envoya Charline depuis la cuisine.

La dame revint quelques secondes plus tard, tendant une serviette pliée à Brynja. Cette dernière sortit ses pieds du bassin d'eau maintenant froide et les épongea avec la serviette tandis que la dame partait avec le bac.

— Je ne viderai pas l'eau, je la ferai bouillir au matin. Dis-moi, *Brynja*? demanda-t-elle en prenant soin de bien prononcer son nom alors qu'elle rangeait sa cuisine. Comment êtes-vous arrivés ici, toi et cet homme? Vous ne voyagiez certainement pas à pied?

— En moto. Nous sommes tombés en panne à moins d'un kilomètre d'ici et nous avons poussé la moto jusqu'à une centaine de mètres de votre domicile. Elle doit d'ailleurs toujours être couchée au beau milieu de la route, là où nous l'avons laissée.

— Je comprends donc qu'il vous manque de l'essence? demanda Charline. Nous en avons des bidons pleins, au sous-sol. Demain, je pourrai vous donner assez d'essence pour assurer votre départ.

Brynja fixa la femme avec incrédulité. En plus de toute l'aide qu'elle leur avait déjà offerte, voilà que Charline voulait leur donner le ravitaillement pour leur moto. Après avoir traversé nombre d'atrocités causées par des hommes et des femmes sans la moindre moralité, Brynja avait peine à croire que quelqu'un d'aussi généreux puisse encore exister.

— Mais nous n'avons rien pour vous payer, lui dit la jeune femme en arborant une expression de stupéfaction.

Charline secoua sa main dans les airs, l'air de dire que ce n'était rien pour elle ou encore qu'elle ne voulait pas en entendre davantage. Son offre était catégorique.

— Il se fait tard, dit-elle. Nous en discuterons au matin. Pourquoi n'irais-tu pas prendre une bonne douche, à l'étage? Je suis certaine que je peux te trouver des sous-vêtements et des bas propres à ta taille.

— *Vous avez l'eau chaude*? s'étonna Brynja.

— Par chance que mon mari est bricoleur, dit Charline en s'approchant de Brynja, qui se sentit obligée de se lever. Il nous a confectionné un petit système nous permettant de chauffer notre eau et de la redistribuer dans la tuyauterie de la maison. Malheureusement, le seul évier qui fonctionne est celui de la cuisine, je tiens à t'en aviser. Viens, suis-moi. Tu peux garder ta serviette.

Même si l'idée de prendre une douche chaude l'avait gagnée, la jeune femme resta sur ses gardes, suivant la dame l'œil grand ouvert, son manteau sous le bras. Ils passèrent devant la chambre de Silas, qui dormait toujours, et continuèrent jusqu'à un escalier au bout d'un corridor largement éclairé. Elles gravirent l'escalier, ses marches grinçant sous leurs pas, jusqu'à l'étage. Une salle de bain se trouvait droit devant, la porte entrouverte, plongée dans la noirceur.

Charline tendit un bras à l'intérieur pour allumer la lumière, avant de reculer pour laisser entrer Brynja. Une sorte de système d'irrigation se trouvait près du bain, recueillant l'eau écoulée par son drain dans un bassin situé juste à côté de la toilette.

— Essaie de ne pas trop prendre d'eau, lui demanda Charline. Nous essayons de tout recycler. D'ailleurs, laisse le bouchon au fond du bain pour conserver l'eau ; nous nous en occuperons demain. L'eau chaude viendra après quelques secondes, alors sois patiente. Je vais aller te chercher des sous-vêtements.

Puis, Charline laissa la jeune femme dans la salle de bain. Le regard de Brynja tomba sur le miroir, au-dessus du lavabo, qui reflétait son visage. La jeune femme y vit ses yeux verts lourdement cernés, son visage ovale et creusé par la faim ainsi que ses lèvres craquelées. Ses joues et son front étaient tachés de sang et meurtris de petites coupures. Ses cheveux foncés, sales, dont l'une des tempes était rasée, avaient poussé et tombaient maintenant en bataille sur ses épaules. La jeune femme était tellement épuisée, physiquement et émotionnellement.

Charline réapparut, une pile de vêtements entre les mains.

— Prends ce qui te convient, dit-elle. De toute façon, c'est trop petit pour moi. Je n'ai plus l'âge d'avoir ta taille de guêpe. J'y ai aussi glissé quelques tampons, ajouta-t-elle à basse voix, comme si quelqu'un aurait pu les entendre. À mon âge, ça ne me sert plus.

Des tampons. De véritables tampons encore dans leur emballage original. C'était un vrai luxe, surtout pour Brynja, qui s'était depuis accommodée des morceaux de tissu qu'elle trouvait sur son chemin.

— Merci, dit la jeune femme, encore une fois surprise, en récupérant la pile des mains de Charline. Je ne sais pas quoi vous dire, c'est… c'est beaucoup.

La dame sourit encore.

— Tu as besoin d'aide pour le fonctionnement de la douche ?

— Ça ira, répondit Brynja. Merci beaucoup.

La laissant seule, Charline sortit, refermant la porte derrière elle. Aussitôt, Brynja déposa la pile de vêtements sur le coin du comptoir et se rua contre la porte pour y coller son oreille. Elle entendit les pas dans l'escalier grinçant, signe que la dame retournait au rez-de-chaussée. Méfiante, la jeune femme tourna lentement la poignée de la porte, pour vérifier si elle n'avait pas été enfermée. La poignée tourna sans problème.

Brynja verrouilla la porte et recula, se sentant un peu bête. Son hôte lui avait tout donné. De la nourriture, un logis, des vêtements, de quoi se laver et en plus, elle lui avait sauvé la vie. Peut-être aurait-elle dû réagir autrement, mais elle avait tellement perdu confiance en la vie, qui l'avait endurcie et rendue méfiante, qu'être craintive était maintenant tout naturel.

Brynja détestait être enfermée dans une pièce, mais elle savait qu'elle n'aurait probablement plus le luxe de profiter d'une salle de bain avant très longtemps. Après avoir ouvert le robinet, laissant couler l'eau froide dans la baignoire, Brynja déposa son manteau de cuir au sol et retira son pantalon. Entendre le jet d'eau éclabousser le fond de la baignoire lui rappela des souvenirs de sa vie antérieure. C'était quelque chose de tellement banal, tellement anodin, mais qu'elle n'avait pas expérimenté depuis presque un an.

En passant sa main sous le jet d'eau, la jeune femme vit que la température était parfaite, une vapeur réconfortante s'en échappant. Doucement, elle déroula les bandages que Silas lui avaient faits et les jeta dans la poubelle. Ses blessures étaient loin d'être guéries, mais elles semblaient sèches, ce qui était une bonne nouvelle. Une fois dénudée, elle poussa le rideau de douche et y entra.

Brynja laissa l'eau chaude ruisseler sur son visage, ses cheveux et son corps et ferma les yeux, se permettant d'abaisser sa garde pendant un instant et de profiter du moment. En apercevant le savon, qu'elle observa avec incrédulité, un sourire s'étira sur son visage et elle se mit à rire toute seule. Ils avaient du savon. Du savon ! Bien que l'eau chaude et le savon nettoyaient douloureusement ses nombreuses plaies, la jeune femme frotta tout son corps avec vigueur et fermeté, espérant en déloger la moindre saleté.

Il n'y avait pas de shampooing à disposition, mais elle lava ses cheveux avec le savon, en frottant vigoureusement. Une fois décrassée — le fond de la baignoire était rempli d'une eau brunâtre —, Brynja sortit de la douche, se sentant fraîche et apaisée. Quand elle eut égoutté et séché ses cheveux, elle fouilla dans la pile de vêtements que Charline lui avait offerts et récupéra une nouvelle camisole, des sous-vêtements et une paire de bas. Cette fois, il s'agissait d'une véritable paire de bas de laine en apparence bien chaude.

Elle s'habilla et s'observa de nouveau dans le miroir. Son visage maintenant propre était méconnaissable. Détendue, elle quitta la salle de bain, emportant son manteau sous son bras et sa serviette sur son épaule. La jeune femme descendit doucement l'escalier, méfiante, son poids se faisant sentir sur chacune des marches.

C'était tellement étrange pour Brynja de séjourner dans une maison qui, vraisemblablement, avait gardé une certaine touche de normalité. Il y avait des brosses à dents, des lunettes et une lingette pour se nettoyer le visage sur le comptoir de la salle de bain. Des paires de souliers étaient rangées au pied de l'escalier principal. Une grande plante entretenue décorait un coin du salon et les tapis semblaient fraîchement lavés. Le seul élément qui clochait dans ce décor idyllique était l'abondance de verrous sur la porte d'entrée. Tout ça, c'était tellement surréel.

Brynja retrouva Charline au rez-de-chaussée, assise dans un fauteuil du salon. Lorsqu'elle entendit Brynja arriver, la dame enleva ses lunettes et déposa son livre.

Elle se leva à sa rencontre et lâcha un bâillement qu'elle masqua derrière son poing.

— Ça a fait du bien? lui demanda-t-elle en souriant.

— Oui, merci, répondit Brynja en essayant de ne pas paraître trop soupçonneuse. C'est... c'est très apprécié. Tenez, la serviette. Et comme vous me l'avez demandé, je n'ai pas fait couler l'eau de la baignoire, bien qu'elle soit assez sale...

— Ne t'en fais pas, je m'en chargerai, répondit Charline. Nous avons de quoi filtrer l'eau. Allez, va dormir un peu, tu sembles exténuée. Je peux t'offrir la chambre d'un de mes fils, si tu veux.

— C'est gentil, mais je préfère garder un œil sur mon ami, dit-elle, ne voulant pas se reposer ailleurs que dans cette pièce. Avec son état, mieux vaut que je reste près de lui.

— C'est tout à fait normal, répliqua la dame. Au matin, nous ravitaillerons votre moto après un bon déjeuner. Dors bien, Brynja.

— Vous aussi, Charline.

Tandis que la dame s'éloignait, une question s'imposa à Brynja, piquant aussitôt sa curiosité.

— Excusez-moi, Charline.

La dame s'immobilisa au beau milieu du salon et se retourna.

— Oui?

— Vous avez mentionné votre mari et vos fils... Je suppose qu'ils ne sont pas ici. Où sont-ils?

— Ils sont au poste d'échange, sur l'autoroute en direction de Montréal. Ils devraient rentrer demain, si tout se passe bien.

Brynja fronça des sourcils, masquant difficilement sa confusion.

— Le poste d'échange, répéta Charline, fronçant à son tour ses sourcils face à la réaction de la jeune femme. Vous devez l'avoir traversé, si vous venez de Montréal. Il se trouve sur un viaduc ; il est impossible à manquer.

Le cœur de Brynja manqua un battement et ses poumons se contractèrent.

— Oh, répondit-elle machinalement. Le poste d'échange. Oui. Votre famille s'y trouve ?

— Oui, ils allaient leur livrer un peu d'essence en échange de batteries et de matériaux pour réparer et fortifier la maison, expliqua Charline, qui avait bien remarqué la réaction de la jeune femme.

Que devait-elle faire ? Avouer à cette femme que son pseudo poste d'échange était en réalité une geôle où l'on volait, ligotait et capturait les passants afin de s'en servir comme appâts sur les créatures infectées ? Ou encore lui expliquer que le campement avait été renversé par ces créatures infernales, et ce, par sa faute ? Après tout ce que la dame avait fait pour elle, serait-elle capable de lui mentir ainsi ? Et si la famille de Charline, qui avait très bien pu survivre, revenait jusqu'à la maison ? Ils découvriraient que les deux évadés du camp s'étaient réfugiés chez eux.

— Qu'est-ce qui se passe, Brynja ? demanda Charline, dont l'expression s'était endurcie. Pourquoi cette tête ?

— Pour rien, répondit-elle en essayant d'être convaincante, portant sa main à son visage pour cacher un faux bâillement qui se transforma en vrai. C'est… c'est la fatigue.

— Bien sûr, je comprends, dit la dame avec empathie. Allez, repose-toi bien. Si jamais tu as besoin de la salle de bain, tu sais où aller. Oh. Je voulais te dire ; pendant ta douche, j'ai pris la liberté d'aller déposer une bouteille d'eau sur la table de chevet de ton ami.

— Merci pour tout, Charline. C'est très aimable à vous.

— Je resterai au salon pour la nuit ; j'ai descendu une couverture et un oreiller. Lorsqu'on garde l'enceinte de la maison illuminée, mieux vaut rester alerte.

Sur ces mots, Charline s'en retourna lentement au salon, où elle s'installa sur l'un des fauteuils. Brynja se dirigea vers la chambre de Silas, s'immobilisa sur le seuil de la porte et jeta un dernier regard vers la dame. Celle-ci s'étira le bras, éteignit la lampe sur la petite table et se blottit confortablement contre le coussin du fauteuil avant de se couvrir avec la couverture.

Rassurée, Brynja pénétra dans la chambre de Silas et ferma doucement la porte, puis s'adossa à cette dernière. Tout se chamboulait dans sa tête. Elle était morte de fatigue mais nerveuse, contrariée et stressée, mais elle ne savait plus quoi faire. Devait-elle passer la nuit dans cette maison, espérant que le jour arrive avant les survivants de la famille — si survivants il y avait ?

Brynja tenta de se convaincre qu'ils ne pourraient pas revenir aussi rapidement, en pleine nuit ; mais à bord d'un véhicule, ils pourraient très bien franchir cette distance et arriver à tout moment. Son rythme cardiaque s'était accéléré grandement à ces spéculations, alors elle s'approcha de la fenêtre pour s'assurer que personne n'approchait des environs éclairés. Que devrait-elle faire ?

— Calme-toi, se murmura-t-elle en fermant les yeux. Calme…

Elle s'installa contre le mur faisant face au lit de Silas, avec ses bras entourant ses genoux. Elle devait se calmer et penser judicieusement. Elle pouvait entendre la respiration lente du vieillard, qui dormait profondément. Elle ouvrit soudain les yeux, observant l'homme confortablement appuyé sur son oreiller. Et si elle le laissait simplement ici ?

L'idée semblait amorale, mais c'était pourtant la plus rapide et la plus sécuritaire. Elle n'aurait qu'à subtiliser la clé de la moto et, une fois la dame bien endormie, filer au sous-sol, prendre de quoi ravitailler la moto et s'enfuir. C'était dangereux, mais faisable. Elle n'aurait qu'à être la plus silencieuse possible, chose dont elle était tout à fait capable. Après des mois et des mois passés à survivre, elle avait développé bien des aptitudes pour ne pas se faire remarquer.

Était-ce réellement ce qu'elle voulait faire ? Prendre la fuite ainsi, laissant Silas aux mains de cette femme et de sa famille ? Charline avait l'air d'une bonne personne, mais elle ne pouvait prévoir le sort qui serait réservé à Silas, laissé à lui-même au beau milieu de nulle part, sans sa moto. Cet homme avait tout donné pour elle, et elle le laisserait sans rien en retour. Elle se sentait comme une véritable traîtresse, mais elle se devait, avant tout, de retrouver et protéger Adélaïde, sa « petite sœur ».

À contrecœur, Brynja se leva. Silencieusement, en mesurant chacun de ses pas, elle s'approcha de Silas et se pencha au-dessus de lui. L'homme, complètement inconscient, continua de dormir en respirant bien fort. Expirant en silence, la jeune femme leva sa main droite et, avec toute la délicatesse dont elle était capable, plongea le bout de ses doigts dans la poche du manteau de l'homme. Bingo. Le trousseau de clés s'y trouvait bel et bien. Elle le sortit délicatement et enroula ses doigts autour de l'anneau, coinçant ainsi les quelques clés et les empêchant de cliqueter.

Doucement, elle se recula, récupéra sa tuque et ses gants qui traînaient au pied du lit et empoigna son fusil de chasse au passage. Ses affaires en main, elle retourna s'asseoir au pied du mur, le fusil de chasse sur ses cuisses. Creusant sa mémoire, elle se souvint avoir vu une porte juste à côté de leur chambre, qui donnait sous l'escalier. En toute logique, c'était l'accès au sous-sol. En cas d'erreur, elle avait repérée d'autres portes qui, elles aussi, pouvaient mener au sous-sol. Il ne lui restait plus qu'à patienter, à tuer le temps jusqu'à ce qu'elle juge bon de se sauver.

Exténuée et engourdie par le silence, la jeune femme ferma les yeux. S'étant habituée à se réveiller quasiment sur commande — grâce à une sorte d'horloge interne aiguisée par des mois de survie —, Brynja avait comme objectif de dormir une heure ou deux, puis de s'en aller. Malheureusement, le sommeil ne vint pas aussi facilement qu'elle ne l'aurait cru.

Elle était non seulement stressée et anxieuse, mais elle appréhendait aussi la venue de la famille de Charline. Voilà pourquoi elle avait déjà récupéré toutes ses affaires, juste au cas. Concentrée sur les moindres bruits de la maison, la jeune femme se laissa sombrer dans une sorte de phase méditative. Il n'y avait aucun son, rien que le vent soufflant contre les fenêtres et la respiration du vieil homme. Pas même le grincement des tuyaux ou des structures de la maison. Le temps sembla s'écouler silencieusement, laissant la jeune femme s'endormir.

Puis Brynja entendit quelque chose. Elle ouvrit les yeux, sans bouger le moindre de ses muscles. Quelque chose était différent. Un peu endormie, il lui fallut quelques secondes pour découvrir ce détail, pourtant flagrant, qui manquait à la scène. Il n'y avait plus de lumière. À l'intérieur... comme à l'extérieur.

CHAPITRE 8

Peur

Complètement réveillée, la jeune femme se redressa vivement, faisant glisser son fusil de ses cuisses et le récupérant maladroitement avant qu'il n'atteigne le sol. Elle enfila son manteau et rangea sa tuque et ses gants dans ses poches, puis jeta un coup d'œil au vieux motard, qui dormait toujours, ne semblant pas avoir bougé d'un millimètre. Paniquée, la jeune femme se déplaça jusqu'à la fenêtre et jeta un œil dehors. Il n'y avait rien, que le terrain et le champ plongés dans la noirceur sous un ciel calme et étoilé.

S'était-elle énervée pour rien? Peut-être Charline avait-elle simplement décidé d'éteindre l'éclairage, jugeant la nuit tranquille, pour économiser l'essence de leur génératrice. Brynja, le cœur pompant à toute allure dans sa poitrine, avait du mal à y croire. Laissant tomber son plan de filer discrètement en pleine nuit, la jeune femme contourna le lit et tapota l'épaule du vieil homme.

— Silas! Silas!

L'homme ne se réveillait pas. Elle se mit donc à le secouer davantage, jusqu'à lui gifler le visage. Ce coup

le réveilla en sursaut ; il se releva bien droit sur le lit, repoussant instinctivement la main de Brynja.

— Quoi, qu'est-ce qui se passe !? marmonna-t-il, la voix pâteuse.

— Nous avons un problème, lui répondit-elle. Viens, nous partons.

Même dans la pénombre, la jeune femme pouvait lire la confusion sur le visage du vieillard, qui observait la pièce sans comprendre.

— Où sommes-nous, bordel ? lâcha-t-il.

Brynja s'avança vers la porte de la chambre, contre laquelle elle appuya son oreille. Elle n'entendait absolument rien. Le lit grinça sous le poids de Silas, qui se leva et s'avança d'un pas claudiquant jusqu'à la jeune femme.

— Dis-moi quelque chose, demanda-t-il à voix basse, voyant que quelque chose n'allait pas.

— Nous avons été accueillis par une bonne femme, expliqua rapidement Brynja. Elle nous a sauvé la vie, alors qu'on se faisait poursuivre par les loups. Elle nous a permis de nous reposer jusqu'à l'aube et elle voulait nous donner du carburant pour que nous puissions reprendre la route. Elle… elle a gardé l'éclairage de la maison et du terrain allumé, gardant les bêtes éloignées pour la nuit. Je me suis endormie, nous croyant en sécurité, et lorsque j'ai rouvert les yeux, tout était éteint.

Ces explications étaient très peu étoffées, mais Silas hocha la tête pour signifier qu'il comprenait, même s'il semblait toujours confus.

— Alors, on fait quoi ? demanda-t-il.

— On fiche le camp, dit Brynja d'un ton catégorique. Prends tes affaires et suis-moi. Ta tuque, sur la table de chevet.

L'homme pivota sur lui-même, récupéra le bonnet et revint aux côtés de la jeune femme. Après lui avoir fait signe d'être silencieux en portant son index à sa bouche, Brynja tourna doucement la poignée de porte. Celle-ci émit un déclic sonore, puis la jeune femme poussa lentement la porte. En grinçant à peine, elle s'ouvrit sur le corridor plongé dans la pénombre. Un faisceau de lumière inquiétant, dirigé à la diagonale vers le plafond, provenait du salon. Quelque chose n'allait pas.

Appeler Charline lui vint à l'esprit, mais mieux valait pour eux de rester silencieux. Faisant signe à Silas de la suivre, Brynja s'avança dans le corridor en longeant le mur, tenant fermement son fusil. Elle se rappela alors qu'elle n'avait même pas pris le temps de compter le nombre de balles qui lui restaient. De mémoire, il ne devait pas en rester plus de deux ou trois.

Arrivés au coin du mur, la jeune femme pénétra dans le salon, braquant son fusil devant elle. Le faisceau lumineux qui éclairait la scène provenait d'une sorte de lanterne tout usage, renversée sur le tapis. Le salon semblait avoir été vandalisé : le sofa avait été déplacé et l'un des fauteuils était renversé. La couverture de Charline traînait au sol, non loin de Brynja. Elle récupéra l'étoffe et l'inspecta. Rien de suspect.

Le bruit de leurs pas était estompé par le tapis lorsque la jeune femme récupéra la lanterne, tandis que le motard s'armait d'un tisonnier récupéré à côté du foyer. Jetant un œil à la cuisine et ses environs, Brynja remarqua que le vaisselier bloquait toujours la porte arrière. Personne n'était donc entré par là. Puis la jeune femme vit quelque chose du coin de l'œil, qui filait à l'extérieur. Relevant la tête et éteignant la lanterne, elle s'approcha de la fenêtre, sur ses gardes.

— Il y a quelque chose dehors, chuchota-t-elle.

Bien qu'elle ne vit rien, son haleine embuant la vitre, la jeune femme était persuadée d'avoir aperçu quelque chose, une ombre filant le long de la demeure. Était-ce l'un de ces chiens-loups?

— Il y a toujours quelque chose dehors, dit Silas d'une voix sinistre.

La jeune femme se recula de la fenêtre, indiquant au vieillard de la suivre tandis qu'elle se dirigeait vers la porte d'entrée. Brynja dirigea le faisceau lumineux sur la porte. C'est avec stupéfaction qu'elle découvrit que la porte était toujours verrouillée. Lorsqu'elle s'apprêta à faire part de sa découverte au vieillard, tous deux entendirent un bruit sourd à l'étage.

Sentant son sang pulser dans ses tempes, la jeune femme regarda vers l'escalier, espérant discerner quelque chose depuis le rez-de-chaussée. Rien. Silas pointa l'escalier de son index, signifiant qu'ils devraient monter. Prenant son courage à deux mains, Brynja inspira profondément et ouvrit la marche. Ils montèrent l'escalier lentement, une marche à la fois, en essayant de minimiser les grincements causés par leur poids.

La demeure chaleureuse que Brynja avait vue sous une luminosité bienveillante était devenue ce que son subconscient l'avait accusée d'être : un lieu inquiétant et oppressant. En haut de l'escalier, Brynja tomba face à la salle de bain où elle s'était rafraîchie et décrassée il y avait peu de temps. Combien de temps, exactement? Elle n'en savait rien. Elle ignorait combien de temps s'était écoulé depuis qu'elle s'était endormie.

La porte de la salle de bain était entrouverte, alors la jeune femme la poussa du bout du canon de son arme, restant immobile derrière le seuil. La porte s'ouvrit en grinçant sur une pièce baignant dans l'ombre. Inclinant la lanterne de sorte à ce que son faisceau illumine droit devant, Brynja découvrit une importante tache de sang maculant les tuiles des murs de la salle de bain.

Faisant signe à Silas de ne pas bouger, elle lui pointa ensuite le sang tapissant le mur. La giclée de sang, que la jeune femme avait suivi avec la lueur de sa lanterne, provenait du bain. Celui-ci contenait toujours l'eau de la douche de Brynja, mais en nettement plus foncé. Sur le rebord du bain, une empreinte de main ensanglantée indiquait que quelqu'un s'y était appuyé.

— Qu'est-ce qui s'est passé, ici ? demanda Silas à voix haute.

Brynja se redressa et fit signe au vieillard de sortir. Ils continuèrent dans le petit corridor, qui menait à deux autres pièces, dont les portes étaient entrouvertes. Passant près de la balustrade de l'escalier, Silas poussa la porte de la première pièce, sur leur droite, et y entra. C'était la chambre de l'un des fils de Charline. Deux lits étaient rangés de chaque côté de la pièce, avec une table de chevet en son centre. Les lits étaient défaits et donnaient l'impression d'avoir été récemment utilisés.

Lorsqu'ils voulurent inspecter la pièce, ils entendirent une série de pas grimper l'escalier à partir du rez-de-chaussée. Tous deux sur le qui-vive, Brynja et Silas firent volte-face et quittèrent la pièce.

À peine avait-elle franchi le seuil de la chambre qu'une paire de mains agrippa Brynja, la repoussant aussitôt contre Silas. La tête défigurée d'un infecté s'approcha de la jeune femme en grondant et en râlant, sa bouche grande ouverte dévoilant une parfaite dentition. La créature allait planter ses dents dans la joue de Brynja quand elles furent brutalement repoussées toutes les deux.

Brynja faillit perdre l'équilibre, bousculée hors de la pièce par Silas et poussant du même coup l'infecté, qui passa près de basculer par-dessus la balustrade. Tandis qu'elle regagnait son équilibre, Silas tassa la jeune femme et la dépassa pour infliger un solide coup de pied à la créature. Sous l'impact, celle-ci défonça la balustrade et déboula l'escalier.

— Ça va !? demanda le vieillard à Brynja.

Son épaule était douloureuse, mais elle répondit d'un bref hochement de tête. Récupérant sa lanterne et son fusil, qu'elle avait lâchés sous l'assaut de la créature, elle suivit Silas, qui descendait l'escalier de son pas claudicant. Depuis la balustrade défoncée, Brynja vit Silas se ruer sur la créature et abattre son tisonnier sur sa tête à maintes reprises. Le crâne de l'infecté devint rapidement une masse spongieuse, qui éclaboussa les murs et les marches de l'escalier d'un liquide foncé.

— Sale cochonnerie, lâcha Silas, essoufflé, en délogeant le crochet de son tisonnier du crâne en gibelotte.

Brynja resta à l'étage et tourna sa lanterne vers la pièce du fond. C'était aussi une chambre, décorée d'étoiles et d'affiches de beaux garçons populaires. À coup sûr la chambre des filles de Charline.

— Attends, je te rejoins, lança-t-elle à Silas.

La jeune femme entra dans la chambre, le fusil devant elle. Encore une fois, elle y trouva deux lits, mais ceux-ci étaient recouverts de larges bandes de cuir. L'un des lits était défait, ses lanières de cuir détachées, alors que l'autre contenait une masse bombée sous des couvertures. Son cœur se crispa devant la macabre découverte, illuminée par le faisceau de la lanterne.

Une fillette était étendue, attachée sur le lit. Avec son visage pâle et ses lèvres blanchies, Brynja sut qu'elle avait affaire à un cadavre — elle en avait vu assez souvent. Sa gorge était recouverte de veines noircies, indiquant une sorte de nécrose. Elle allait se transformer en infectée, à moins quelle ne soit tuée avant. C'est alors que Brynja comprit que la créature qui venait de l'attaquer était probablement l'autre fille de Charline — ce qui expliquait pourquoi la dame avait dit qu'elle avait récemment perdue l'une d'elles.

Pourquoi diable Charline n'avait-elle pas révélé cette vérité à Brynja ? Lorsqu'elle avait laissé la jeune femme dans la salle de bain, qu'est-ce qui lui assurait qu'elle n'irait pas inspecter les lieux ? À moins que la dame n'ait simplement jamais eu l'intention de cacher ce fait morbide ? Un détail frappa alors Brynja ; les lanières de cuir du lit vacant. Elles avaient été sectionnées d'un seul trait, comme si on les avait coupées avec précision.

Brynja entendit alors du bruit dans l'escalier. Revenant sur ses pas, elle surprit Silas en train de monter l'escalier, l'interrogeant du regard à travers la balustrade défoncée.

— Qu'est-ce que tu fais !? lui demanda-t-il avec irritation.

— Ce corps d'infecté, c'était l'une des filles de la propriétaire, expliqua Brynja en désignant la créature au sol en dévalant l'escalier bruyamment. Elle a été libérée.

— Par qui ? s'enquit Silas.

— Je ne sais pas, répondit Brynja en dépassant Silas dans l'escalier. Sa mère, je suppose. Allons au sous-sol, prenons l'essence et foutons le camp.

— Mais où est la moto ? demanda le vieillard, les sourcils froncés.

Brynja enjamba le cadavre à la tête défoncée et regagna le rez-de-chaussée.

— À la même place que tout à l'heure, lui répondit-elle sans s'expliquer.

Ne voyant plus le besoin d'être subtile, la jeune femme se déplaça au pas de course jusqu'à la porte qu'elle soupçonnait être un accès au sous-sol. Derrière Brynja, Silas arrivait d'un pas boiteux mais rapide, armé de son tisonnier et arborant toujours une expression de franche confusion. Avant d'ouvrir la porte, Brynja tourna la tête vers son camarade et lui demanda :

— Est-ce que ça va ? Ton état, je veux dire. Tu te sens comment ?

Elle se sentait coupable de ne pas lui avoir posé cette simple question plus tôt, même si elle avait décidé de l'abandonner dans cette demeure et de lui voler son moyen de transport. Mais cette vérité, elle ne comptait jamais la lui révéler.

— Ouvre cette porte et allons voir où se cache cette pauvre femme, lui répondit plutôt Silas en désignant la porte du menton. Allez.

N'ayant pas besoin de se le faire dire deux fois, la jeune femme ouvrit la porte à la volée, l'envoyant claquer contre le mur. Un vieil escalier en bois descendait et se perdait dans l'obscurité. Prenant son courage à deux mains, en se concentrant sur leur besoin de trouver de quoi ravitailler leur moto, elle s'engagea dans l'escalier en premier, éclairant les lieux de sa lanterne.

De nombreuses toiles tapissaient le dessous de l'escalier montant à l'étage. Les marches craquèrent sous les pieds de Brynja et Silas, s'enfonçant légèrement sous leur poids, donnant l'impression de pouvoir s'effondrer d'un instant à l'autre. Arrivée en bas, la jeune femme posa le pied — simplement recouvert d'un bas — sur le béton glacial faisant office de plancher.

Immobile, Brynja remarqua qu'elle se trouvait au beau milieu d'une grande pièce unique. Levant la lanterne, elle poussa la lumière vers l'avant puis sur sa droite, pour découvrir une sécheuse, une laveuse et une étagère bourrée de produits à lessive. Les fenêtres étaient toutes barricadées de planches de bois.

C'est alors qu'une désagréable odeur lui monta aux narines ; celle d'essence, bien sûr, mais mélangée à quelque chose d'autre. Quelque chose de fétide, lui rappelant désagréablement les excréments humains. Un violent coup de vent froid et bruyant attira alors l'attention de Brynja, qui tourna aussitôt sa lanterne vers la partie gauche du sous-sol.

Ce qu'elle vit la choqua. Charline était pendue par les mains au plafond, sa tête reposant sur sa poitrine couverte de sang. Horrifiée, Brynja vit que son ventre avait été éviscéré, ses entrailles pendouillant et laissant s'écouler leur contenu sur ses pantalons et au sol.

— BRYNJA ! s'écria Silas.

Au même instant, quelque chose plaqua la jeune femme avec la force d'un véritable joueur de football, l'envoyant s'écraser contre une étagère, puis au sol. Assommée — autant par la soudaineté de son placage que par les objets qui chutaient depuis l'étagère sur sa tête —, elle sentit que l'étagère basculait contre elle. Voulant instinctivement protéger sa tête, la jeune femme échappa la lanterne et son fusil lorsque l'étagère se renversa sur elle. Une panoplie d'objets dégringola au sol dans un terrible vacarme; un lourd tintement métallique annonça d'ailleurs un coffre à outils parmi les objets tombés. Les grognements étouffés de Silas et d'une autre créature parvenaient à Brynja, impuissante devant cette lutte lourde et brutale.

Inconfortablement placée dans une position fâcheuse à cause de l'étagère, la jeune femme repoussa celle-ci de toutes ses forces, ayant peine à s'extirper de sous le meuble. Au bout de quelques longues et pénibles secondes d'effort, elle parvint à se dépêtrer, la respiration lourde et les côtes endolories. Se relevant maladroitement, elle vit Silas mener une lutte féroce contre une autre silhouette plus grande que lui.

Fouillant maladroitement parmi le bordel d'objets éparpillés au sol afin de trouver son fusil pour aider le vieillard, Brynja s'empara d'une impressionnante clé à molette. Se rappelant combien les infectés détestaient la lumière, elle récupéra aussi sa lanterne, coincée entre deux tablettes de l'étagère renversée. Brynja tourna vivement le rayon lumineux vers Silas et la créature, qui se battaient toujours aussi méchamment.

La lueur de la lanterne éclaira le visage décomposé et déformé d'un horrible humanoïde, qui rappela à Brynja le chasseur qui avait tenté de la tuer sur le pont Jacques-Cartier. Tout comme le chasseur, qui avait tenté de dissimuler son apparence sous des bandes de tissu, cette créature portait une tuque enfoncée jusqu'à son front boursoufflé et veineux. Un foulard, noué autour de son cou, était remonté sur son menton, dévoilant une dentition inhumainement pointue et recouverte de sang. La créature, éblouie par la lumière, poussa un terrible rugissement et se défit de l'étreinte de Silas afin de protéger son visage.

Le vieillard fut plaqué contre le mur et en échappa son tisonnier, tandis que Brynja se lançait à l'attaque. Le faisceau lumineux de la lanterne reluisait contre les yeux globuleux et déformés de la créature, qui tentait tant bien que mal de protéger son visage, alors que la jeune femme se précipitait sur elle à pleine vitesse, brandissant sa clé à molette dans les airs. Elle abattit l'outil sur la créature, heurtant violemment son bras.

Blessée, la créature humanoïde se précipita vers l'une des fenêtres rectangulaires s'étirant au niveau du sol extérieur, qui n'était plus barricadée et qui laissait entrer un vent froid et des feuilles mortes à l'intérieur du sous-sol. La créature bondit vers la fenêtre d'une manière inhumaine et animale dans l'espoir de s'échapper.

De toutes ses forces, la jeune femme lui lança la clé à molette, la heurtant à l'épaule. Déstabilisée par la douleur, la créature tomba au sol, grognant et rugissant avec colère et irritation. Silas apparut, armé de son tisonnier, et s'approcha rapidement de la créature tout en essuyant le sang sur sa bouche. Levant son arme d'une main, il l'abattit violemment sur la gorge de la créature.

Le bout pointu du tisonnier fendit la chair, faisant gicler un sang épais et noir qui emplit sa bouche à la dentition semblable à celle des vampires. Se préparant à frapper une deuxième fois, Silas releva son tisonnier. La créature se mit alors à marmonner difficilement, stoppant net l'élan du vieux motard.

— Tuez… tuez… tuez-moi, éructa la créature d'une voix rauque à la fois effrayante mais humaine.

D'abord stupéfait, Silas se reprit et asséna d'autres coups de tisonnier. Nourri d'une colère noire, le vieillard ne semblait pas vouloir cesser son assaut, bien que la créature ait poussé son dernier souffle, matraquant son cadavre encore et encore.

— ARRÊTE! hurla Brynja. C'EST MORT!

Surpris par l'interruption de Brynja, Silas cessa son assaut en plein élan, les yeux fixés sur la jeune femme par-dessus son épaule. À la lueur de la lanterne, Brynja constata à quel point le visage et la barbe du vieillard, qui était essoufflé et respirait bruyamment, étaient recouverts de sang. Blessé et fatigué, Silas recula d'au-dessus de sa cible en grognant et en toussant.

— Seigneur, dit-il à bout de souffle, éberlué, ça a parlé… ça a parlé…

— Je sais, répondit la jeune femme, révulsée par la scène grotesque qui l'entourait. Je sais, Silas. J'ai déjà eu affaire à ce genre de…

— Il a parlé, répéta le vieillard en échappant son tisonnier au sol dans un tintement métallique, l'air visiblement choqué par ses actes.

Brynja le rejoignit rapidement, l'agrippa par l'épaule et le fit reculer. Elle se plaça face à lui, le fixant d'un regard froid.

— Silas! lui lança-t-elle d'un ton direct et autoritaire. Calme-toi! Nous avons besoin de garder notre sang-froid, surtout en ce moment. Alors aide-moi à trouver l'essence, et fichons le camp. C'est compris?

Même s'ils avaient tous les deux été blessés par le combat et qu'ils étaient écœurés par la scène, Brynja savait qu'ils ne devaient pas perdre trop de temps, au risque que la famille de Charline ne revienne. En raison des paroles convaincantes de la jeune femme — et aussi à cause de son regard glacial —, l'homme sembla se calmer, essuyant son visage ensanglanté tout en jetant un dernier regard sur le cadavre étendu au sol. Éclairée par la lanterne, la créature baignait dans son sang, inerte.

— Où se trouve l'essence dont tu as parlé? demanda Silas, la cherchant du regard, avant que ses yeux ne tombent sur la dépouille de Charline. Plus vite nous partirons d'ici, mieux ce sera…

Brynja avait repéré la génératrice, à quelques mètres sur leur droite. Elle s'en approcha, l'éclairant de sa lanterne; quelle déception. Le réservoir avait été transpercé et fendu, son liquide brunâtre répandu au sol. Remarquant l'état de la génératrice à son tour, le vieillard s'en approcha.

— Quelqu'un l'a saboté, dit-il.

C'était pourtant évident. Selon Brynja, qui s'était approchée de la fenêtre dénuée de planches, il s'agissait de l'œuvre de la créature. Elle avait trouvé le moyen de s'approcher de la maison malgré la lumière ; elle avait peut-être même volontairement couru sous la lumière, l'endurant juste assez longtemps pour défoncer les planches et s'infiltrer par la fenêtre. Baissant les yeux sur le cadavre, Brynja bouscula sa main d'un coup de pied, révélant des doigts griffus.

Ces griffes avait dû servir à fendre le réservoir du générateur, coupant ainsi toute l'alimentation de la demeure. Ces infectés « intelligents » possédaient des habiletés bien plus dangereuses que celles de leurs congénères brutaux. Il était terrifiant de penser que cette créature avait planifié son coup, trouvant l'emplacement exact de la génératrice et la détruisant, rendant ainsi ce nid d'humains vulnérable.

— Il y a une porte, ici, lui dit Silas, cherchant sa poignée dans la pénombre. Connerie, c'est verrouillé. Tu veux bien me faire un peu de lumière ?

La jeune femme s'approcha de la porte en bois découverte par Silas. Le vieux motard l'enfonça d'un solide coup d'épaule, et elle s'ouvrit à la volée. C'est dans cette pièce, un genre de petite remise, qu'étaient rangés les quelques bidons d'essence.

— L'or noir, qu'ils disaient, grogna le vieillard en récupérant l'un des bidons, le soulevant avec effort. Bordel, c'est bien rempli.

— Nous en avons assez d'un ? demanda Brynja en l'éclairant de la lanterne.

— Bien assez, répondit-il. J'aimerais bien tout prendre, mais nous n'avons pas la capacité de chargement. Tu comptais récupérer le fusil de chasse avant que nous partions ?

— J'y allais, dit-elle.

S'écartant de son chemin, la jeune femme pressa le pas jusqu'à l'étagère renversée. À travers les objets dispersés au sol, qu'elle illuminait de sa lanterne, elle repéra la crosse de l'arme sous l'étagère. Déposant la lanterne, elle souleva l'étagère juste assez pour récupérer le fusil. Maintenant convenablement armée, elle se tourna vers Silas et le vit décrocher Charline de sa corde, soutenant son corps juste assez pour lui permettre de la déposer au sol dans une position offrant un minimum de décence.

— Qu'est-ce que c'est que cette chose, Brynja ? lui demanda-t-il en plissant le front avec colère. Tu dis avoir déjà eu affaire à ces… choses ?

— Une fois. L'une de ces créatures nous pourchassait, Adélaïde et moi. C'est la petite qui l'a tuée, me sauvant la vie.

Silas fixait le corps de la dame en secouant la tête, l'air navré et exaspéré.

— Comment est-ce que c'est possible, ça ? Elle l'a ligotée et pendue ! Quelle créature serait capable de faire ça !?

Brynja essayait d'échafauder un plan dans sa tête ; elle savait qu'ils n'avaient plus le luxe du temps ni la protection de la lumière, mais elle savait aussi qu'elle devait bien à Silas une certaine forme d'explication. Il avait, après tout, combattu cette créature au péril de sa vie ; sans lui, Brynja serait assurément morte.

— Ce sont des infectés qui ont gardé leur intelligence, débuta-t-elle. Ils sont capables de penser et, comme tu l'as vu, de parler et d'agir de manière songée. Cette créature s'est infiltrée par cette fenêtre, juste là. Elle a trouvé le moyen de défoncer les planches et s'est attaquée à la génératrice. Pour le reste, il faut spéculer que c'est le bruit qui a attiré Charline au sous-sol.

— Merde, s'exclama l'homme. Cette pandémie, ça devient pire de jour en jour. Si nous avions un avantage, c'était bien ce que nous avons là-dedans, dit-il en se tapotant la tempe. Jamais je n'aurais cru possible que ces zombies écervelés seraient capables de...

Le bruit d'une fenêtre se faisant brutalement fracasser, à l'étage supérieur, interrompit Silas. De nombreux cliquetis de griffes se firent alors entendre sur le plancher, suivis de grognements.

— Trouve quelque chose pour qu'on puisse se hisser par la fenêtre, vite ! ordonna rapidement Brynja à son camarade.

Tandis que Silas s'élançait vers la fenêtre, trimballant le bidon d'essence avec lui, Brynja se précipita en haut de l'escalier, gravissant les marches deux par deux. Arrivée en haut de l'escalier, elle s'étira le bras afin d'agripper la poignée de la porte, qu'elle voulut aussitôt refermer ; mais quelque chose bondit de nulle part et vint se coincer entre la porte et son cadre. Brynja sursauta et hurla de terreur, tandis que la grosse tête d'un

chien-loup coincée grognait rageusement et faisait claquer ses mâchoires pleines de salive dans le vide.
Lâchant sa lanterne, qui dégringola l'escalier avant de se
fracasser sur le béton et de s'éteindre, la jeune femme
tira sur la porte de toutes ses forces en poussant des cris
de frayeur.

Incapable de passer, le chien-loup tourna son énorme
tête — de la taille de celle d'un ours — et tenta de mordre
le bras de Brynja. Voyant la gueule de l'animal claquer
tout près de son bras, Brynja lâcha la poignée dans l'espoir d'avoir le temps d'utiliser son fusil de chasse pour
lui tirer en pleine tête. Il était cependant trop tard, car la
bête bouscula violemment la porte et sauta sur Brynja.
La jeune femme et la bête déboulèrent l'escalier. Sous le
choc de la chute, qui lui avait coupé le souffle, Brynja
sentit à peine la paire de mains qui lui agrippa le bras.

— VIENS! cria Silas. DEBOUT!

Il la remit sur pied et la poussa vers la fenêtre.
L'homme avait tiré une table jusqu'au mur, leur permettant d'atteindre la fenêtre sans problème. Bien que tout
son corps lui criait de s'arrêter, Brynja se traîna jusqu'à
la table et y grimpa. Derrière, elle vit Silas matraquer le
chien-loup de coups de tisonnier, la grosse bête reculant
aussitôt tout en se prenant maladroitement les pattes
dans l'étagère renversée.

Le vieux motard parvint à récupérer le fusil de
chasse, en fouettant l'air de son tisonnier pour garder la
bête à distance alors qu'il reculait d'un pas claudicant
vers la table. Bien qu'étourdie par sa chute, Brynja se

concentra suffisamment pour se pencher et agripper le bidon d'essence, qu'elle hissa de toutes ses forces sur la table.

— SORS! lui cria l'homme en gesticulant vivement. ALLEZ, SORS!

Alarmée par le vieil homme, la jeune femme lâcha le bidon sur la table et s'agrippa au rebord de la fenêtre. La table lui donnait un certain avantage, mais son corps endolori rendait la tâche plus ardue. Elle parvint tout de même à se hisser, passant d'abord sa tête et ses épaules par la fenêtre avant de s'extirper totalement à l'extérieur.

À quatre pattes sur la pelouse gelée du terrain, Brynja se retourna et se plaquant au sol pour tendre sa main par la fenêtre.

— Silas, viens! lui cria-t-elle, incapable de voir convenablement ce qui se passait à l'intérieur.

Elle entendit un coup de feu, puis Silas apparut à côté de la table. Il lui lança le fusil de chasse, qu'elle rattrapa de justesse, et se hissa à son tour sur la table. Derrière lui, Brynja aperçut le cadavre du chien-loup reposant au pied de l'escalier.

— Je vais te tendre le gallon, prépare-toi! lui dit le vieux motard en s'exécutant.

Brynja pensa lui dire de laisser tomber et de prendre la fuite avec elle, mais c'était impossible. Leur survie dépendait littéralement de ce bidon. Sans essence, ils ne pourraient jamais fuir la meute de chiens-loups rôdant dans les parages; c'est à cela que rimait d'être perdus au beau milieu de la campagne, quelque part entre Québec et Montréal.

Debout sur la table, Silas souleva le gallon à la hauteur de sa ceinture, avant de se donner un élan pour l'amener à la hauteur de ses épaules. Pendant ce temps, nerveuse, la jeune femme jetait des regards aux alentours, appréhendant de voir apparaître la silhouette d'un loup au coin de la maison. Finalement, le vieil homme parvint à appuyer le bidon sur le rebord de la fenêtre, le glissant de côté.

— Allez, prends-le ! s'écria le vieillard.

Inconfortable sur l'herbe gelée, la jeune femme saisit le bidon par sa poignée et le tira dehors, libérant la place pour Silas. Brynja se précipita à nouveau près du cadre de la fenêtre, tentant d'agripper les avant-bras de Silas pour l'aider à passer par la fenêtre. Ce n'était pas évident, mais elle parvint à lui donner un coup de main suffisant pour l'extirper de la fenêtre.

À quatre pattes sur la pelouse, le vieil homme toussait à en cracher ses poumons, la respiration difficile. L'énorme tête d'un chien-loup apparut alors à la fenêtre, agrippant la cheville de Silas dans sa gueule. Surprise, Brynja, qui s'était relevée, se rua à nouveau près de son camarade. Silas, qui s'étouffait avec sa toux, tentait de dégager sa jambe de la gueule de la créature en lui assénant coup de pied après coup de pied.

La jeune femme voulut tirer la bête et la visa avec le fusil de chasse, mais le vieux motard, qui s'était assis, ne cessait de se débattre en entrant dans son angle de tir.

— Bouge ! s'écria Brynja.

Le vieillard s'écarta aussitôt, laissant le champ libre à Brynja pour tirer. La jeune femme pressa la détente, mais il ne se produisit qu'un déclic clair. Le chien-loup, cependant effrayé, lâcha aussitôt le pied de Silas et retourna se tapir dans le sous-sol. Bien qu'étonnée par la réaction de la bête, Brynja profita aussitôt du moment pour aider le motard à se relever.

Malgré la surprise d'avoir été libéré de cette gueule aux dents trop nombreuses, Silas ne sembla pas entravé par la morsure de la bête et il souleva le bidon d'essence. Avec Brynja, il progressa difficilement sur le terrain inégal entourant la maison. Sans lui demander son avis, la jeune femme prit le bidon d'une main avec lui, pour l'aider à marcher un peu plus vite.

— Par là ! l'avertit Brynja en pointant la direction par laquelle ils étaient arrivés. C'est par là que se trouve la moto !

— Qu'est-ce qui… qu'est-ce qui te fait dire qu'elle y est toujours ? demanda Silas, déjà extenué alors qu'ils coupaient en diagonale sur le terrain jusqu'à la route.

À vrai dire, Brynja n'en savait rien. Ils s'étaient tous deux élancés en pleine nuit et sans la moindre assurance, prenant un pari bien risqué.

— Espérons qu'elle y est toujours, lui dit-elle. Allez, Silas, plus vite !

Le vieux motard avançait le plus vite qu'il pouvait, mais leur progression était quand même nettement trop lente. Si bien qu'à un moment, la jeune femme perdit patience.

— Prends le fusil ! lui ordonna-t-elle en lui plaquant l'arme sur la poitrine. Ils semblent en avoir peur.

Tel que le chien-loup l'avait démontré, ces bêtes semblaient avoir compris que le fusil de chasse pouvait leur être fortement dangereux. Évidemment, il ne fallait pas s'attendre à ce que cette ruse ne les berne encore bien longtemps. Dérobant le bidon d'essence des mains du vieil homme, Brynja se mit à courir lourdement, trimballant le bidon dont le liquide était secoué dans tous les sens.

Laissant Silas derrière, Brynja mit enfin le pied sur la route ; cela allait faciliter leur fuite. Elle accéléra le pas malgré sa respiration difficile et son front ruisselant de sueur, et priait pour que les bêtes n'arrivent pas jusqu'à eux. Fol espoir ; elle remarqua avec horreur les silhouettes des chiens-loups qui couraient parallèlement à eux à courte distance.

— Ils sont là ! Dépêche ! cria-t-elle par-dessus son épaule à Silas.

Le vieil homme sembla avoir gagné en vitesse une fois qu'il eut atteint la route. Dans le silence de la nuit, la jeune femme continuait d'avancer, son cœur battant la chamade. Ses doigts, qui subissaient douloureusement la pression du bidon, n'avaient presque plus de circulation, mais elle devait continuer et ignorer le froid glacial de l'asphalte sous ses pieds.

C'est alors qu'elle la vit, couchée au sol au même endroit où ils l'avaient laissée plus tôt dans la soirée : la moto.

— Ça y est presque ! cria Brynja à travers ses dents serrées sous l'effort.

— Continue ! répondit le motard.

Arriveraient-ils à réapprovisionner la moto en essence sans se faire attaquer ? La jeune femme ne pouvait qu'espérer que la chance soit encore de leur côté. Pas très fière de sa façon de penser, Brynja était contente d'avoir distancé Silas. Plus vieux et plus faible, il serait probablement la première cible des chiens-loups, s'il se retournait pour les attaquer. Puisque c'est elle qui possédait les clés de la moto, elle n'hésiterait pas à prendre la fuite, malgré sa dette de vie.

La distance séparant Brynja de la moto diminuait à chaque seconde, pourtant la jeune femme avait l'impression qu'elle n'y parviendrait jamais. Le vent froid fouettait ses cheveux encore mouillés, lui gelant le cuir chevelu. Elle était exténuée, essoufflée, et bientôt, ses doigts douloureux lâcheraient prise sur le poids qu'ils trimbalaient. Elle devait y arriver. Elle devait tenir bon...

C'est alors que son genou flancha sous la fatigue, la faisant trébucher à une dizaine de mètres à peine de la moto. Avec le lourd bidon entre les mains, Brynja fut incapable de retrouver son équilibre et s'écrasa lourdement au sol. Ses mains crispées et engourdies avaient peine à se déplier pour lui offrir le support nécessaire à se relever. En geignant, la jeune femme se mit à jurer contre elle-même dans sa langue natale, maudissant son incompétence.

Elle entendit l'herbe se froisser bruyamment et leva les yeux vers la terre agricole à sa gauche, où la silhouette monstrueuse d'un chien-loup émergea en filant droit vers elle, sa respiration bruyante mélangée à des grognements enragés. Avant même que la bête n'atteigne la route, Silas se plaça devant Brynja, l'aidant à se relever en la tirant par le manteau tout en gardant son arme pointée vers la bête.

— Dégage ! hurla-t-il d'un air menaçant. Va-t'en !
Fiche le camp, espèce de bâtard !

Dissuadée, la bête freina sa course, contournant
plutôt largement Brynja et Silas.

— Cours ! cria-t-il à Brynja en lâchant le fusil de
chasse pour récupérer le bidon. Allez !

Tandis que la jeune femme récupérait le fusil de
chasse, le vieillard se rua sur sa moto et la releva. Les
autres bêtes arrivèrent peu après, encerclant leurs deux
proies en grondant et en aboyant. Brynja observait le
vieil homme avec un mélange de colère et de culpabilité.
Il l'avait aidée, alors qu'elle était prête à l'abandonner.
Avait-elle réellement retrouvé son humanité, ou était-ce
ce qu'elle voulait se faire croire ?

CHAPITRE 9

Destination

Prêt à dévisser le bouchon du bidon d'essence, Silas s'était mis à tripoter les poches de son manteau, puis de son pantalon. Il cherchait ses clés pour ouvrir le réservoir. Lorsqu'il leva un regard alarmé vers Brynja, celle-ci venait de lui balancer son trousseau, qu'il rattrapa d'un automatisme instinctif. Silas parut initialement confus, avant de passer un regard dur et désappointé sur Brynja.

Sans lui laisser savoir quoi que ce soit, l'homme s'attarda à dévisser le bouchon dubidon et de déverser grossièrement son contenu dans l'orifice ouvert de sa moto.

— Garde-les à distance! hurla-t-il à Brynja en la regardant rapidement avant de revenir au réservoir. Fais tout ce que tu peux!

Par respect pour le vieil homme — qu'elle avait failli abandonner volontairement —, la jeune femme ne répondit rien et se rangea plutôt à ses côtés en le couvrant avec le fusil de chasse vide. De longues secondes passèrent, avec pour seuls bruits le grondement des

chiens-loups et l'essence qui éclaboussait le réservoir et le sol.

Le regard de Silas avait convaincu la jeune femme qu'il avait deviné ses réelles intentions précédentes. Était-elle si transparente? Probablement. Elle aurait pu s'excuser, mais Brynja, qui n'avait jamais été douée pour ce genre de choses, ne savait même pas par où commencer. Elle préféra ne rien ajouter pour sa défense, bien qu'elle fût rongée par les remords.

L'un des chiens-loups, ayant trouvé le courage de passer à l'attaque, s'élança alors vers Brynja. La jeune femme, prête à toute éventualité, leva son arme et la pointa sur la bête. Effrayée, la créature ralentit jusqu'à s'immobiliser, avant de se mettre à faire les cent pas en aboyant avec irritation. L'animal, qui grondait derrière ses dents serrées, bavait une épaisse salive dégoulinante en observant Brynja de ses yeux globuleux. Le regard du chien transformé donna à la jeune femme laterrible impression qu'il avait compris que, cette fois, elle ne ferait pas feu vers eux.

— C'est bon! lâcha Silas en se débarrassant du bidon et en refermant son réservoir, sa voix portant une certaine colère. Allez, monte!

Le vieillard s'installa sur sa moto et démarra aussitôt son moteur. Brynja s'installa derrière lui en silence. Les chiens-loups se lancèrent à leur poursuite, prenant conscience que leur souper était en train de se carapater. Les phares de la moto illuminèrent l'obscurité, freinant la course de certaines bêtes devenues hésitantes. Puis, dans un vrombissement de moteur, l'homme et la jeune femme décampèrent à toute vitesse.

Les deux survivants roulèrent en silence, tolérant la terrible morsure du froid sur leur visage et leurs doigts gelés. Brynja, se retenant cette fois contre le dos de Silas, gardait ses yeux ouverts, clignant à peine, regardant la forêt défiler. Ilsavaient réussi. Ils étaient parvenus, contre toute attente, à se sauver de cette terrible situation. Malgré tout, la jeune femme restait amère, déçue et honteuse en repensant à ses agissements.

Au bout d'une dizaine de minutes de route, Silas immobilisa la moto au beau milieu de nulle part, face à de nombreux pylônes électriques. Sans lui demander la raison de cet arrêt, Brynja se redressa et descendit de la moto. Sans éteindre le moteur, le vieillard sortit ses gants et sa tuque de son manteau, qu'il enfila aussitôt. Brynja fit de même.

— Toujours sans souliers? remarqua-t-il d'un ton neutre.

— Il semblerait, répondit-elle sur le même ton.

Silas fixait l'horizon depuis sa moto, et la jeune femme restait plantée là, debout sur l'asphalte. Ils étaient à découvert, mais ni l'un ni l'autre ne semblait s'en soucier. Il était clair pour Brynja que Silas avait quelque chose sur le cœur. Et c'était le cas.

— Je ne laisse jamais mes clés ailleurs que dans cette poche, Brynja. *Jamais*, lui dit-il calmement. Tu m'aurais laissé là, pas vrai?

Il fallut quelques secondes à Brynja pour formuler une réponse, bien qu'elle n'ait absolument aucune idée de quoi répondre.

— Je ne sais pas, répondit-elle avec honnêteté. Je dois retrouver Adélaïde… coûte que coûte.

Sa réponse n'était pas celle que Silas voulait entendre. Le vieil homme détourna le regard, puis le ramena sur Brynja. Il l'observait avec une sorte de désapprobation, en secouant la tête.

— Tu ne me dois rien, Brynja. Et je ne te dois plus rien non plus. Tu veux poursuivre ta route seule, alors vas-y, lui dit-il en désignant la route devant eux. Va. Mais si tu crois que je vais te laisser ma seule raison de vivre, ma moto, alors tu te trompes. J'aurais préféré que tu me laisses crever dans cette chambre au lieu de me faire réveiller pour que je t'aide à t'enfuir.

La bouche sèche, la jeune femme avait peine à soutenir son regard, bien qu'elle le fasse quand même par orgueil.

— Au moins, continua Silas, si tu avais la putain de décence d'attendre ma mort avant de me voler ma moto, ce serait déjà ça. Monte, avant que je change d'idée.

— Silas, je suis désolée, lui dit-elle précipitamment. Je suis vraiment désolée.

— Laisse faire les excuses et monte, lui dit-il en soupirant. Mets ta tuque et tes gants, c'est presque l'hiver. Je t'emmène près des ponts de Québec et tu te débrouilleras pour le reste.

Brynja aurait voulu étoffer ses excuses, mais elle comprit que le vieil homme ne voulait plus en entendre parler. Même si son égo était blessé et qu'elle acceptait qu'on soit déçue d'elle, chose qu'elle n'avait jamais expérimenté de toute sa vie, Brynja enfila ses gants et enfonça sa tuque sur sa chevelure humide. C'est avec culpabilité qu'elle se réinstalla derrière Silas, et ils reprirent la route.

Ils roulèrent en silence pendant un moment, le paysage rural laissant place à une zone plus forestière. Les phares de la moto scintillaient sur les panneaux de signalisation, et ils dépassèrent de nombreuses voitures abandonnées ; ils passèrent même sous des viaducs, déserts cette fois. Ils défilèrent devant un parc industriel, dont les usines s'érigeaient en hauteur.

Bientôt, ils se mirent à croiser quelques infectés, qui marchaient bêtement aux abords de la route, probablement à la recherche de nourriture. C'était à la fois un bon et un mauvais signe : le danger était plus présent, ils approchaient enfin des villes. Les ponts ne devraient plus tarder à apparaître à l'horizon.

Brynja, accrochée à son conducteur — et aussi son seul ami —, ne cessait de se repasser en boucle les événements de la dernière journée. Silas l'avait sauvée des eaux glaciales du fleuve et l'avait soignée, en dépensant ses propres médicaments. Il l'avait nourrie et lui avait offert un moyen de transport rapide pour gagner Québec. Ils avaient survécu à deux embuscades, s'entraidant au péril de leur vie. Elle l'avait ensuite traîné, de ses bras fatigués, jusqu'à la maison de la pauvre Charline. Et voilà qu'elle avait songé à laisser Silas dans cette maison, demeure qui abritait autrefois les hommes qui avaient probablement trouvé la mort par leur faute. Et si ces hommes avaient eu la malchance de survivre, ce n'était que pour revenir dans une véritable scène d'horreur : la femme de l'un, la mère des autres, morte sur le plancher froid du sous-sol, en compagnie de deux créatures des ténèbres. Au fond, Brynja souhaitait que ces hommes aient péri sous l'assaut de la gargouille et de la horde d'infectés.

La jeune femme fut tirée de ses pensées lorsque les roues de la moto passèrent sur quelque chose. Avant même que l'information ne se rende à son cerveau, la moto de Silas — ce dernier lui cria des paroles qu'elle n'entendit pas — se mit à glisser d'un côté et de l'autre, avant que d'impressionnantes flammèches ne jaillissent de chacun de ses côtés. Prise de vertige, Brynja resserra sa prise sur le conducteur, avant que celui-ci ne perde la maîtrise du véhicule et qu'ils se retrouvent éjectés de leur siège.

L'impact fut terriblement douloureux. Le souffle coupé, Brynja perdit l'ouïe et la vue, roula violemment sur le sol et se couvrit instinctivement la tête de ses bras, dont la peau des coudes se déchira sous le choc. Son corps, désarticulé comme celui d'un pantin, fut secoué encore et encore, puis tout s'arrêta.

Paralysée par la douleur, Brynja était incapable de bouger. Elle ouvrit lentement les yeux — ce qui lui coûta un effort considérable — pour apercevoir une scène qui ne faisait aucun sens pour elle. Son cerveau parvint finalement à traiter l'information, lui faisant prendre conscience qu'elle se trouvait en bas d'une courte pente terreuse. Un nuage de poussière flottait encore dans l'air nocturne l'entourant. Elle comprit alors qu'ils avaient eu un accident de moto sévère. Brynja savait qu'elle ne devait surtout pas bouger avant de s'assurer de son état.

Selon ce qu'elle pouvait sentir, sans bouger, elle se trouvait dans une étrange position, étendue au sol. À peine capable de pousser un faible gémissement, Brynja commença par respirer. En inspirant doucement, ses poumons gonflèrent adéquatement dans sa poitrine, ne révélant aucun problème à ce niveau. Sans bouger son cou, elle leva d'abord un bras, portant sa main à sa gorge. Son cou était douloureux, mais la douleur n'était pas insupportable, ce qui signifiait qu'il n'y avait rien de cassé à ce niveau.

Confiante de pouvoir bouger, la jeune femme, couchée sur le côté, se tourna doucement sur le dos. En bougeant, elle se rendit compte combien son pied gauche était douloureux. S'était-elle brisé quelque chose ? Brynja commença alors à se redresser en position assise. Elle pouvait sentir les granules de terre dégringoler le long de son manteau, de son visage et de ses cheveux.

Étourdie, elle plissa les yeux, espérant discerner quelque chose aux alentours. Elle se trouvait bel et bien sur le bord de l'autoroute, tout près d'une sortie menant à une ville avoisinante. Elle pouvait voir la silhouette des maisons s'étendre au loin, dans l'obscurité. Elle tourna un peu sa tête, ce qui lui causa un faible élancement de douleur au niveau de la nuque, et vit alors les hautes structures des ponts de Québec. Leur voyage n'était pas terminé, mais ils en avaient au moins accompli la plus grande partie.

Alors qu'elle prenait en considération l'idée de se lever, quelque chose s'abattit sur elle, la couchant au sol. Prise de panique, la jeune femme se mit à crier lorsqu'elle reconnut la tête hideuse d'un infecté, qui tentait de lui mordre les doigts. Il s'agissait d'une vieille femme qui portait encore ses lunettes de lecture. Plus facile à repousser puisqu'elle n'était pas aussi lourde que les hommes infectés, Brynja parvint à se défaire de la créature, la repoussant juste assez pour pouvoir se traîner au sol à reculons.

La créature, qui était restée au sol, rampait vers Brynja, se tirant en plantant ses ongles dans la terre tout en grognant et en râlant rageusement. Sous l'adrénaline, Brynja parvint à se relever, puis jeta un œil sur les environs. Elle ne voyait rien d'intéressant, seulement une lumière provenant de l'autoroute, à quelques mètres de hauteur de sa position. C'était assurément la moto de Silas. Avec un pincement au cœur, elle prit alors conscience que le vieil homme ne lui avait toujours pas donné signe de vie.

— Oh non…, lâcha-t-elle avec inquiétude.

L'infectée, qui rampait toujours vers elle, leva la main pour lui agripper la cheville. Brynja recula subitement, puis botta la créature au visage, même en ne portant que des bas de laine. Sonnée, la bête grogna faiblement, laissant le temps à la jeune femme de la contourner et d'agripper son cou entre ses bras. En faisant pression contre le dos de l'infectée, Brynja tenta de lui briser la nuque.

Cependant, la créature ne cessait de se débattre, fouettant l'air de ses bras dans tous les sens, égratignant les mains de Brynja avec ses ongles. Sous une montée d'adrénaline et dans l'urgence, la jeune femme continua dans sa tentative de lui rompre le cou, en redoublant d'effort.

— Crève! Tu me fais perdre mon temps, vociféra-t-elle, pressée de retourner sur le site de l'accident.

Finalement, la nuque de la créature se brisa en craquant bien fort, permettant à Brynja de lâcher l'infectée qui, déboussolée, se débattait encore dans le vide. Du regard, la jeune femme chercha quelque chose d'assez lourd ou pointu pour abattre l'infectée. Elle dénicha alors, non loin, plusieurs tiges de fer encore cordées dans une sorte d'emballage industriel, donnant l'impression que le paquet était tombé d'un camion de livraison.

Brynja prit conscience de la douleur considérable à sa cheville lorsqu'elle avança en boitant sur le terrain terreux pour récupérer l'une des tiges de fer. Celles-ci, longues d'un mètre et demi, étaient assez lourdes pour servir de matraque convenable. La jeune femme revint sur ses pas, en respirant bruyamment à travers sa bouche entrouverte, et se plaça juste au-dessus de la créature. Avec l'extrémité de la tige, elle transperça la tête de l'infectée jusqu'à ce qu'elle se fende. Une fois le cerveau atteint, l'infectée cessa de gesticuler.

Gardant son arme improvisée en main, la jeune femme gravit maladroitement la pente montant vers l'autoroute, plantant ses doigts dans la terre afin de s'aider dans sa montée. Lorsqu'elle atteignit le niveau de la route, elle vit la Harley, couchée sur le côté, ses phares fonctionnant toujours, son moteur ronronnant. Silas était étendu au sol, dans le halo des phares de sa moto.

— Silas! cria-t-elle à travers un grognement d'effort.

L'homme ne réagit pas. La jeune femme s'avança jusqu'à ses côtés, laissant tomber la tige de fer sur la route dans un tintement métallique. Silas gisait sur le côté, dans une mare de sang. Brynja posa sa main sur son épaule et tourna doucement l'homme sur le dos. Sa barbe grise était tachée de sang. Ses yeux se tournèrent alors sur la jeune femme. Il ouvrit la bouche, dévoilant une dentition et une langue rougies de sang.

— La Harley, dit-il d'une voix rauque, elle est comment?

Brynja ne prit pas la peine de répondre et tenta plutôt de soulever le vieil homme pour le remettre sur pied. Il grogna de douleur sous la tentative de la jeune femme, qui était finalement bien trop épuisée pour le redresser.

— Tu dois te lever, lui dit-elle d'un ton grave. Il y a des infectés dans le coin, alors lève-toi!

L'homme ne réagit pas sur le coup, ouvrant et fermant sa mâchoire dans le vide tandis que des filaments de salive mélangée à du sang coulaient le long de son menton. Il était clair qu'il souffrait d'une commotion cérébrale. S'il n'obtenait pas des soins sous peu, il risquait d'y passer.

— Laisse… laisse-moi encore quelques minutes, dit faiblement Silas, ses yeux se refermant. Ils attendront bien encore… encore un peu.

Il divaguait peut-être, mais au moins il avait gardé son sens de l'humour. C'était bon signe.

— Silas, écoute-moi, lui dit Brynja. Je veux que tu me regardes. Silas!

Alertée par des râlements et des grognements, la jeune femme vit un infecté se hisser sur l'autoroute, derrière la moto. Laissant le vieillard quelques instants, Brynja se releva, récupéra la barre de fer et s'avança d'un pas claudicant jusqu'à la créature. L'infecté, en train de se relever, reçut un seul coup par la barre de Brynja, qui fendit son crâne en faisant gicler son contenu sur la route.

C'est alors que Brynja remarqua un détail étrange sur la chaussée, à une vingtaine de mètres d'eux. Jetant un coup d'œil à Silas et aux environs pour s'assurer qu'il n'y avait plus d'infectés en vue, elle s'approcha rapidement de ce qu'elle avait vu.

Soudain, la cause de leur accident lui sauta aux yeux. Une ceinture de clous impressionnants avait été placée le long de la route, comme celles autrefois utilisées par les policiers. Leur avait-on, encore une fois, tendu un piège ? Aussitôt en mode panique, Brynja revint rapidement sur la scène de l'accident, son pied endolori ralentissant son déplacement.

Les dommages aux pneus de la Harley étaient pourtant évidents ; Brynja se demandait comment elle avait fait pour ne pas les remarquer. Le caoutchouc avait été complètement lacéré, ne leur laissant absolument aucune chance. Prenant conscience de la gravité de la situation, Brynja courut auprès du motard.

— Silas, écoute-moi ! dit-elle en s'accroupissant à ses côtés et en lui tapotant délicatement la joue. Tu dois m'écouter. Nous ne sommes pas en sécurité ! Nous avons roulés sur une sorte de ceinture de clous ! Je sais que tu es blessé, mais s'il te plaît, aide-moi à te traîner !

Malgré ses yeux fermés, Silas semblait avoir compris, puisqu'il se retourna difficilement et commença à se relever. Sa tuque, toute moite, reluisait sous la lumière du phare de la Harley. Prenant le vieillard par le bras, Brynja le soutint, s'aidant elle-même de sa tige de métal comme d'une béquille. Consciente qu'elle avait perdu son fusil de chasse, la jeune femme n'arrêta cependant pas pour le chercher, jugeant plutôt urgent de poursuivre sa route et de s'éloigner du site de l'accident au plus vite. L'accident avait attiré les infectés à cause du vacarme, mais elle savait que si on avait posé cette ceinture de clous, c'était pour une raison. Et elle ne voulait surtout pas rester là pour le découvrir.

— Reste avec moi, Silas, l'encouragea Brynja. Reste avec moi, vieil homme !

En levant les yeux au ciel, elle remarqua avec soulagement qu'il devenait de plus en plus clair, annonçant l'arrivée prochaine du soleil.

— Le soleil va bientôt se lever, grogna-t-elle à travers l'effort. Un peu de répit, ça te dit, Silas ? *Silas* !?

Le vieil homme ne s'aidait plus avec ses jambes, laissant tout son poids au soin de Brynja, qui était complètement exténuée. D'un instant à l'autre, ses jambes finiraient par céder sous elle.

— Silas, je t'en prie, réveille-toi ! Réveille…

Brynja se tut. Au loin, elle aperçut une vive lumière, accompagnée d'un faible grondement. Plissant les yeux, elle remarqua que la lumière se divisait en deux, puis en quatre, et qu'elle approchait rapidement d'eux. Le faible grondement se transforma peu à peu en l'incontestable son du moteur d'un gros motorisé.

La jeune femme, qui les écarta du chemin pour laisser passer le véhicule, vit que celui-ci ralentissait à leur approche, dans un crissement de freins soudain. Le motorisé — un énorme autobus voyageur— s'immobilisa alors dans une décompression des freins, à une dizaine de mètres de Brynja et Silas, les éclairant de ses puissants phares aveuglants.

Masquant son regard d'une main tout en plissant les yeux, Brynja vit quatre ou cinq silhouettes descendre du bus et se diriger rapidement vers eux. Ils lui crièrent quelque chose, que la jeune femme n'entendit pas tout de suite.

— À TERRE!

À la fois soulagée et surprise, la jeune femme ne réagit pas instantanément. Les individus s'avancèrent vers elle d'un pas rapide, leur silhouette masquant partiellement les phares de l'autobus.

— Aidez-nous, leur dit Brynja. J'ai besoin d'aide! Mon ami, il est…

— COUCHEZ-VOUS! cria quelqu'un, l'interrompant aussitôt.

Brynja remarqua alors que les voix étaient voilées, comme si on lui parlait à travers un masque. Incapable de soutenir Silas davantage, la jeune femme s'écroula sur ses genoux, supportant à peine le vieillard dans sa chute.

Ce n'est qu'une fois les individus bien près d'elle que la jeune femme vit à qui elle avait affaire. Ces types, armés de carabines automatiques militaires, étaient vêtus de combinaisons pour les matières dangereuses qui couvraient tout leur corps, leur visage caché derrière des masques à gaz. Ils pointaient les armes à feu vers elle, en lui criant de lever les mains et de se coucher au sol.

— À TERRE !

— Nous avons besoin d'aide, s'il vous plaît, nous avons...

Quelqu'un bouscula subitement Brynja, la séparant de Silas. Forcée de se coucher au sol par la pression du genou de l'un des individus en combinaison, Brynja sentit qu'on lui ligotait les mains.

— Qu'est-ce que vous faites !? cria-t-elle, frustrée. Laissez-nous tranquille !

Ils l'ignorèrent totalement. Brynja fut relevée par deux individus, puis on l'éloigna de Silas, qui était entouré par trois types en combinaison, braquant leurs armes vers lui. Les inconnus se mirent à lui botter la jambe et l'estomac dans l'espoir d'obtenir un quelconque signe de vie.

— Il souffre d'une commotion cérébrale ! leur cria Brynja en se débattant. LAISSEZ-LE !

La jeune femme fut forcée à monter dans l'autobus, projetée vers ce qu'elle avait cru être un siège. C'est avec un mélange d'horreur et de stupéfaction qu'elle comprit combien elle avait tort. L'intérieur du bus ne comportait presque aucun siège, sauf à l'avant ; ses parois étaient d'un blanc clinique et stérile. D'innombrables sources de lumière éclairaient l'intérieur du véhicule, rendant l'endroit quasiment aveuglant pour les yeux habitués à la pénombre de Brynja.

De nombreuses personnes étaient attachées aux parois ; hommes, femmes et enfants. Les adultes étaient maintenus à la gorge, aux chevilles et aux poignets par de larges anneaux métalliques ancrés aux murs du véhicule. Les enfants étaient enfermés dans des cages ressemblant à des cercueils. Tous ces gens, vieux comme jeunes, semblaient inconscients, leur tête effondrée sur leur épaule ou leur poitrine. Ils avaient décidément été drogués. Et comme Brynja, ils portaient des habits sales et usés, indiquant qu'ils avaient été recueillis dans le monde extérieur.

Était-ce dans ce genre de véhicule qu'Adélaïde s'était retrouvée ? se demanda la jeune femme avec horreur. Était-ce pour en arriver là qu'ils s'étaient démenés ainsi ? En voyant qu'on cherchait à l'attacher à son tour, Brynja se débattit en criant, essayant de blesser les inconnus. Ce fut en vain, puisque les deux types en combinaison qui l'escortaient étaient bien plus forts qu'elle, la retenant sans effort contre son gré.

Elle ne leur rendit pas la tâche facile, mais ils réussirent à faire avancer Brynja jusqu'à l'une des parois murales. Elle fut plaquée contre le mur, le visage écrasé contre la paroi immaculée tandis qu'on insérait une aiguille dans son bras. On venait de lui injecter quelque chose ; puis, une fois l'aiguille retirée, on la libéra de toute contention. Profitant de la liberté de ses mains, Brynja essaya de s'en prendre à l'un des individus, tentant de lui agripper la gorge, mais bien vite, une immense léthargie l'envahit, engourdissant ses mouvements. On lui rattrapa facilement les poignets, les écartant de chaque côté de son bassin, avant de les coincer dans une paire d'anneaux ancrés dans la paroi du motorisé.

La vision de Brynja devint de plus en plus trouble, jusqu'à ce que l'intensité de l'éclairage devienne insupportable, la contraignant à fermer les yeux.

— Une de plus, dit une voix.

La jeune femme perdit rapidement toute forme de lucidité, vaguement consciente des vibrations et secousses lorsque le véhicule se remit en marche. Bientôt, tout devint noir, la plongeant dans un sommeil sans rêve.

Une vive lumière dérangea son œil, jusqu'au plus profond de sa rétine. Il lui fallut quelques secondes pour comprendre qu'une main recouverte d'un gant en latex lui maintenait la paupière ouverte. L'exercice se répéta sur son autre œil, l'irritant davantage, la faisant grogner sous l'éblouissement.

— Le sujet 327 se réveille, dit une voix. Ses signes vitaux semblent normaux. Celle-ci est bonne. Emmenez-la.

— Elle s'est débattue plus tôt ; tu devrais la ligoter, suggéra une autre voix. Elle est sauvage.

Brynja sentit alors son corps, désagréablement retenu contre le mur, chuter vers l'avant. Elle ne tomba pas vraiment, puisqu'on la transféra sur une sorte de civière. Retrouvant lentement conscience, la jeune femme sentit des lanières se resserrer contre sa poitrine et ses bras. À peine capable d'ouvrir les yeux, elle vit le plafond de l'autobus et ses nombreuses lumières éblouissante, ce qui la dissuada de garder les yeux ouverts.

Les nombreuses secousses et les voix autour d'elle motivèrent la jeune femme à sortir de sa léthargie et à reprendre conscience de son corps. Rouvrant les yeux, elle remarqua les lumières au plafond tandis qu'on lui faisait traverser de nombreuses portes doubles, surveillées par des hommes armés. Maintenant réveillée, Brynja se mit à observer les lieux. Trois individus poussaient la civière sur laquelle elle se trouvait, les deux se trouvant de chaque côté d'elle étant armés.

Lorsqu'elle tenta de bouger ses bras, la jeune femme remarqua qu'elle en était incapable ; seuls ses mains et ses doigts pouvaient remuer. Elle se rendit alors compte qu'une forte pression était exercée sur sa poitrine. Levant la tête le plus loin qu'elle pouvait, Brynja vit qu'on l'avait ligotée à la civière, avec de larges courroies en cuir. Sentant aussitôt la panique monter en elle, Brynja s'efforça de garder son calme, fermant les yeux et grinçant des dents dans une grimace d'inconfort.

Elle pouvait entendre bien des voix, qui conversaient comme si de rien n'était tandis qu'elles passaient près de la civière. Essayant de garder les yeux ouverts, la jeune femme vit de nombreuses portes fermées et entrouvertes, dévoilant des locaux et des pièces où des gens semblaient s'adonner à des tâches, sans qu'elle puisse comprendre lesquelles. Sa nuque ankylosée l'empêchait de lever la tête bien longtemps, ne lui offrant comme vue que le menton de l'individu qui poussait sa civière. L'homme portait un masque chirurgical qui camouflait la moitié de son visage. La civière s'arrêta brusquement, juste en face d'une double porte.

— Qui est-elle ? dit alors une voix.

Brynja leva la tête et aperçut un homme d'un certain âge, en apparence un docteur, portant un vieux sarrau.

Il tenait dans ses mains une planchette à pince et un crayon.

— Sujet 327, répondit l'un des « infirmiers ». Elle est prête pour la décontamination.

Le docteur — au visage bien rasé, au cuir chevelu dégarni et aux épais sourcils broussailleux — s'avança vers Brynja et l'analysa du regard. Il scruta ensuite les papiers sur sa planchette, où il sembla cocher quelque chose. Il fit ensuite un signe de tête à l'escorte de Brynja, puis un autre signe pour qu'on ouvre la double porte.

La jeune femme, toujours coincée à sa civière, fut poussée à l'intérieur. Inquiète et nerveuse, Brynja leva la tête, tentant de discerner quoi que ce soit. Elle vit ce qui semblait être une sorte de douche collective. La civière s'arrêta finalement et deux paires de mains commencèrent à la détacher.

— Lève-toi, lui ordonna-t-on.

Jonglant avec l'idée de sauter à la gorge du premier individu se présentant à elle, Brynja se résigna à obéir, surtout face à des types armés. Puisqu'on l'avait surnommée « Sujet 327 », quelque chose lui disait qu'elle n'était pas la première à se faire traiter ainsi, et qu'avec la présence d'armes, ils devaient être habitués de gérer des cas difficiles.

La jeune femme se redressa alors, en s'aidant de ses bras, jetant des regards méfiants aux gens qui l'entouraient. Elle avait l'impression qu'on l'observait comme une bête de foire, un animal de laboratoire. Trois hommes, tous vêtus d'uniforme blanc et portant un masque chirurgical, se tenaient derrière une femme, qui portait un sarrau et avait le visage aussi recouvert d'un masque. La femme avait une chevelure blonde coupée à la garçonne et observait Brynja d'un regard sévère.

— Déshabille-toi, lui ordonna-t-elle.

Assise sur la civière, la jeune femme fronça les sourcils et jeta un coup d'œil à la ronde. Ils se trouvaient dans une sorte de vestiaire transformé en douche commune, et un homme au milieu de la pièce tenait un large boyau entre ses mains. Elle n'était ni stupide, ni naïve, ni idiote. Elle avait passé assez de temps dans des facultés de médecine pour deviner ce qui allait se produire. Ces gens comptaient la nettoyer de force. Elle allait servir de cobaye, de sujet d'expérience.

— Déshabille-toi, sinon nous le ferons pour toi, lui ordonna la femme à nouveau, cette fois en usant d'un ton plus froid.

Brynja aurait dû être gênée, ou encore effrayée, mais c'était plutôt une colère qui envenimait son corps. Se laissant glisser en bas de sa civière, elle atterrit sur son pied, tout son poids y envoyant un éclair de douleur lui rappelant l'accident qu'elle avait eu avec Silas. D'ailleurs, où était-il? Ces salauds l'avaient-ils tué? Fixant les «médecins» d'un regard noir, la jeune femme retira son manteau, ses vêtements, puis se retrouva nue devant eux.

Les hommes ne l'observaient pas avec envie, mais avec un désintérêt particulier, comme si elle n'était qu'une parmi tant d'autres.

— Là-bas, lui dicta la femme en pointant un mur.

Recouvert de tuiles blanches, le mur du fond de la pièce était celui devant lequel l'homme attendait avec son boyau. La jeune femme s'avança jusqu'au mur d'un pas boitant. Une fois face au mur, Brynja se retourna, la respiration s'accélérant. La bonne femme fit un signe de tête à l'homme qui maniait le boyau et, celui-ci activa sa valve.

Aussitôt, Brynja fut aspergée par un immense et douloureux jet d'eau glaciale, qui pinça la peau de son visage, de sa poitrine, de son bassin et de ses cuisses. Incapable de l'endurer, la jeune femme cria de douleur, tentant instinctivement de couvrir son corps. L'eau, savonneuse et froide, s'infiltrait douloureusement dans ses nombreuses plaies, blessures et coupures, fendant sa peau sous la pression.

Ce jet d'eau semblait interminable ; incapable de respirer et s'étouffant avec l'eau qui s'infiltrait dans sa bouche, Brynja finit par tomber par terre, couchée sur le côté. Sous la torture, ses cris se transformèrent en pleurs de rage. Puis, soudain, le jet s'arrêta. Étendue au sol, dans une flaque d'eau glaciale, la jeune femme était prise de sanglots, incapable de maîtriser son visage crispé par ses pleurs.

— Donnez-lui de quoi se sécher et faites-la s'habiller, ordonna alors la femme.

Les hommes en habit blanc s'approchèrent alors de Brynja et lui agrippèrent douloureusement les bras, la soulevant du sol sans lui adresser la parole. Une fois relevée, on lui lança une serviette, que la jeune femme colla aussitôt contre sa poitrine. Sa mâchoire claquait sous le froid quand elle commença à s'essuyer avec des gestes imprécis, ses bras tremblant.

— Enfile ça, lui dirent-ils ensuite.

Ils lui balancèrent une jaquette d'hôpital bleutée, qu'elle enfila aussitôt. Avant qu'elle puisse penser à l'attacher à l'arrière, deux types l'attrapèrent par les bras, la traînant jusqu'à la femme au sarrau. À peine capable de supporter son propre poids tellement elle avait froid et était secouée de spasmes, Brynja resta affaissée, soutenue par les deux hommes.

— Ouvre la bouche, lui dit la femme d'un ton impératif.

À l'aide d'une lampe de poche et d'un bâtonnet de bois, dont elle usa sans la moindre délicatesse, elle fit passer un examen buccal à Brynja, manquant la faire vomir à plusieurs reprises.

— Pas de traces d'infection ni du champignon, déclara-t-elle. Emmenez-la pour le test sanguin.

Trimballée par les hommes armés, Brynja fut escortée hors de la pièce, jusqu'au corridor par lequel elle était arrivée. Le même docteur, à la tête dégarnie et aux sourcils broussailleux, se tenait près de la double porte. Pieds nus, Brynja garda le dos voûté, tel un animal effrayé, en lançant des regards apeurés aux alentours. Plus loin dans le corridor, elle pouvait entendre des hurlements de douleur à en glacer le sang, ainsi que des voix qui s'élevaient par-dessus.

— Saisissez-la, saisissez-la ! cria quelqu'un.

Alors que les cris continuaient, la jeune femme vit trois individus pousser une civière qui transportait un adolescent, lui aussi attaché par des lanières de cuir. Il allait subir le même sort qu'elle. Le contact du métal froid des armes de son escorte musclée dans son dos força Brynja à ramener son attention sur le docteur.

— Emmenez-la, dit-il.

Ouvrant la marche, le docteur s'enfonça dans un autre corridor, passant devant des portes hautement gardées, pour finalement aboutir devant une petite pièce, et il fit entrer Brynja en premier. Un autre garde armé les attendait là, adossé à l'un des murs.

— Ça ira, merci, dit le docteur aux types escortant Brynja.

Ceux-ci s'en retournèrent et le docteur invita la jeune femme à s'avancer. Il s'agissait d'une salle d'examen médical, exactement comme celles des cliniques.

— Asseyez-vous, lui dit-il en indiquant un tabouret.

Sachant très bien qu'elle y passerait avec ou sans son consentement, Brynja obtempéra et s'assit. Le médecin prépara une seringue stérile ainsi qu'un flacon et revint vers elle. Il prit son bras, avec autant de délicatesse qu'un scientifique porterait à son cobaye, et lui désinfecta le pli de coude.

— Numéro 327, c'est ça ? lui demanda le docteur tandis qu'il enfonçait la seringue dans son bras.

La jeune femme étouffa un grognement de douleur, grimaçant au pincement causé par l'aiguille. Ce type n'était décidément pas habitué à effectuer des prises de sang. Il leva les yeux vers elle, l'incitant à répondre.

— C'est ce qu'on dit, répondit-elle.

L'homme sourit et retira l'aiguille du bras de Brynja, causant la formation d'une bulle de sang qui coula jusqu'à son coude.

— Tu finiras bien par connaître ton numéro par cœur.

— Où sommes-nous? lui demanda-t-elle d'un ton direct. Qu'est-ce que vous me voulez?

Le docteur, occupé à étiqueter l'échantillon sanguin de Brynja, lui accorda un regard avant de lui tourner le dos.

— Si vous saviez le nombre de fois où l'on me pose cette question.

Bien qu'un garde se tenait devant l'une des deux portes menant à la salle d'examen, Brynja avait une mortelle envie de récupérer le premier objet à sa portée et de matraquer le médecin à mort, faisant gicler sa pauvre petite cervelle.

— J'en ai fini avec elle, dit-il au garde. Emmenez-la en attente pour l'évaluation.

Le garde, vêtu de pantalons militaires et d'un chandail de laine noir, s'approcha de la jeune femme et lui fit signe de se retourner. Contrainte d'obéir, Brynja s'exécuta, seulement pour se faire menotter les poignets. Les menottes étaient bien trop serrées, coinçant douloureusement sa peau déjà enflée par sa capture sur le viaduc. Bien trop fière pour dire quoi que ce soit, la jeune femme garda un visage impassible.

On lui pointa une porte au fond de la salle, non pas celle par laquelle elle était arrivée, mais une autre à son opposé. Sans accorder le moindre regard au docteur, Brynja s'avança jusqu'à la porte, que le garde lui ouvrit. Tous deux débouchèrent dans un long corridor où déambulaient de nombreuses personnes; visiblement des scientifiques, des infirmiers et des infirmières ainsi que des médecins. Aucun d'eux ne porta attention à

Brynja, occupés à discuter de tout et de rien en arborant des sourires légers.

Elle croyait deviner où elle se trouvait maintenant. Elle avait finalement abouti à la faculté de médecine de l'Université Laval, tel qu'elle put le lire sur les écriteaux affichés sur les murs. Des gens l'avaient pourtant avertie; ils lui avaient bien laissé savoir que ces bus n'étaient pas la solution qu'elle pensait être. Et pourtant, la jeune femme avait choisi l'espoir. Elle avait choisi de croire naïvement qu'une terre meilleure les attendait au-delà des ponts menant à Québec. Quelle connerie!

Le garde fit alors entrer Brynja dans une pièce, une sorte de bureau où un autre garde était adossé au mur, un revolver dans son étui pendant à sa cuisse. Il était un peu joufflu et bedonnant, traits assez rares en ces temps de famine. À moins, bien évidemment, que ces gens aient accès à de bonnes quantités de nourriture. L'escorte de Brynja fit un signe de tête à son collègue, qui lui répondit en levant la main.

— Tu peux la laisser ici, lui dit-il. Dr Malenfant arrivera sous peux.

Le garde escortant Brynja la força à s'asseoir sur une chaise située devant le bureau en pressant sur son épaule.

— Je vais l'attendre dehors, dit-il au garde grassouillet. S'il y a quelque chose, fais-moi signe.

L'homme quitta alors la pièce, laissant Brynja seule avec le garde bedonnant, qui garda ses bras croisés. Tous deux ne prononcèrent pas un mot, et bien que la jeune femme puisse sentir le désagréable regard de l'homme sur sa jaquette d'hôpital qui n'était pas bien attachée, elle resta assise stoïquement, fixant le vide d'un regard absent.

La porte claqua doucement derrière eux. Elle sentit quelqu'un la contourner, avant qu'un homme s'assoie au bureau devant elle. C'était un petit homme frêle, qui portait lui aussi un sarrau. Il était chauve comme une boule de quille, portait une barbiche et d'épaisses lunettes noires. Il déposa un dossier sur son bureau, l'ouvrit et y plongea son regard.

— Sujet 327, c'est bien ça ? énonça-t-il tout haut.

CHAPITRE 10

La faculté de médecine

La jeune femme ne répondit pas ; elle dévisagea plutôt son interlocuteur avec un regard à la fois de défi et méprisant. Comme s'il attendait toujours une réponse, le docteur resta accoudé sur son bureau, tambourinant des doigts sur celui-ci, la tête inclinée vers Brynja.

— Votre numéro ? répéta-t-il calmement. Vous n'aurez pas à vous en souvenir longtemps, je vous l'assure. On vous le marquera dès demain matin sur le corps.

— Numéro 327, répondit Brynja.

L'homme confirma d'un hochement de tête, rabaissant son regard sur le dossier de la jeune femme. Il porta un stylo à sa bouche, enleva le bouchon à l'aide de ses dents et griffonna ensuite quelque chose sur le papier. Brynja détestait le son d'un crayon ou d'un stylo grattant contre du papier.

— Quel âge avez-vous ? lui demanda-t-il, le bouchon du stylo toujours entre les dents.

— J'ai 26 ans.

— Et d'où venez-vous? Vous êtes immigrante au Canada? Avec votre accent, je pourrais croire que vous venez de l'Europe de l'Est. De Russie, peut-être?

Voyant bien qu'elle allait passer une batterie de questions, Brynja se dit qu'il valait mieux coopérer. Du moins, pour le moment.

— Islande. J'avais un visa pour venir étudier ici.

— En quoi?

— Médecine.

— Intéressant! lâcha-t-il en lui accordant un petit sourire. Une collègue scientifique.

Brynja ne partagea pas sa bonne humeur et ne se sentit aucune affinité professionnelle avec ce type. Remarquant que la jeune femme n'était pas réceptive à ses propos, le sourire du Dr Malenfant s'éteignit, puis il ajusta ses lunettes en s'éclaircissant la gorge.

— D'accord, bon, reprit-il en retirant finalement le bouchon enduit de salive de sa bouche. Je vois ici que vous avez été retrouvée juste devant les ponts. C'est l'un de nos avant-postes. Pourquoi vous y êtes-vous aventurée?

— Avant-poste? répéta la jeune femme. De quoi parles-tu?

— Oui. Répondez à la question, jeune femme.

Dans son regard, Brynja pouvait lire qu'il n'en avait rien à faire de ses questions. Elle n'était, pour lui, qu'un numéro parmi tant d'autres; un numéro assis docilement sur la chaise, à peine vêtu et les pieds gelés, et qui faisait de son mieux pour supporter le froid.

— Je voulais atteindre la ville de Québec dans l'espoir d'y trouver une meilleure qualité de vie, répondit-elle.

— Mais pourquoi êtes-vous directement venue à nous?

— Je ne savais pas que vous vous trouveriez sur mon chemin.

Le docteur hochait la tête, mais il lui donnait l'impression de ne pas l'avoir écoutée et griffonnait à nouveau dans son dossier.

— On note ici que vous avez beaucoup de blessures. Ressentez-vous la douleur?

— Aussi vivement que vous, répondit froidement Brynja.

Encore une fois, l'homme griffonna quelque chose sur son dossier. Sans même lever les yeux vers elle, il continua à écrire et lui demanda :

— Quelle est votre couleur favorite?

— Rouge, répondit-elle banalement, ne voyant vraiment pas le but de la question.

— Et votre nom?

— Brynja Óðinsdóttir, répondit-elle avec son accent maternel.

L'homme leva les yeux vers elle, l'observant par-dessus ses lunettes appuyées sur le bout de son nez. Il n'avait rien compris. Elle dut épeler son prénom, ainsi que son nom de famille.

— Brynja, avez-vous récemment été en contact avec des sujets infectés et des animaux mutés par le changement de la composition chimique de l'air?

Elle avait compris la question, mais elle observait son interlocuteur avec suspicion.

— En contact avec les sujets infectés… par le changement de la composition chimique de l'air? répéta-t-elle, interrogeant l'homme du regard.

— Répondez à la question, Mme Óðinsdóttir.

— Oui, j'ai été en contact avec des infectés. Pas plus tard qu'il y a quelques heures. Mais dis-moi, de quoi parles-tu avec ton histoire de composition chimique de l'air ?

— Ah. Vous n'en avez aucune idée, dit-il sans surprise.

L'homme se laissa retomber sur le dossier sa chaise, son poids faisant légèrement basculer celle-ci.

— Une pluie d'astéroïdes est tombée sur Terre, à la fin des années 1980, lui expliqua-t-il. En 1988, pour être exact. Les morceaux de la pluie d'astéroïdes, qui s'étaient en partie détruits en entrant dans l'atmosphère, se sont écrasés dans l'océan Atlantique, causant quelques raz-de-marée sur certains villages côtiers. À l'époque, bien que ces catastrophes naturelles s'étaient avérées désastreuses pour ces villages, ce n'était rien de grave à l'échelle mondiale. Pour nous en Amérique, un simple tremblement de terre s'était fait ressentir, faisant à peine vibrer les verres d'une armoire. Seulement, dans leur chute, ces astéroïdes ont émis un gaz particulier, un élément chimique nous étant, à l'époque, inconnu. Nous nous en sommes rendu compte qu'une année plus tard.

Le Dr Malenfant fit une pause et adressa un bref regard au garde adossé au mur.

— Francis, veuillez lui enlever ses menottes.

Agréant d'un hochement de tête, le garde dodu s'avança jusqu'à Brynja et s'abaissa derrière elle pour déverrouiller ses menottes. Les mains libérées, la jeune femme ramena ses poignets douloureux sur ses genoux et les massa délicatement.

— L'air de la Terre s'est retrouvé doucement changé, modifié, continua le docteur. Quelques organismes vivants ont aussitôt démontré des changements, tandis que d'autres se sont tout simplement éteints. Bien des races d'animaux, comme certaines variétés d'oiseaux, de chats, de chauves-souris et d'ours, ont été ainsi décimées. D'autres, quant à elles, ont subi quelques transformations, certaines plus apparentes que d'autres, comme la chauve-souris argentée qui s'est décuplée en taille et en agressivité.

— Elle s'est transformée en gargouille, oui, dit Brynja.

— En gargouille, si vous voulez, continua Malenfant. Quant à la race humaine, il aura fallu quelques années pour que certains individus n'affichent les effets du changement de l'air et une vingtaine d'années pour que la grande majorité de la population finisse par tomber.

Face à de telles révélations, Brynja fut assez surprise. Non pas par les réponses données par le docteur, mais plutôt par son détachement soudain. Bien que son esprit scientifique et curieux ait toujours tenté de déceler le moindre détail pouvant mener à une réponse, ces révélations n'eurent pas vraiment d'effet sur elle. Peut-être le fait d'avoir vécu dans un enfer pendant si longtemps, chacune des secondes de la dernière année, rendait-il les réponses à ses questions moins importantes.

Qu'on parle d'une arme bactériologique, d'une malédiction divine ou encore d'un astéroïde, le résultat était le même. Le monde était plongé dans un véritable cauchemar, transformant chacune des journées en un véritable calvaire pour tous les survivants.

— Et… pourquoi tout ça? demanda-t-elle ensuite. Pourquoi suis-je ici?

— Une cure, Mme Óðinsdóttir. Pour trouver une cure. Personne n'aspire à vivre dans de telles conditions pour le reste de notre existence. Nous tentons de trouver une cure, et nous allons finir par la découvrir.

— Qui te dit qu'une cure existe? lui renvoya Brynja.

L'homme esquissa un sourire sur son visage, avant de faire basculer sa chaise vers l'avant, appuyant les coudes sur son bureau et joignant les doigts.

— Nous parlons de science, Mme Óðinsdóttir. Si une condition existe, c'est qu'on peut la renverser. Avec le temps, l'effort et… et les ressources nécessaires, nous y parviendrons. Comme vous le savez, certains d'entre nous ont la chance de voir leur transformation — leur mutation si vous voulez — retardée. Vous et moi, par exemple. Nous ne présentons aucun signe de transformation. Vous savez comment détecter les signes de la transformation?

Malenfant ne laissa pas à Brynja le temps de répondre, lui donnant la réponse.

— En posant de simples questions, en cherchant à faire travailler certaines zones du cerveau, dit-il. Votre couleur préférée, pourquoi vous étiez là où nous vous avons trouvé, votre âge, votre nom entier, etc. Un infecté ne pourra pas répondre clairement, puisque la réponse à ces questions lui semblera embrouillée. Un stade plus avancé d'infection peut se voir d'abord dans la gorge. C'est là que le champignon de l'infection se forme, rendant la voix rauque à son hôte. S'en suivra des taches apparentes, ressemblant à une nécrose, ainsi que des veines noircies.

Brynja n'avait jamais réellement porté attention aux champignons situés au niveau de la gorge, mais elle avait déjà fait le lien avec la voix rauque et les apparitions de veines noircies et de taches sur le corps.

— Votre cure. C'est en capturant des gens comme moi, qui ne sont pas encore infectés, que vous comptez la découvrir?

— Tout juste.

— C'est bien, continua la jeune femme d'un ton sarcastique. Toi et tes copains, vêtus de vos sarraus, avec vos instruments et votre petit air important, vous êtes de vrais sauveurs. Comme des enfants qui jouent au docteur, sans la surveillance des grands pour leur dire que ce qu'ils font, c'est complètement débile.

Malenfant, énervé, se leva d'un bond, observant à travers la fenêtre derrière son bureau, les mains sur sa taille. Brynja n'était pas surprise de sa réaction, puisqu'elle l'avait adroitement piqué.

— L'éthique et les moralités n'ont pas leur place lorsqu'on parle de progrès médical, dit Malenfant en se retournant subitement, faisant aller son index. Surtout pas dans la condition où l'humanité se trouve! Comment croyez-vous que nous avons accompli autant de progrès, lors de la Seconde Guerre mondiale? Remercions les Allemands avec leur avant-gardisme! Nous ne pouvons pas faire d'omelettes sans casser des œufs, Mme Óðinsdóttir! Nous parlons de la survie d'une espèce, de notre espèce! De l'humanité tout entière!

— C'est ce que tu te dis le soir avant de t'endormir ? lui renvoya Brynja.

Le docteur avait contourné le bureau, levant le revers de sa main. La jeune femme accueillerait sa claque avec stoïcisme et défi. On cogna alors à la porte, freinant l'élan du docteur.

— Dr Malenfant ? dit une voix de l'autre côté de la porte. Sujet 331.

Le docteur fouetta alors l'air du revers de la main, comme s'il chassait une mouche invisible.

— Hors de mon bureau, dit-il d'un air frustré. Emmenez-la dans sa cellule, elle aura besoin de se reposer quelques heures ; une grosse journée l'attend.

Le garde dodu revint menotter Brynja, enserrant à nouveau ses poignets enflés, avant de la relever. Le docteur l'observa et lui adressa un sourire forcé.

— Nous nous reverrons, lui dit Malenfant.

Brynja, traînée jusqu'à la porte, tomba nez à nez avec le garde qui l'avait précédemment escortée ; il accompagnait un adolescent vêtu d'une jaquette d'hôpital. Son regard affolé et sa mâchoire tremblante firent comprendre à la jeune femme qu'il était profondément apeuré. On le bouscula à l'intérieur, les deux gardes échangeant leur patient, tandis que Brynja restait à l'extérieur.

La faisant avancer en gardant une main sur sa nuque, le garde força Brynja à traverser de nombreux corridors, passant par de nombreux points de contrôle surveillés par d'autres gardes. Bien qu'aucun d'eux ne lui portait vraiment attention, elle pouvait sentir leur regard sur l'arrière de sa jaquette. Le personnel médical qu'ils croisèrent ne lui porta pas plus d'attention, faisant sentir qu'ils étaient habitués à voir des cobayes se faire escorter dans les corridors de la faculté de médecine.

Brynja tenta de trouver des points de repère et de se souvenir des étages parcourus lorsqu'on lui fit prendre l'ascenseur, mais elle finit par s'avouer malheureusement perdue. Les corridors se ressemblaient tous, bourrés d'intersections et de portes. Tout ce qu'elle savait, c'était qu'on l'avait montée au quatrième étage, et qu'on l'avait menée à un comptoir. D'après l'écriteau, il s'agissait du pavillon de neurologie, mais Brynja se doutait que l'étage et ses ressources servaient probablement à autre chose.

Derrière le comptoir, un autre garde — cette fois une femme — à la chevelure blonde attachée en queue de cheval patientait. Absorbée dans son livre, la femme se grugeait un ongle inconsciemment. Ce n'est que lorsque Brynja et son escorte arrivèrent devant elle qu'elle détacha finalement le regard de son bouquin.

— Sujet 327, lui dit le garde.

— Encore une? répliqua la gardienne avec ennui.

— Tu en auras encore quelques-uns; la nuit a été fructueuse pour nos patrouilles. Je te la laisse, je retourne escorter les autres. Où se trouve Lalonde, au juste?

Le garde cherchait le dénommé Lalonde du regard.

— Toilettes, répondit la gardienne en contournant le comptoir. Il a une de ces indigestions. Je prends la relève, ça ira.

La femme s'avança jusqu'à Brynja, lui mettant une main dans le dos et lui faisant signe d'avancer, tandis que le garde retournait dans l'ascenseur. Elles dépassèrent de nombreuses chambres d'hôpital; la jeune femme vit que celles-ci avaient été transformées en véritables petites cellules, leurs portes renforcées et munies de serrures extérieures. Les occupants des chambres étaient, pour la plupart, couchés, tandis que d'autres avaient des comportements inquiétants; l'un était étendu au sol alors qu'un autre était recroquevillé en petite boule dans le coin de sa chambre, marmonnant et sanglotant.

Étrangement, les immenses fenêtres des cellules n'étaient pas barricadées, permettant au personnel médical de garder un œil sur les patients. Pourquoi ces gens ne défonçaient-ils pas simplement la vitre à l'aide d'une chaise ou encore de leur table de chevet? Pourquoi ne tentaient-ils pas de s'évader? Brynja savait bien que les fenêtres des hôpitaux ne s'ouvraient qu'à peine, mais avec assez de volonté, les briser serait faisable. Brynja était perplexe face à la docilité des captifs.

Des gardes postés aux autres comptoirs du personnel médical cessèrent leur conversation le temps de saluer la geôlière de Brynja avant de poursuivre comme si de rien n'était. Les deux femmes arrêtèrent finalement en face d'une chambre vide, que la gardienne ouvrit.

— Entre.

Obéissante, Brynja pénétra à l'intérieur. Les couvertures sur le lit étaient recouvertes de taches de vomissures et de sang récentes, et une chaise était renversée dans un coin. Quelque chose était arrivé, ici. Les pieds gelés, les poignets douloureux et à moitié nu, Brynja n'avait aucune intention de croupir docilement dans cet endroit. Elle allait devoir faire quelque chose.

— On viendra te chercher plus tard, dans la matinée.

La jeune femme se tourna vers sa geôlière, levant ses menottes en l'air.

— Et les menottes ?

— Il faudra que tu sois bien sage, pour ça, lui répondit la femme.

Laissant Brynja plantée au beau milieu de la pièce, la gardienne inscrivit quelque chose sur un dossier accroché à côté de la porte.

— Sujet… 327, dit-elle en continuant de griffonner. Ah, tiens. Tu es l'une de nos chanceuses ; tu passeras au bloc opératoire dès demain.

La jeune femme fronça des sourcils, inclinant légèrement la tête.

— Bloc opératoire ?

La femme haussa un sourcil, rangea son crayon dans sa poche et s'appuya contre l'étui de son pistolet attaché à sa cuisse.

— Le Dr Malenfant ne te l'a pas expliqué ?

— Non.

— Alors, c'est assez simple, dit la geôlière. Tu subiras quelques prélèvements de tissus, quelques vaccins et une fois revenue, on te posera un bracelet électronique. Il nous assurera que tu restes bien confortablement dans ta chambre.

— En échange des menottes ? rétorqua Brynja.

— C'est ça. Il faudra être sage, par exemple. D'autres questions ?

Brynja s'était assise sur le coin du lit taché, son cerveau travaillant à toute allure malgré son air calme et endormi. Elle devait trouver le moyen de se sortir de cette situation. Puisqu'elle avait affaire à une femme, peut-être la traiterait-elle avec plus de douceur que les hommes ? Il ne fallait cependant pas trop y compter, puisque l'inverse était aussi possible. Dans les deux cas, elle allait quand même tenter quelque chose.

Ses poignets enflés allaient bientôt lui servir d'excuse.

— Qu'est-ce qui arrive à ceux qui tentent de s'évader ?

— Le précédent propriétaire de ta chambre a essayé, répondit la garde. Nous l'avons abattu. Les escaliers sont condamnés, il ne reste que les ascenseurs. Malheureusement, un seul d'entre eux fonctionne et c'est celui qui se trouve en face de mon bureau. Mais, honnêtement, je crois que tu vas te plaire ici. Tu seras douchée et nourrie, et le bâtiment est sécuritaire. Ton calvaire passé à l'extérieur est terminé.

Brynja hocha la tête lentement avant de relever son visage vers la femme. En voyant que la jeune femme ne répliquait pas, la gardienne se retourna pour quitter la cellule et y enfermer Brynja. C'était le moment ou jamais. Il n'y avait que très peu de chances qu'elle réussisse, mais il était hors de question pour elle de devenir un rat de laboratoire confiné dans une cellule. Elle devait retrouver Silas, et même Adélaïde, qui était peut-être dans cet hôpital.

— Je peux demander une dernière chose ? s'essaya-t-elle, tentant de paraître aussi convaincante que possible. Mes menottes, elles ont été serrées bien trop fort. Regardez…

Brynja s'était relevée, se retournant dos à la gardienne en s'assurant que ses poignets étaient nettement visibles. Enflés, recouverts de bleus et d'ecchymoses, ils donnaient en effet l'impression que les menottes étaient bien trop serrées. Curieuse, la gardienne s'approcha d'elle. Elle ne pouvait pas deviner que la jeune femme avait des intentions bien sinistres ; la geôlière ne lui avait pas paru aussi hostile que les autres membres du personnel rencontrés, mais cela ne stopperait pas Brynja.

— Ils ne t'ont pas manquée, dit la gardienne, qui s'était penchée pour inspecter les poignets et les menottes de Brynja. Cependant, je ne peux pas vraiment t'aider. Tu devras au moins passer…

Pouvant sentir la respiration de la femme sur ses mains, Brynja profita de l'occasion pour passer à l'attaque. Avant que la gardienne ne relève sa tête, elle se retourna rapidement et la plaqua violemment contre le lit. Elles perdirent toutes deux l'équilibre, mais Brynja parvint quand même à atterrir sur la gardienne. Elle lui écrasa la tête de tout son poids, puis chercha à attraper sa gorge de ses mains.

Ces mêmes mains avaient brisé de nombreuses nuques d'infectés et repoussé un trop grand nombre de créatures et d'hommes qui avaient voulu lui prendre sa vie et son corps. Elle savait comment utiliser sa force. Retenant la femme au sol, malgré ses mains menottées derrière son dos, Brynja lui planta vivement ses ongles dans la gorge, cherchant à lui agripper sa trachée.

La gardienne essayait de se débattre, mais elle était incapable de crier, poussant plutôt des toussotements gutturaux. Brynja la dominait et vit qu'elle tentait d'atteindre son pistolet à l'aide de son autre main. Si jamais elle l'atteignait et qu'un coup de feu retentissait dans la chambre, c'était terminé pour la jeune femme. Elle devait réussir. Resserrant son étreinte sur la gorge de la gardienne, Brynja parvint à saisir sa trachée entre ses ongles et ses doigts, lui arrachant d'un coup brusque.

La gardienne s'étouffa dans son sang et dans des spasmes gutturaux gargouillants, étranglée par Brynja. Bien que répugnée par ce qu'elle venait de faire, la jeune femme rangea aisément ses émotions de côté, usant plutôt du côté presque animal et instinctif qui lui avait permis de se salir les mains pour survivre.

Une fois s'être assurée que la gardienne était bien morte, Brynja roula à ses côtés, tentant de fouiller ses poches de pantalon et les pochettes de la ceinture de sécurité. Elle y gardait forcément une clé. Jetant des regards alarmés aux alentours, avec la terrible appréhension de voir quelqu'un surgir dans le corridor à tout instant, Brynja continua sa recherche. Quelques longues secondes plus tard, à fouiller à l'aveuglette, les doigts de la jeune femme tombèrent sur quelque chose de métallique et de froid. Les clés !

Elle les tira rapidement de la pochette et tenta de se libérer. Ouvrir ses menottes avec les mains attachées dans le dos s'avéra bien plus difficile que prévu, si bien qu'à un moment, alors qu'elle venait d'échapper les clés pour la troisième fois, Brynja songea simplement à abandonner. Son cœur battait la chamade ; elle était morte de peur à l'idée qu'on la prenne en plein délit. Grimaçant de frustration et d'impatience, les doigts tremblants et visqueux de sang, la jeune femme ressaya une quatrième fois et parvint à faire entrer la clé dans le verrou.

En agitant la clé dans tous les sens, Brynja réussit à déverrouiller ses menottes, qu'elle retira rapidement. C'est alors qu'elle entendit des pas ; quelqu'un arrivait depuis l'autre bout du corridor. Ne sachant pas comment réagir, la jeune femme amorça quelques mouvements, hésitant et s'arrêtant chaque fois, incapable de décider quoi faire.

Que devait-elle faire ? Se cacher ? Prendre la fuite ? Utiliser le cadavre comme appât et attaquer le pauvre type qui ferait la macabre découverte ? Si c'était le gardien qui l'avait escortée plus tôt — ce dernier faisait presque deux fois son poids —, jamais elle n'y parviendrait. La jeune femme agrippa plutôt les jambes de la gardienne et, tirant de toutes ses forces, la traîna de l'autre côté du lit.

Heureusement pour Brynja, la gardienne n'avait pas saigné abondamment, ce qui lui permit de laisser la scène de crime presque vierge. Accroupie sur le cadavre de la gardienne, la jeune femme dégaina son pistolet, retira le cran de sûreté et resta à l'affût. Les pas, par quatre, s'approchaient toujours. Levant légèrement la tête, de sorte à ce qu'elle puisse jeter un œil par-dessus le lit, Brynja vit le garde costaud passer en compagnie de l'adolescent, qui marchait la tête baissée.

Le garde jeta un coup d'œil interrogateur à la chambre de Brynja, sans pourtant s'y arrêter. Il savait que quelque chose ne tournait pas rond. Rien de surprenant, puisque la gardienne n'était jamais retournée à son bureau. Quelle idiote ! Il allait venir inspecter la chambre, assurément ; ce n'était qu'une question de temps. Brynja ne se ferait certainement pas prendre à son propre jeu.

Attrapant l'oreiller du lit au passage, la jeune femme s'avança furtivement jusqu'à la porte de la chambre, puis jeta un œil dans le corridor. Il n'y avait pas une âme, d'un côté comme de l'autre de ce corridor qui s'étendait longuement sous de nombreux luminaires réfléchissant sur la surface trop propre du plancher.

Quittant sa chambre sans bruit, armée de l'oreiller et du pistolet, Brynja aperçut le garde, lui tournant le dos, en train de griffonner des informations au sujet de son patient sur la tablette accrochée près de la porte de sa chambre. L'adolescent, assis sur son lit, avait levé la tête et, à travers la large vitre séparant sa chambre du corridor, son regard croisa celui de Brynja.

Il eut un mouvement de recul, comme un sursaut, qu'il parvint à maîtriser, mais pas avant d'avoir attiré l'attention du garde. Ce dernier, suivant le regard de l'adolescent, allait se retourner d'une seconde à l'autre. Tandis qu'il tournait la tête, regardant par-dessus son épaule, Brynja le bouscula de plein fouet, le renversant par terre. Plaçant rapidement l'oreiller sur son visage, elle y colla ensuite le bout du canon du pistolet et pressa la détente.

Le bruit du coup de feu fut pratiquement tout absorbé par l'oreiller, dont une partie éclata sous la déto- nation. Une gerbe de sang gicla de derrière la tête du gardien, que Brynja couvrait toujours de l'oreiller. L'adolescent observait la jeune femme d'un regard écarquillé et il était sur le point de craquer ; la jeune femme se leva et empoigna le col de sa jaquette.

— Chut ! Ne dis pas un mot, ne fais pas un bruit ! Nous n'avons pas beaucoup de temps. Je veux que tu fermes ta gueule et que tu me suives, c'est compris ?

Le jeune homme, intimidé par Brynja, répondit de plusieurs hochements de tête. La jeune femme retourna rapidement auprès du cadavre et récupéra le pistolet se trouvant à sa ceinture.

— Tu as déjà maniée une arme ?

— Oui.

Brynja n'avait aucune certitude quant à la réaction de l'adolescent lorsqu'elle lui fourra l'arme entre les mains. Il ne pourrait pas se dégonfler et se rendre, puisque le mal était déjà fait. S'il se rendait, il serait tué.

— Ne bouge pas, lui ordonna-t-elle, avant de retourner sur le seuil de la porte.

Jetant d'abord un regard au corridor, Brynja revint jusqu'à sa chambre. Elle avait un plan. Contournant rapidement le lit, elle gagna le cadavre de la geôlière et défit sa ceinture, puis la déshabilla. En un temps record, elle enfila les bas, les pantalons, les bottes un peu trop grandes, et finalement la chemise de la femme. Il ne lui restait plus qu'à s'attacher les cheveux, pour se donner une apparence plus soignée.

Finissant de boutonner la chemise, Brynja la fourra dans son pantalon avant d'enfiler la ceinture à sa taille. Elle sentit alors une présence, juste derrière elle, dans le corridor. Se retournant vivement, prête à faire feu, elle vit l'adolescent, qui se tenait bêtement dans le cadre de porte.

— Je pensais que…

Avant qu'il puisse terminer sa phrase, Brynja le tira à l'intérieur, l'adossa au mur et masqua sa bouche de sa main. Elle l'observa d'un regard noir et énervé.

— Qu'est-ce que tu fous à rester dans le corridor comme ça, à la vue de tout le monde!? lui lança-t-elle nerveusement en chuchotant. Tu me suis, tu fais exactement comme moi et tu te tais. C'est clair?

Encore une fois intimidé par la jeune femme malgré l'arme qu'il tenait à la main, l'adolescent acquiesça d'un hochement de tête. Brynja le lâcha, inspectant encore une fois le corridor. Il était désert. S'ils voulaient atteindre l'ascenseur, ils allaient devoir passer devant l'un des postes du personnel médical. Quelle merde!

— On ne devrait peut-être pas passer par là, commenta l'adolescent, devinant les intentions de Brynja, qui observait à l'autre bout du corridor.

— Tu as une meilleure idée?

Elle se tourna vers l'adolescent, dont la mâchoire tremblait toujours, soit à cause du froid ou de la crainte. Le jeune homme avait les cheveux blonds bouclés et en bataille, qui masquaient son front. Son visage était recouvert de taches de rousseur et il avait les yeux pers. Il devait avoir 15 ou 16 ans. C'est alors que la réalité frappa Brynja de plein fouet, la faisant impulsivement reculer. C'était le fils de Benjamin. C'était l'adolescent qui s'était enfui dans la forêt, après qu'ils lui eurent dérobé la moto et tué son père.

— Tous les hôpitaux ont des chutes à vêtements sales… pour les draps et les trucs du genre, répliqua le jeune homme avec malaise.

Brynja cligna des yeux, le fixant d'un air bête. Pourquoi avait-il été, lui aussi, capturé comme elle par les individus du bus ? Pourquoi ne réagissait-il pas à sa présence ? Ne la reconnaissait-il pas ? Il était pourtant armé, et ça, grâce à elle.

— Donne-moi ton arme, lui demanda-t-elle en tendant la main. Donne.

Sans hésiter, le jeune homme rendit l'arme à la jeune femme, qui la fourra dans sa ceinture. Comment pouvait-il réagir ainsi, lui rendant son arme aussi facilement ? Elle avait tué son père ! À bout portant ! Mais le jeune homme continuait à l'observer en clignant bêtement des yeux. Calmant ses esprits, Brynja prit une bonne inspiration. Dans tous les cas, ce que l'adolescent avait proposé était logique. La chute à linge, c'était relativement une bonne idée, même si se jeter en chute libre dans un conduit ne lui plaisait pas tant que ça.

— Tu sais où elle se trouve, cette chute à linge ? lui demanda-t-elle.

— Pas vraiment... désolé...

Le jeune homme répondait par automatisme, sans réaction particulière. Brynja voyait bien qu'il ne la replaçait pas du tout ; il n'avait aucune idée de qui elle était.

Après avoir jeté un dernier regard en arrière, Brynja récupéra les menottes qui traînaient toujours au sol, soudain consciente que le garde qui était passé devant la chambre plus tôt aurait très bien pu les voir. La jeune femme retourna auprès du jeune homme, qui observait avec horreur le cadavre de la gardienne.

— Tourne-toi.

L'adolescent s'exécuta, même s'il avait l'air nerveux. Elle lui enfila les menottes sans pour autant les verrouiller, ce qui donnait l'illusion, au premier coup d'œil, que l'adolescent était menotté.

— Ne fais rien qui risquerait d'attirer l'attention, c'est compris ? lui ordonna Brynja avec sévérité.

— J'ai compris.

Tirant le jeune hors de la chambre, Brynja s'engagea avec lui dans le corridor, à l'opposé de l'ascenseur. Ils passèrent devant d'autres chambres, toutes occupées. Hommes comme femmes avaient la tête rasée, semblaient amorphes, léthargiques et n'avaient pas la moindre réaction au passage des deux fuyards.

— C'est horrible, murmura le jeune homme d'une voix tremblante.

Brynja resserra l'étreinte autour de son bras pour lui faire comprendre de se taire. Au coin du corridor, ils passèrent devant l'inévitable comptoir, derrière lequel se trouvaient deux gardes en pleine discussion. Heureusement, aucun d'eux ne leur porta attention.

Alors qu'ils continuaient leur marche dans les corridors, en gardant un œil attentif au moindre détail les entourant, Brynja espéra secrètement retrouver Silas, ou encore Adélaïde. Malheureusement, elle constata bien vite que ni l'un ni l'autre ne s'y trouvait. Qu'était-il advenu du vieux motard ? Elle craignait pour le pire. Quant à la fillette, elle avait remarqué qu'aucun enfant ne se trouvait à l'étage. Brynja et l'adolescent continuèrent d'avancer aléatoirement dans la faculté de médecine, tentant de dénicher cette satanée chute à vêtements.

La plupart des corridors étaient déserts ou n'abritaient qu'un garde ou deux, tous somnolents ou endormis. À en juger par les faibles rayons du soleil qui naissaient à travers les fenêtres de l'hôpital, Brynja en déduisit qu'il devait être 5 ou 6 h du matin. Ce qui signifiait, en toute logique, que le personnel fatigué et endormi se verrait relevé très bientôt. Ils devraient faire vite.

— Ici! s'exclama l'adolescent.

Il s'écarta de Brynja et se dirigea vers une double porte.

— C'est là! lui dit-il à basse voix.

La jeune femme lui jeta un regard noir et rattrapa ses poignets, avant de s'assurer qu'il n'y avait personne aux alentours. Puis, ils passèrent la double porte. Ils débouchèrent dans une sorte de buanderie, où des montagnes de draps recouverts de sang et d'excréments reposaient pêle-mêle. Une énorme chute à linge trônait entre de grandes étagères remplies de couvertures, de draps et de jaquettes propres.

Basculant le panneau de la chute, Brynja y jeta un œil. Elle ne voyait que de la pénombre, le conduit se poursuivant hors de son champ de vision. C'était une mauvaise idée. Une trop mauvaise idée. Étant claustrophobe, elle ne se jetterait jamais en chute libre dans un conduit aussi serré.

— Qu'est-ce que tu fais? lui demanda l'adolescent. Saute!

— Non, répondit la jeune femme. Trouvons une autre issue.

— C'est la meilleure issue, répliqua-t-il avec surprise. À quoi t'attendais-tu? C'est la meilleure façon pour nous de nous enfuir!

— Je ne cherche pas à m'enfuir tout de suite, expliqua Brynja. Je cherche quelqu'un. Sais-tu où les plus jeunes sont gardés, ici ?

— Quoi ? Tu ne veux pas t'enfuir ?

— Réponds !

L'adolescent l'observa, perplexe, les sourcils froncés.

— Ils m'ont fait passer devant une sorte de garderie, dit-il. Tous les enfants y sont. C'était au deuxième étage. Mais c'est du suicide ! Il y avait environ 30 membres du personnel, juste dans les deux corridors que j'ai traversés !

— Merci, dit-elle en s'éloignant vers la double porte.

— T'es sérieuse ? lui renvoya le jeune homme.

— Très. Je ne descends pas par cette chute à linge. Je ne peux pas. Je suis désolée. Soit tu m'accompagnes, soit tu fais comme tu veux.

— Désolé, répondit le jeune homme. Désolé pour ce que mon père et sa bande t'ont fait endurer. J'espère que tu t'en sortiras. Merci pour tout.

Les paroles de l'adolescent frappèrent Brynja de plein fouet, si bien qu'elle en eut le souffle coupé. Il l'avait reconnue et n'avait pas réagi. Elle avait exécuté son père devant lui, sans hésiter, et il n'avait rien fait. Bouche bée, la jeune femme l'observa passer ses jambes dans l'embouchure de la chute à linge en silence, avant de s'y laisser tomber.

Bien que bouleversée par l'épisode qu'elle venait de vivre, Brynja se força machinalement à reculer et franchit la double porte, laissant l'adolescent à son sort. Elle devait atteindre le deuxième étage.

ÉPILOGUE

Brynja tenta du mieux qu'elle le pouvait de se donner un air de gardienne, adoptant une démarche plus décontractée, bien qu'elle avançait d'un pas hâtif. Elle parvint à trouver un ascenseur au fond d'un corridor désert, ce dernier débouchant sur une aire de restauration. La cafétéria comprenait une douzaine d'individus, installés seuls ou en paires. Tentant d'être discrète, elle pressa le bouton de l'ascenseur, mais rien ne se produisit. Il était bel et bien hors-service, comme l'avait expliqué la gardienne qu'elle avait tuée.

— Un problème ? lui demanda un homme apparaissant de nulle part, vêtu d'un tablier.

— Non, répondit-elle en gesticulant. Non, tout va bien. C'est une vieille manie que j'ai.

L'homme hocha la tête, souriant brièvement, et pénétra dans la cafeteria. Le cœur battant la chamade, Brynja fit volte-face et revint sur ses pas. Elle commençait à être très stressée. Elle ne pouvait pas continuer à errer dans les corridors ; repasser devant les mêmes membres du personnel risquerait d'ailleurs d'attirer sur elle une attention défavorable. Le temps était compté, surtout qu'on découvrirait bientôt les cadavres des gardiens, et peut-être même l'absence du fils de Benjamin.

Son sang pulsait dans ses tempes et la sueur coulait sur son front lorsque Brynja arriva finalement devant la porte d'un escalier de secours. Malheureusement, celle-ci était verrouillée d'une lourde chaîne et d'un cadenas. C'est alors qu'elle prit conscience qu'elle portait le trousseau de clés de la gardienne. Peut-être l'une de ces clés ouvrait-elle le cadenas ? Elle récupéra le trousseau et se mit à essayer les clés les unes après les autres, jetant occasionnellement un regard par-dessus son épaule.

— Allez, allez, se dit-elle à voix basse à la quatrième clé.

Contre toute attente, la cinquième clé fonctionna et déverrouilla le cadenas. Surprise, la jeune femme dénoua la chaîne d'entre les poignées de la porte de ses mains tremblantes. Elle était trop nerveuse, et sa respiration haletante n'aidait en rien. Brynja entendit alors des pas derrière elle. Elle sursauta en voyant trois gardes se précipiter dans le corridor, à une vingtaine de mètres d'elle, en direction de sa chambre. Ils avaient découvert les corps.

Gardant la chaîne et le cadenas, la jeune femme traversa la porte et verrouilla rapidement celle-ci depuis l'intérieur de la cage d'escalier. Plongée dans la noirceur, Brynja dévala furtivement les nombreux escaliers, sautant directement sur les paliers en poursuivant sa descente. Elle arriva finalement au deuxième étage. En restant la plus discrète possible, Brynja longea le mur jusqu'à la double porte menant sur l'étage. Elle jeta un regard à travers la petite fenêtre rectangulaire de la porte et aperçut un corridor baignant dans la pénombre et, au bout, une lumière s'étirant au sol indiquait un poste de surveillance.

Doucement, Brynja poussa sur la double porte, mais celle-ci s'avéra verrouillée. Même si elle s'y était attendu, la jeune femme était frustrée. Elle fit les cent pas pendant quelques secondes ; que pouvait-elle faire ? Le temps jouait contre elle. Elle devait se dépêcher. C'est alors qu'elle eut une idée. Elle se mit aussitôt à secouer la porte, espérant attirer l'attention.

C'est en effet ce qui se produisit, puisqu'un garde apparut dans son champ de vision. C'était un grand Noir, qui observait Brynja à travers la porte en se posant bien des questions.

— Ouvrez, cria simplement la jeune femme.

L'homme scruta Brynja du regard à travers la fenêtre de la porte, avant que son regard ne s'adoucisse.

— Qu'est-ce que vous faites là ?

— J'assure le périmètre, dit Brynja en tentant d'avoir l'air convaincant, malgré sa respiration haletante. Il y a eu un petit accident, au quatrième étage. Il semblerait qu'un patient se soit évadé.

— Quoi ? Évadé !?

La jeune femme hocha la tête en posant une main sur sa poitrine, tentant de bien inspirer.

— Ouvrez la porte, s'il vous plaît. Je suis exténuée.

Sans réfléchir plus longtemps — Brynja n'avait pourtant aucun talent pour berner les gens —, l'homme commença à déverrouiller la chaîne entravant la porte. Aussitôt le cadenas enlevé, mais avant qu'il n'ait retiré la chaîne, une alarme se déclencha, et les lumières du corridor virèrent au rouge. L'homme, surpris, jeta des regards effrayés autour de lui.

— C'est normal, lui assura Brynja. Je vous l'ai dit, nous avons un fuyard dans les corridors. Ouvrez cette porte.

L'homme revint aussitôt à sa tâche, retirant finalement la chaîne d'autour des poignées et ouvrant la porte.

— Allez à l'étage, dit-elle, nous aurons besoin d'aide. Je vais avertir Malenfant.

L'homme acquiesça d'un hochement de tête et s'éloigna dans le corridor au pas de course. Le cœur battant la chamade, Brynja se mit à jogger à son tour, pour être aussitôt rappelée à l'ordre par son pied blessé, qui la fit ralentir à une vitesse de marche rapide. La jeune femme jetait un œil dans chacun des locaux qu'elle dépassait, et elle croisa d'autres gardes et d'autres membres du personnel de l'hôpital, qui avaient tous l'air pressés et énervés ; aucun d'eux ne lui portait attention. Pourtant, bien des éléments trahissaient son costume. Son visage était meurtri de petites blessures, ses cheveux attachés étaient mouillés et elle portait deux pistolets plutôt qu'un. Consciente de ce fait, la jeune femme ne s'éternisa pas en compagnie des autres gardes.

Elle finit par passer devant une grande salle vitrée, dont la porte était fermée. S'immobilisant devant celle-ci, elle y jeta un œil à l'intérieur. Dans la pénombre, elle vit de nombreux enfants branchés à des machines médicales, tous couchés sur des civières en rangées. Son cœur fit un bond dans sa poitrine et elle se jeta sur la porte. Celle-ci était verrouillée, l'obligeant à fouiller maladroitement dans son trousseau de clés tout en priant le ciel que personne ne la surprendrait.

Brynja essaya clé après clé, jusqu'à ce qu'elle trouve la bonne. Elle déverrouilla aussitôt la porte et entra vite dans la pièce. En passant près des enfants, Brynja les examina rapidement, espérant retrouver Adélaïde. Avec horreur, elle remarqua qu'ils avaient tous le crâne rasé et qu'ils étaient aussi nourris par intraveineuse. Lorsque certains enfants étaient couchés de côté, elle les retournait afin de mieux les voir, mais aucun ne réagit à sa présence. Après avoir observé individuellement chaque enfant, la jeune femme dut se rendre à l'évidence ; Adélaïde ne s'y trouvait pas. Peut-être n'était-elle même pas dans cet endroit ? Peut-être se trouvait-elle dans une autre pièce, un autre étage ? Il devait y avoir plus d'enfants que la vingtaine qui se trouvait là. Du moins, c'était ce que Brynja voulait croire, malgré l'anxiété qui la rongeait.

— Qu'est-ce que vous faites ? Vous n'êtes pas assignée à cette pièce.

La jeune femme tourna la tête vers la droite. Un homme l'observait, étonné. C'était le docteur qui lui avait pris un échantillon sanguin. Dans son regard, elle vit qu'il l'avait reconnue. Rapide et nerveuse, la jeune femme lui appuya aussitôt son pistolet sous le menton, l'agrippa par le collet de sa chemise et le poussa en dehors de la pièce jusque dans un bureau situé juste en face de la salle et qui était probablement le sien. Elle bouscula l'homme, qui tomba assis sur la chaise, et ferma la porte derrière elle, avant de jeter un œil à travers les vénitiennes de la baie vitrée pour s'assurer qu'on ne les avait pas remarqués.

— C'est donc vous, dit l'homme en observant Brynja avec un mélange de crainte et de surprise.

La jeune femme revint vers lui et colla le bout du pistolet contre son front.

— Je cherche une fillette; elle s'appelle Adélaïde. Où est-elle?

Puisque l'homme ne répondait pas, Brynja enfonça l'arme dans le front de l'homme avec impatience.

— OÙ EST-ELLE!?

— Adélaïde? répéta le docteur, la voix tremblante. Comment… comment voulez-vous que je sache de qui il s'agit?

— C'est vrai, vous numérotez les patients, ici, grogna Brynja en lui agrippant le menton, lui faisant faire une grimace stupide, avant de le bousculer dans sa chaise. Pourtant, ce n'est pas un nom très commun et puisque ce n'est qu'une enfant, et que vous avez dû lui déblatérer toutes vos belles paroles, elle vous a forcément dit son nom. Alors, où est-elle?

— Je… je peux vous aider! balbutia-t-il. Restons calmes! Il ne faut pas s'entretuer entre nous! Rendez-vous et je verrai… Argh!

Brynja l'avait violemment frappé au visage avec la crosse de son arme.

— *Où est-elle!?* redemanda la jeune femme d'une voix hostile tout en pointant du doigt la chambre des enfants. Elle ne se trouve pas dans cette pièce! Où est Adélaïde!? C'est toi qui s'occupe de surveiller les enfants, puisque ton bureau se trouve juste devant!

— N-non, non, je vous assure, je ne...

Brynja releva l'homme, le plaqua contre le mur et appuya son pistolet contre sa gorge.

— Pas de réponse à me donner? Comme vous voulez. Puisque je ne m'en sortirai pas, je vais au moins t'emmener avec moi. Ta vie s'achève ici.

Elle enfonça le canon de son pistolet dans la bouche de l'homme et posa le doigt sur la gâchette. Elle n'avait pas vraiment l'intention de l'exécuter, mais elle espérait bien lui faire assez peur pour qu'il finisse par cracher le morceau. Et pour faire peur, Brynja savait être convaincante.

— Attendez! marmonna le docteur d'une voix obstruée par le pistolet.

La jeune femme lui retira le pistolet de la bouche pour le lui écraser contre la tempe.

— Attendez, s'il vous plaît, attendez! dit-il en levant ses mains tremblantes. Ne soyez pas si hâtive! Peut-être... peut-être qu'elle se trouve en rétablissement, près du bloc opératoire, car... nous avons faits des tests sur deux fillettes...

La sirène d'alarme cessa alors, étonnant à la fois Brynja et son otage. Le docteur, ruisselant de sueur, fixait le plafond d'un air ébahi.

— Qu'est-ce qui...

Brynja avait sa petite idée Ils venaient probablement de mettre la main sur le fils de Benjamin. Ce qui voulait dire — dans le cas où ils l'avaient capturé vivant — qu'il finirait par leur dévoiler qu'il n'était pas seul dans son évasion. Et ça, c'était s'ils n'avaient pas déjà compris qu'un imposteur avait volé les vêtements de la gardienne dénudée. Dans tous les cas, la jeune femme n'avait pas une minute à perdre. Elle était même prête à faire feu sur tous ceux qui se trouveraient sur son chemin.

Brynja fit signe au docteur d'avancer vers la porte. Suivant l'homme de près, en maintenant sa nuque d'une main et en lui pressant le pistolet contre le flanc, Brynja les firent sortir dans le corridor. S'attendant à ce que les choses tournent mal, la jeune femme comptait bien utiliser le docteur comme bouclier humain.

— Ne me fais pas perdre mon temps, l'avertit-elle. Si je me rends compte que tu prends des détours inutiles, je te tue. Mène-moi au bloc opératoire.

— Vous n'avez aucune idée du pétrin dans lequel vous vous trouvez, dit-il à voix basse. Rendez-vous et nous pourrons nous arranger pour vous donner un maximum d'avantages…

Brynja appuya un peu plus le canon de l'arme contre son flanc.

— Avance.

Ils traversèrent deux corridors, heureusement déserts, avant d'arriver devant une double porte gardée par un seul homme armé. C'était le premier test du docteur ; s'il alarmait le garde, le reste du chemin risquait d'être très pénible. Apparemment, le docteur tenait à sa petite vie et s'avéra coopératif, passant devant le garde en le saluant d'un signe de tête. Abaissant subtilement son pistolet, qu'elle dissimula derrière le corps du docteur, Brynja se donna un air tout à fait normal, adressant même un bref sourire au gardien.

Tournant au bout du corridor, le docteur s'arrêta face à un ascenseur et pressa le bouton d'appel. La jeune femme aurait préféré prendre l'escalier, mais il était verrouillé comme les autres ; de toute façon, trop de personnel médical et de sécurité passaient derrière eux, rendant cette option impossible. Brynja détestait l'idée de prendre l'ascenseur et de courir le risque de déboucher sur un poste de garde bien achalandé, mais elle n'avait pas d'autre choix.

Elle patienta donc de longues secondes, le regard fixé sur les témoins lumineux indiquant la position de l'ascenseur, en tentant de garder son calme aux côtés du docteur, son pistolet rangé dans son étui. L'ascenseur arriva, s'ouvrant sur deux femmes en sarrau. Les tripes de Brynja se contractèrent lorsqu'elle remarqua que l'une d'elles était la dame aux cheveux blonds à la coupe garçonne qui avait supervisé sa douche.

Toutes deux croisèrent le regard, Brynja jurant qu'elle l'avait reconnue, et elle s'apprêtait d'ailleurs à dégainer son arme, mais la femme continua de parler avec sa collègue, passant près d'eux comme si de rien n'était, l'air pressé. La jeune femme et le docteur entrèrent alors dans l'ascenseur, tous deux ruisselants de sueur, mais pour des raisons différentes. Brynja appuya sur le bouton de fermeture des portes et attendit que celles-ci se referment avant de poser la main sur son pistolet, toujours dans son étui. Ils n'avaient qu'un étage à monter.

— Ne me fais pas faux bond et tu vivras, dit-elle à son otage. Mais si tu tentes quoi que ce soit, je n'hésiterai pas.

L'homme n'osa pas croiser son regard, mais il remonta nerveusement ses lunettes sur l'arête de son nez et hocha rapidement la tête. Brynja était incapable de croire que tout se déroulerait sans problème. Quelque chose allait forcément tourner mal. Même s'il semblait apeuré, Brynja était persuadée que le docteur finirait par la trahir. Elle devait se tenir prête. La porte de l'ascenseur s'ouvrit alors sur le troisième étage.

Ils débouchèrent face à un comptoir derrière lequel se trouvait un homme. Lorsqu'il se rendit compte de leur présence, il bondit de sa chaise nerveusement, avant de se rasseoir, l'air soulagé.

— Vous avez entendu ce qui s'est passé en haut? leur envoya-t-il alors que le docteur s'approchait du comptoir en compagnie de Brynja.

— Oui, oui, c'est navrant, mais… ce n'est pas la première fois qu'un patient tente quelque chose, répliqua le docteur en offrant un bref sourire au réceptionniste. Nous venons voir les patients en rétablissement.

— Il n'y a que les enfants, monsieur, répondit le réceptionniste, un peu confus.

— Je sais. C'est assez important. Je veux vérifier leur état avant les tests de demain. Ouvrez-nous le portail. Ne me faites pas répéter, je suis pressé.

Le réceptionniste s'exécuta malgré tout, appuyant sur un bouton derrière son comptoir. Une sonnerie bruyante retentit alors, et la double porte aux vitres givrées se trouvant juste à leur gauche se déverrouilla aussitôt. Suivant le docteur, Brynja dégaina son pistolet et le lui pointa dans le bas du dos tandis qu'ils s'avançaient dans un corridor à peine éclairé.

Ils passèrent devant le bloc opératoire, se dirigeant plutôt vers une pièce au bout du corridor. Brynja constata vite qu'il n'y avait absolument personne dans ce pavillon. Ce qui expliquait sûrement la réticence du

réceptionniste. Elle devrait faire vite, les choses tourne-
raient sans doute au vinaigre assez rapidement. Elle le
sentait.

Dénué de fenêtres, le pavillon baignait dans la
pénombre, sauf pour la pièce du fond. Ils gagnèrent
la pièce, que Brynja devina être une chambre de quarantaine. Ses murs, de larges vitres, étaient séparés par
une porte vitrée et verrouillée par un clavier électronique. La pièce était vivement éclairée d'une lumière
blanche quasi aveuglante. La jeune femme distinguait
deux lits, bien qu'elle ne puisse pas voir leurs occupants
puisque les vitres étaient givrées.

— Ouvre la porte, ordonna Brynja au docteur.

Elle assumait que l'homme connaissait le code,
puisqu'il était celui qui s'occupait des tests sur les plus
jeunes, bien qu'il ait tenté de lui faire croire l'inverse.
Remontant ses lunettes sur son nez, le médecin tapa
nerveusement le code, et la porte se déverrouilla
aussitôt.

— Entre en premier, dit Brynja en faisant signe au
docteur avec son pistolet.

Elle n'allait certainement pas entrer sans lui, car il l'y
aurait assurément enfermée ; les vitres de ce genre de
local étaient généralement pare-balles. Elle n'était pas
idiote. Tous deux pénétrèrent dans la zone de décontamination ; ils durent être douchés et revêtirent des combinaisons spéciales avant de pouvoir poursuivre.

— Qu'est-ce que vous leur avez fait ? demanda
Brynja.

Le docteur, mal à l'aise, essayait de ne pas croiser
son regard, restant silencieux.

— Réponds !

— Traitements… des traitements radioactifs au… au niveau du cerveau, répondit honteusement le docteur. Il nous faut… il nous faut revêtir ces habits avant d'aller plus loin, parce que sinon…

Brynja poussa le docteur à travers la porte et tous deux entrèrent dans la zone de quarantaine. C'était une pièce immaculée d'un blanc clinique et muni de matériel médical. Au fond de la pièce, branchés à de nombreuses machines, deux enfants reposaient sur des civières. Leur crâne était rasé et ils étaient transpercés de fils et d'intraveineuses, vêtus de jaquettes d'hôpital et à peine recouverts d'un simple drap.

Son abondante chevelure avait été rasée, mais Brynja reconnut aussitôt le petit visage d'Adélaïde. Elle était blême, cernée et ses lèvres avaient blanchi. Elle prit sa main inerte, la serrant doucement. Elle l'avait finalement retrouvée. Cependant, Adélaïde dans un tel état la blessait, la rendait malade, faisant remonter en elle une colère bouillonnante. Au moins, le rythme cardiaque de la fillette, tel qu'affiché par son moniteur, semblait normal. Elle n'était qu'endormie.

L'autre civière contenait une seconde fillette. Le simple fait de l'observer lui était pénible et la renversait. Elle était tellement mince, pâle et squelettique que sa tête semblait disproportionnée par rapport à son corps.

— Vous êtes dégueulasses, murmura Brynja au docteur, le fixant avec hostilité. Comment avez-vous pu faire ça? *Pourquoi?*

Muet, le docteur baissa le regard. Gardant son pistolet pointé sur lui, la jeune femme commença, d'une main, à déconnecter les électrodes d'Adélaïde, puis elle retira son intraveineuse. À son pied, un bracelet électronique clignotait. La jeune femme pointa le bracelet et adressa un regard noir au docteur.

— Retire-le. *Maintenant !*

— Je… je ne peux pas le retirer sans faire sonner une alarme, au bureau du réceptionniste, lui expliqua-t-il rapidement.

Brynja prit son pistolet à deux mains, plus sérieuse que jamais.

— Retire. Le. Maintenant.

Voyant bien que la jeune femme n'était pas d'humeur à négocier, l'homme s'exécuta aussitôt. Tel que le docteur l'avait prédis, une alarme retentit, avisant le personnel médical du retrait du bracelet. Aussitôt, Brynja souleva Adélaïde dans ses bras et la serra contre elle. De sa main libre, elle menaça le docteur de son pistolet et lui plaqua le canon de l'arme dans le dos.

— Avance.

La jeune femme était encore morte d'épuisement et handicapée par ses multiples blessures, mais elle trouverait sans faute l'énergie nécessaire pour tirer Adélaïde de ce mauvais pas. Sous l'alarme agressante, tous trois émergèrent des portes de la zone de quarantaine, s'avançant ensuite dans le corridor plongé dans la pénombre.

Brynja s'en voulait. Elle était terriblement désolée de ne pas avoir pu sauver l'autre enfant, mais elle ne pourrait pas s'en occuper. De plus, à en juger par sa condition physique, elle ne survivrait pas au rude monde extérieur. La jeune femme avait dû choisir entre deux enfants, et même si elle ne connaissait pas l'autre fillette, elle ne parvenait pas à se débarrasser d'un grand sentiment de dégoût face à son impotence. Elle ne pouvait rien pour elle.

— Que comptez-vous faire? demanda soudain le docteur en lui adressant quelques coups d'œil par-dessus son épaule. Qu'est-ce que vous croyez accomplir?

Brynja ne lui répondit pas. Les problèmes arriveraient bien vite, en commençant par le réceptionniste. D'ailleurs, ce dernier accourut à leur rencontre, les fixant dans la plus grande des confusions.

— Qu'est-ce qui se passe!? s'alarma-t-il. Qu'est-ce que vous…

Son regard tomba sur le pistolet de Brynja, maintenant pointé vers lui.

— À TERRE! cria la jeune femme. COUCHE-TOI!

Paniqué, le réceptionniste s'agenouilla avant de s'étendre au sol.

— Toi, appelle l'ascenseur, ordonna-t-elle au médecin en agitant son pistolet devant lui.

L'homme se dépêcha d'obéir et appuya sur le bouton d'appel. Les portes de l'ascenseur s'ouvrirent aussitôt. Brynja avait un plan et priait intérieurement pour que tout se déroule sans trop de problème.

— Entre, ordonna Brynja au docteur. ENTRE! répéta-t-elle afin que l'homme se presse.

La jeune femme entra à son tour dans l'ascenseur avec Adélaïde dans les bras, puis elle appuya sur le bouton de fermeture des portes avec le bout de son pistolet. Elle chercha ensuite un bouton en particulier sur le panneau, croyant qu'il devait s'y trouver, puisque le bloc opératoire devait être accessible par un ascenseur pouvant directement faire monter un patient depuis le stationnement. Elle repéra le bouton tout au bas et appuya dessus frénétiquement. L'ascenseur commença alors sa descente vers le stationnement souterrain.

— Pensez à ce que vous faites ! lui dit le docteur, tourné vers elle, le visage ruisselant tout rouge. Nous avons besoin de ces recherches ! Nous avons besoin d'enfants et de jeunes personnes qui ont des systèmes immunitaires presque vierges !

La seule réponse de Brynja fut de lui pointer son pistolet au visage. Nerveux, l'homme cessa de parler. C'est alors qu'un témoin lumineux clignota sur le panneau des étages, indiquant que quelqu'un venait d'appeler l'ascenseur depuis le rez-de-chaussée. Ce n'était probablement pas un hasard. On tentait de l'arrêter.

Brynja déposa Adélaïde au sol, juste derrière elle, et plaça le docteur devant elle, l'utilisant comme bouclier humain. À la sonnerie annonçant leur arrivée au rez-de-chaussée, les portes s'ouvrirent.

— PLUS UN GESTE !

— NE BOUGEZ PAS !

Une douzaine de gardes armés pointaient leurs carabines directement sur eux. Brynja, protégée par le médecin, enfonça son pistolet sur la tempe du scientifique.

— NE TIREZ PAS ! s'écria l'un des gardes, levant le poing vers ses camarades pour leur faire comprendre de ne pas tirer.

— Restez où vous êtes, sinon je tire ! cria Brynja, le visage caché derrière l'épaule du docteur. Ferme les portes. FERME-LES !

Le docteur étira maladroitement son bras tremblant et appuya sur le bouton, les portes de l'ascenseur se refermant aussitôt sur eux. Dans l'interstice de la porte, Brynja vit les membres du personnel de sécurité se ruer en dehors de son champ de vision.

— AU STATIONNEMENT INTÉRIEUR! ALLEZ, ALLEZ! ordonna l'un d'eux.

En silence, Brynja et le docteur poursuivirent leur descente vers le stationnement souterrain, puis les portes s'ouvrirent à nouveau. Il n'y avait personne devant eux.

— Avance, ordonna Brynja à son otage.

Profitant du moment pour soulever Adélaïde dans ses bras, Brynja s'avança ensuite vers le docteur, qui l'observait avec inquiétude.

— Tu as une voiture?

À contrecœur, l'homme sortit un porte-clés de la poche de son sarrau.

— Lance-les à mes pieds! DÉPÊCHE!

Le docteur s'exécuta, et les clés tombèrent aux pieds de la jeune femme. Le porte-clés comprenait une petite manette pouvant verrouiller et déverrouiller les portes à distance. Brynja n'avait plus besoin du médecin. Sans aucun remords et allant à l'encontre de ce qu'elle lui avait dit, la jeune femme lui tira une balle en pleine tête. La détonation se répercuta dans tout le stationnement, décuplé par la sonorisation de l'endroit. L'homme s'écroula par terre tandis que Brynja ramassait difficile-ment les clés.

Son pied lui faisait terriblement mal et Adélaïde lui paraissait de plus en plus lourde, mais elle ne s'arrêterait certainement pas. Elle devait réussir. Appuyant incessamment sur le bouton servant à verrouiller les portes, Brynja entendit le klaxon du véhicule, garé un peu plus loin parmi une cinquantaine de véhicules.

Continuant sa course effrénée, la jeune femme entendit une porte claquer au loin, puis les pas du personnel de sécurité de la faculté de médecine accourant dans sa direction. Elle arriva enfin auprès de la source du klaxon ; c'était la berline européenne du docteur. Déverrouillant la portière avant du côté passager, Brynja installa rapidement Adélaïde sur le siège avant de refermer la portière et de contourner le véhicule. Brynja s'installa dans le véhicule, enfonça la clé dans le contact et fit démarrer le moteur. Elle verrouilla les portes et s'étira pour attacher Adélaïde, tout à fait consciente du peu de temps dont elle disposait. Une fois la fillette attachée, elle s'attacha à son tour et appuya sur la pédale de l'accélérateur.

Les gardes se mirent alors à tirer sur la voiture, leurs balles faisant voler des étincelles contre la carrosserie du véhicule. Sous une pluie de balles — par chance, aucune n'atteignit le pare-brise —, Brynja suivait adroitement les flèches peintes au sol indiquant la direction de la sortie. Lorsqu'elle tourna dans une allée, entre deux rangées de voitures garées, elle vit, tout au fond, le portail refermé du stationnement intérieur.

Deux types émergèrent alors d'entre les voitures, se positionnant afin de faire feu vers elle. Voyant bien qu'elle prenait de plus en plus de vitesse, les deux gardes de sécurité abandonnèrent leur tentative et se propulsèrent hors du chemin, laissant la voiture filer à toute allure vers le portail menant à l'extérieur. Même s'il était fermé, Brynja comptait passer à travers.

— Eh merde! lâcha la jeune femme, les dents serrées et la sueur dégoulinant sur ses tempes.

À toute vitesse, la berline défonça le portail. Arrivant bien trop rapidement, Brynja fut incapable de prendre le tournant de la pente montant au rez-de-chaussée. La voiture frôla donc le muret dans une pluie d'étincelles, forçant la jeune femme à ralentir pour reprendre la maîtrise de son véhicule. La montée tournait en spirale, puis la voiture émergea finalement en dehors de la faculté de médecine, se retrouvant dans un stationnement extérieur illuminé par le soleil matinal. Repérant aussitôt le portail menant à l'extérieur du campus, Brynja pressa sur l'accélérateur.

Sa voiture bouscula le portail métallique de plein fouet, défonçant ce dernier et fracassant le pare-brise dans la collision. Malgré les centaines de craquelures qui obstruaient sa vision, Brynja garda le pied enfoncé sur l'accélérateur, tournant aussitôt à une intersection et s'éloignant dans une direction inconnue.

Les rues de la ville étaient identiques à celles parcourues par Brynja dans les villes en banlieue de Montréal; elles étaient vides, sales et remplies de véhicules qui avaient été abandonnés un peu partout. À toute allure, elle fila sur la chaussée goudronnée, la voiture heurtant maladroitement des panneaux de signalisation et des bornes-fontaines.

Brynja voulait redescendre au sud, afin de vérifier quelque chose. Elle devait se diriger vers le sud pour quitter cet enfer créé par l'homme. Suivant les indications des panneaux de signalisation, Brynja se dirigea vers les ponts menant de l'autre côté du fleuve. Elle et la petite étaient sauves, finalement extirpées de la faculté de médecine, mais la jeune femme n'avait toujours pas trouvé le moyen de se calmer, nerveusement agrippée au volant du véhicule.

Ce n'est qu'une dizaine de minutes plus tard, alors qu'elle arpentait les autoroutes de la capitale en direction des ponts, qu'elle entendit une petite voix.

— Brie?

La jeune femme sursauta, sentant son cœur tressauter dans sa poitrine. Tournant sa tête vers la droite, elle vit Adélaïde l'observer d'un regard faible. C'était la seule personne qui ne l'ait jamais appelée ainsi.

— C'est... c'est toi, Brie?

Sentant une boule d'émotion monter en elle, Brynja éclata en sanglots, couvrant le bas de son visage d'une main et pleurant de joie. Malgré son visage grimaçant sous l'émotion, la jeune femme souriait, son cœur et son corps soudainement libérés du terrible poids qu'ils portaient. Adélaïde avait l'air désolé.

— Tu... tu es venue pour moi?

Brynja, toujours incapable de répondre, hocha la tête en continuant de pleurer, mordant maintenant l'une de ses jointures pour calmer ses émotions. Adélaïde lui souriait, ses petits yeux fatigués mais rayonnants de vie.

— Où allons-nous? demanda-t-elle en bâillant. Qu'est-ce qui s'est passé, Brynja?

Reniflant, la jeune femme essuya ses yeux débordants de larmes.

— Nous allons… nous sortons de Québec, dit-elle. Je dois… je dois vérifier quelque chose.

Maintenant réunies, les deux filles n'avaient presque pas échangé de paroles, sachant toutes deux qu'elles auraient amplement le temps lorsque le moment se présenterait. Passant le pont Pierre-Laporte complètement désert, la berline de Brynja fila au-dessus du fleuve rayonnant sous les rayons du soleil de novembre. Le pont franchi, la jeune femme ralentit sa cadence, portant une attention particulière à la route et aux ceintures de clous qui pouvaient s'y retrouver. C'est alors qu'elle le vit, un peu plus loin.

Ralentissant la voiture, Brynja s'immobilisa près de la Harley accidentée.

— Reste ici, je reviens, dit-elle à la fillette.

Retirant sa ceinture de sécurité et ouvrant sa portière, la jeune femme descendit du véhicule et s'avança sur la chaussée. Allongé près de la moto, Silas gisait au beau milieu des quelques corps d'infectés qu'elle avait tués la veille, calcinés par le soleil. Elle s'agenouilla à côté de l'homme, prenant sa main dans les siennes. Le vieillard était mort, atteint d'une balle en pleine tête. Brynja détourna aussitôt le regard, sentant les émotions monter en elle. À nouveau, elle se mit à pleurer. Elle pleurait de colère, de rage, mais aussi elle pleurait la mort de son ami. De celui qui l'avait aidée, qui avait tout donné pour elle.

Brynja sentit alors la petite main d'Adélaïde sur sa nuque, et toutes les deux se serrèrent dans leurs bras. La jeune femme savait bien que la fillette n'avait aucune idée de qui était le vieux motard abattu sur la route, mais il semblait qu'elle était capable de comprendre qu'elle était chagrinée par sa mort.

— Je suis désolée, Brynja. Je suis désolée…

En sanglotant, la jeune femme tapota le dos d'Adélaïde. La chaude lueur du soleil mêlée au vent froid de novembre assécha ses larmes. Décidée à offrir au vieil homme les derniers rites, la jeune femme le prit par les poignets et le tira jusqu'à sa moto. Jetant un dernier regard à son sauveur, à son camarade de route, la jeune femme s'éloigna avec la fillette rasée, puis s'arrêta en face de la voiture.

— C'était ton ami ? demanda doucement Adélaïde.

— C'était un mentor, répondit Brynja.

Silas, l'homme qui avait voyagé avec elle, lui avait légué bien des notions qu'elle avait autrefois oubliées. Il lui avait montré à partager, à aider, à faire confiance. Il lui avait montré l'humilité et la sagesse. La force et l'honneur. Si Brynja s'était d'abord sentie vulnérable par le fait d'être reconnectée à son humanité, elle voyait maintenant les choses autrement. Elle se sentait plus forte avec sa perte, car en mourant, l'homme lui avait fait ressentir la peine de la perte d'un être cher. Et cette souffrance, c'était aussi une force incroyable.

Dégainant son pistolet, elle visa le réservoir à essence de la Harley.

— Couvre tes oreilles, ma chérie.

Adélaïde s'exécuta aussitôt, masquant ses oreilles de ses paumes. Une fois certaine de son coup, Brynja cessa de respirer et fit feu. Dans une petite explosion, le moteur de la moto s'enflamma, immolant aussitôt son propriétaire. S'accoudant sur le capot du véhicule,

Brynja observa la scène, laissant au vent frais la tâche de sécher ses cheveux humides. Adélaïde vint se coller à elle, et la jeune femme l'accueillit à bras ouverts. Toutes deux observèrent la moto prendre feu.

— Je t'ai menti, Brie, marmonna Adélaïde.

La jeune femme détacha son regard de la scène et croisa celui de la fillette, qui l'observait, nichée dans ses bras. Sur son visage se lisait la honte, mais aussi un grand chagrin.

— Je t'avais dit que je cherchais mes parents, tu te souviens ?

Brynja acquiesça d'un hochement de tête. C'était initialement pour cette raison qu'elle avait cherché à quitter l'île de Montréal pour atteindre Québec.

— Je n'ai plus de parents, Brie, avoua la fillette, la mâchoire tremblotante. Ils sont morts depuis longtemps. Je… je t'ai menti parce que… parce que je ne voulais pas que tu m'abandonnes…

Brynja observa la fillette pendant un moment, avant de la coller contre elle.

— Je suis terriblement désolée, Adélaïde.

La nouvelle aurait pu la choquer, mais elle ne lui en voulait pas. Elle avait raison. La Brynja animale et sauvage qu'elle avait jadis été ne l'aurait jamais recueillie sous son aile en sachant qu'elle allait devoir s'en occuper à temps plein. Pour une fillette de sept ans, Adélaïde s'était démontrée assez astucieuse. Elle avait su berner quelqu'un pour assurer sa protection. C'était exactement ce qu'il fallait pour survivre dans ce monde.

— Tu ne m'en veux pas ?… s'étonna la fillette.

— Bien sûr que non, lui dit Brynja en souriant. Bien sûr que non…

Les deux survivantes restèrent collées l'une à l'autre, à contempler la crémation de Silas. Brynja ne savait pas ce que le futur leur réservait, mais elle était certaine d'une chose : jamais plus elles ne seraient séparées. Elles allaient tenter de vivre pleinement le temps précieux qu'elles avaient ensemble et survivre jusqu'à la fin.

DU MÊME AUTEUR

BRYNJA

LES CHRONIQUES DE VICTOR PELHAM

D'ADAM ELLSWORTH